Irene Lyster

Vinterspire

Kil Forlag

© Kil Forlag / Forfatter Irene Lyster
ISBN 978-82-692163-3-2
1. utgave / 1. opplag 2021

Redaktører: Nina Grove Hansen
og Robert Næss
Omslagsdesign: Marta Dec
i samarbeid med forfatteren
Ombrekking: Ida Nygaard
Foto på omslaget (Utgårdskilen): Forfatteren
Trykk: 07 Media AS

Kontakt med forlag og forfatter:
irenelyster.org

Materialet er vernet etter åndsverkloven.
Uten uttrykkelig samtykke er eksemplar-
fremstilling, som utskrift og annen kopiering,
bare tillatt når det er hjemlet i lov eller avtale
med Kopinor. Utnyttelse i strid med lov eller
avtale kan medføre erstatnings- og
straffeansvar.

*Tusen takk til min elskede som alltid er like hjelpsom, min sviger-
datter og mine barn som alltid støtter meg, min snille mamma som
var den første som leste hele manuset og alle som har lest etter henne;
dere har gitt meg konstruktive innspill. Takk også til ansatte hos
Boldbooks som bidro med rådgivning og inspirasjon, og til deres til-
knyttede fagpersoner som gjorde manuset bedre.*

Januar

KAPITTEL 1

Snorre

Her kommer tøffe tøffe tøffe tøff. deLillos-låta passet til humøret mitt. Men, vent. Når kom de blålige rendene? De under øynene. Jeg gransket meg i baderomsspeilet. Riktignok hadde jeg ikke sovet mye, maks fire timer, men jeg var definitivt våken. Tirsdag andre januar, og jeg var i mitt åtteogtjuende år. Det var første arbeidsdag i onkel Trond sitt firma. Jeg nøt varmen fra linoleumsgulvet noen sekunder, og tankene drev innom hva slags folk jeg ville møte, fantaserte om ei søt ei som svinset rundt i kontorlokalene.

«Kom før ni», hadde onkel befalt. Burde jeg holde en presentasjon av meg selv? Det var mer enn nok tid til å fundere på hva jeg kunne si; halvannen time skulle jeg sitte på sykkelen. Etter å ha klasket rikelig med skum i kinna, grep jeg barberhøvelen. Da jeg var ferdig, geipet jeg til meg selv i speilet – juleskjegget lå i vasken, men de blålige rendene var fortsatt der.

Jobben hadde kommet rekende på ei fjøl noen uker før jul, og tidlig på nyttårsaften hadde onkel ringt igjen. «Ble HR-direktør, ikke juridisk direktør – fikk det ikke gjennom», hadde han snøvlet. «Kvinneandel på nær hundre prosent», la han til. Var han redd jeg skulle trekke meg?

Sikkert greit å innlede med noe personlig, la dem bli kjent med meg, nyutdannet jurist, pappaen til Alexander – og separert. Den fregnete nesa mi rynket seg. Separert. Hadde Line og jeg droppet å gifte oss den gangen, hadde vi sluppet å bruke det forunderlige ordet nå. En krøllete lokk rakk meg til skuldra, ellers sto håret til alle kanter. Burde jeg ha klippet meg? Line pleide å si at jeg virket mer seriøs da. Det var syv måneder siden jeg flyttet fra henne, eller siden *hun ba meg* om å flytte. Jeg rotet rundt i noen esker, fant til slutt hårbørsten, men ble irritert og kastet den fra meg, alt var bare knuter.

Ekskone. Jeg måtte vel snart kalle henne det. Sprøtt i grunnen, snart var jeg en skilt HR-direktør, men speilbildet var av en ungdom – slank, en kvise her og der, uregjerlig hår. Jeg klappet de glatte kinnene – angret på at jeg tok bort skjegget. Rettet meg opp. Å presentere meg som singel foran interiørdamene var i hvert fall stilig. Nittifem prosent damer. Var de rosabloggere hele gjengen? Jeg kikket på rotet rundt meg – en reportasje fra HR-direktørens hjem var utelukket – hit fikk de komme én og én.

Kjeden hadde vokst fort, og hovedsetet var et ombygget gårdsbruk ute i Asker. Mamma og jeg hadde fått omvisning mellom ribba og marsipankaka på julaften, og onkel hadde vært tydelig stolt. «Må jo gjenspeile de flotte butikkene», hadde han kvitret mens han slo på lys etter lys i lokalene. Alt var nymalt, og møblene var antakelig siste skrik. Selv om jeg ikke hadde peiling, lot jeg meg imponere. Ofte var det småting onkel ville ordne, som i jula da han oljet dørhengslene – en pussig blanding av strategisk leder og vaktmester, så jeg for meg.

Jeg fant telefonen og tok en selfie av bustehodet. Sendte den til Anders: *Som troll i eske, hils på sjefens nyseparerte nevø.* Ansiktet mitt forsvant nesten i krøllene. Han virket lite imponert da jeg fortalte om HR-tittelen. Det var lenge siden vi hadde fått oss en ordentlig prat. Før om årene hadde vi dratt med oss telt eller en presenning innover i Østmarka og jabbet rundt bålet til langt på natt. Det var ikke HR jeg hadde snakket om da, men om å gjøre en forskjell – jobbe med menneskerettigheter i en stor organisasjon. Det var en stund siden.

Den ujevne tanngarden kom til syne idet jeg pusset med en skvett fra såpedispenseren. Ville noen i firmaet føle seg forbigått eller surmule over CV-en min? Jeg spyttet ut – var såpa besk? Måtte huske å kjøpe tannkrem. Med juseksamen under beltet, var det sannsynlig med en sånn stilling. Jeg skylte munnen og konstruerte et bredt smil – direktøren var klar.

Thea

Lufta var rå der jeg langet ut bortover kaia. Noe i vannet liknet plast, men det var rester av is som drev rundt i havnebassenget. Vinter, liksom. Det var ikke bare klimaet det var noe alvorlig feil med, noe var galt med meg også, det kjentes som da jeg var yngre og bestemor tok strømpebuksa på bak fram. Nå gjaldt det livet, og det verste var at det var fortjent.

Barcode, rekken av nymotens høyhus, var knapt synlig. Midtvinters og tåke, alt var trist – det var som å leve *bak* lyset. Mobilappen vekket meg gjerne i sekstida, og nå, når det fremdeles lå klumper av is på takterrassen, gjorde jeg yoga i stua der sjøen utenfor så vidt kunne skimtes. Men det ga meg en viss tilfredsstillelse å ha en drøy time hjemme hver morgen. Tid alene og ro var noe jeg trengte. Stresset på jobben i tillegg til sorgen, det ble nesten for mye. Planken hadde vært siste øvelse, yogastillingen jeg hatet – hva var egentlig strevet godt for?

Det tok meg en time å komme fra leiligheten ytterst på Sørenga til Asker sentrum – samme jobbreise i snart åtte år. Det var nedslående hvor få fridager det var blitt, jeg hadde stort sett jobbet meg gjennom høytida. *Takk for tid med gamle tante på nyttårsaften*, skrev jeg mens jeg gikk, og la til to glass som skålte. Det med glassene var fjollete, men hun likte sånt, søstera mi. Hun var grunnen til at jeg var kommet til hovedstaden. Så snart jeg fikk betalt boliglånet, kunne jeg dra tilbake til øya, bare komme innom Oslo på besøk. Måtte holde ut, være lønnsslave gjennom vinteren og sommeren, og så kanskje en vinter til. Å ha boliglånet å slite med, kunne jeg ikke tillate meg – måtte være fri fra gjeld, fri fra alt.

Leiligheten lå i grei avstand til sentrum; bylarmen nådde ikke ut til oss på Sørenga. Den ville bli en fin utleieleilighet. Jeg burde i grunnen være mer takknemlig – god økonomi, og i tillegg levde jeg nær sjøen og familien – de få tingene som faktisk ga meg noe. Og jeg *hadde* engasjement for jobben. Likevel fantes det en tomhet i meg. Ville det ha hjulpet å ha noen å passe på? Noen som behøvde meg? Hadde bestemor vært glad fordi hun tok seg av oss barna? Sånn jeg husket henne, var hun alltid i arbeid, alltid tilfreds.

Jeg *hadde* forsøkt å tilpasse meg. Styret i boligsameiet godtok at jeg dyrket gressløk og forskjellige myntesorter på takterrassen, og jeg hadde slått meg til ro med det, på en måte. Hadde vel senket forventningene.

Østerssoppen forstyrret heller ingen. Boksen med soppsporene skulle fores med kaffegrut, hadde ungdommene fortalt. De hadde hatt OD-dag og solgte dyrkesett nede på kaia. En følelse av å være like ung som dem kom over meg mens de forklarte prosedyrene. Å dyrke mat ved hjelp av avfall var fornuftig, både for miljøet og for lommeboka. Senere hadde den korte samtalen fått meg til å innse hvor mye eldre jeg var blitt – jenta med de pinetrange buksene hadde kikket rart på meg da jeg snakket om å spare penger.

Ved Munch brygge ble jeg overveldet av bråket fra byggeaktiviteten. Følelsen av å ha bikket førti, minst, kom over meg igjen, enda det var noen år dit. Brygga dirret. Fortsatt banket de stålbjelker ned i grunnen. Jeg måtte holde meg for ørene, men så fikk jeg øye på metallpinnene, stjerneskuddene som hadde unnsluppet feiebilen etter nyttårsfeiringen. Jeg tvinnet et par mellom fingrene før jeg pælma dem i nærmeste dunk. Jeg visste det, byungdommens miljøengasjement var bare en vits.

Uroen kom også, den fant stadig noe å henge seg opp i. Etter at den siste butikken stengte på julaften, hadde kollegene mine strømmet ut til lange ferier. Jeg hadde ikke hatt noe valg – det var bare jeg som kunne rette opp feilene med lønningene, og det hastet. Likevel ble jeg sittende for lenge på kontoret og studere salgstallene den dagen. Kjeden kom til å gå med overskudd for første gang på lenge, men var det allerede for sent?

En vegg av luft slo imot meg idet toget dundret inn på stasjonen, og dragsuget fikk håret til å fyke i alle retninger. Til tross for krisen hadde Trond ansatt sin egen nevø i den ledige HR-stillingen. Jeg dunket til den store knotten så døra åpnet seg med et sukk. For hva kunne vel nevøen om personalarbeid? Det eneste rette var å finne seg en ny jobb. Men hva slags stilling skulle jeg søke på?

Konduktøren blåste i fløyta idet jeg fant setet mitt. Med svarte vinduer ristet toget oss gjennom tunellene vestover, og jeg så tunellveggene i små glimt – dryppende fjellhuler som minnet om kontoret mitt i Asker. Timene inne på det mørke, trange kontoret var godet ved å bli i firmaet – der kunne jeg sitte uforstyrret, for rommet delte jeg kun med Åke, svensken som tilbrakte det meste av tida i ei stue nord for Gøteborg. Om firmaet gikk konkurs, *måtte* jeg finne en annen jobb, måtte takle nye kollegaer og andre forventninger. Det var flust av utviklerjobber på Finn.no, men samtlige ga meg frysninger. På den annen side, ingen jobb hadde vel noen gang fristet meg.

Besynderlig hvor ulike yrker vi havnet i. Kine pludret rundt blomstene, mens jeg balte med kodene. Å lære seg programmering hadde vært nødvendig, for firmaet. Det var annerledes for Kine. Da vi var små, pleide hun å ta meg med over de flate fjellpartiene på øya for å vise meg tuene av stemorsblomster som kom igjen år etter år. For henne var det lidenskap. Og blomstene var vakre – store, lillablå tuer. Jeg lengtet alltid dit, til den mektige naturen i havgapet sør på Hvaler. Hørte til der.

Ettersom vi vokste opp blant sjeldne plantearter, sa bestemor at vi ikke måtte plukke dem, noe Kine stadig gjorde unntak fra – uten å bli straffet for det. Og med tida fant de veien til bedene rett utenfor huset vårt også, for Kine utviklet seg til en ivrig frøsamler. Blomstene fikk det beste stell, inntil hun en dag skar de av og leverte buketter og kranser uanmeldt på døra til naboene. Pinlig berørt gjemte jeg meg i buskene. Jeg måtte smile av minnene, alt det rare hun fant på.

Fetteren vår, Per, og jeg hadde vært mest opptatt av å fiske så vi kunne få fiskekaker til middag i retur. Det hadde vært kjærkomment, for på tross av vaskejobbene til bestemor, og alt det vi dyrket, ble det tomt for de skrukkete eplene utover vinteren – de som lå i kasser i kjelleren til ut i april, og som lærerne ville se i skolesekken.

Asker stasjon ble meldt over høyttaleren. Ikke at jeg hadde behov for den informasjonen, togets krengninger var nok til å vite hvor jeg befant meg.

Utenfor var det fremdeles mørkt. Det var som om de altfor lange arbeidsdagene hang på slep etter meg, trakk meg i motsatt retning, tilbake mot leiligheten og til den myke senga. Duften av skog langs veistumpen mot kontoret pleide å gi meg et løft, men jo nærmere jeg kom, desto vanskeligere ble det å puste.

KAPITTEL 2

Snorre

Snart knaste jeg nedover den isete bakken nedenfor blokka. En far med barnevogn tok seg over veien nede ved Bogerud senter, og tankene på Alexander fylte meg. Savnet ble merkbart. Jeg bestemte meg for å hente ham tidlig i barnehagen, uavhengig av hva slags planer onkel hadde for meg.

Siden ferien startet, hadde jeg vekket ham hos Line. Vennet meg til de myke armene om halsen min. Men hver morgen hadde han fortsatt å spørre, «mamma?» mens øynene ennå glippet mot lyset. Og jeg måtte forklare igjen at siden jeg var student, hadde jeg lengst juleferie. Det var nesten så vi hadde fått en rutine sammen disse ukene, først gikk vi på badet, deretter var det frokost oppe hos henne før vi lekte med togbanen nede hos meg. Barnesenga sto imidlertid fortsatt oppredd i soverommet mitt – ennå hadde han ikke overnattet.

Ute på General Ruges vei og nedover til Østensjøvannet, fikk jeg god fart. Min leide leilighet var prikk lik Line sin, bare en etasje under. Alexander elsket når alle dørene sto åpne, og han kunne løpe gjennom rommene – det lyse kjøkkenet, den lange tarmen av en stue, soverommet med plass til barnesenga og det smale badet. Det hadde vært nok for oss tre. Egen leilighet for meg var unødvendig, dessuten for stor, og tom.

Jeg hadde ikke hatt noe imot å fortsette å dele seng, men hun hadde vel rett i at det fikk være enten eller, så lenge hun ville skille seg. Det var fortsatt trist, og de grå flytteeskene sto fremdeles stablet opp etter stueveggen. Måtte snart komme meg ut av dem.

De siste nettene på toseteren hadde vært stusselige, rent ut deprimerende. Å stirre inn i veggen mot soverommet hennes, jeg hadde til slutt ikke klart det – måtte ut, få luft under vingene. Heldigvis var det mange som hadde behov for å feste den siste delen av studietida. Noen måtte ta eksamen om igjen, men jeg hadde klart meg på et vis, bestod med et nødskrik. Forbi Sandvika begynte jeg å se på klokka, farta måtte opp om jeg skulle rekke møtet klokka ni.

Da jeg var liten, var jeg med onkel til utallige kjøpesentre, mest på Østlandet, men også i London og New York. «Den kjeden ser vi snart hjemme», kunne onkel si og peke, og han fikk rett. Men at de skulle dukke opp via nettet tok tid for ham å innse. Vi hadde trasket rundt i gatene, onkel hadde studert varene og plasseringen, mens jeg hadde vært mest opptatt av antallet stjerner på hotellene, og om vi fikk romservice. Jeg storkoste meg og var klar da kveldsmaten banket på – club sandwich med knasende bacon. «På tokt, vi to», hadde onkel sagt mens han gnukket knokene mot hodebunnen min på flyet. Det hadde nesten gjort vondt, men jeg hadde ledd. «Plyndrer minibarer, røver med oss gullresepten», hadde han flirt tilbake. Alltid på hugget, og nå skulle vi fortsette sammen. Jeg tråkket på, gledet meg til å se ham.

Svett trilla jeg inn den åpne porten til det ombygde gårdsbruket. Flombelysningen lyste opp parkeringsplassen, lageret og kontorbygningen, mens de høye granene på utsida av plankegjerdet fortsatt lå i mørke. Over hovedinngangen lyste et neonskilt hvor det sto *Redet* med mørkegrønn løkkeskrift. Navnet var fra tante sin interiørbutikk i Asker, den som ble begynnelsen på en av landets største interiørkjeder.

«Et tilbud», hadde onkel sagt. «Og vi respekterer selvsagt et nei, både tanta di og jeg.» Jeg sendte Anders en selfie foran den nybygde rampa og skrev: *Gøy på landet.* Han menget seg nok med de andre juristene i Skattekvartalet. Det var det livet vi hadde drømt om mens vi skrapte sammen til espresso i studentkantina, vi så for oss gratis kaffe og betalt småprat med kollegaer – snakket om at det ville bli fint. Nå var jeg her.

Thea

Jeg trakk pusten helt ned i magen. Trond var så overbærende, det var nesten som et far-sønn-forhold – ikke heldig når jyplingen var en tosk, en virkelig bortskjemt en. Mer naturlig da om kona til Trond hadde kommet tilbake. *Hun* hadde tross alt drevet den populære interiørbutikken og satt fremdeles i styret, selv om hun ikke viste seg på hovedkontoret lenger. Var visst blitt interiørblogger på sin hals, stadig dukket hun opp på Instagram med varene fra kjeden.

Ved inngangen sto en utspjåka sykkel og lente seg mot ruta. Dekkene var smale og fulle av pigger. Et bud på glatta? Anny hang over disken, flirte. Brått gikk det opp for meg. Nevøen. «Sier jo sitt», mumlet jeg, og hastet mot hula. Hva var vitsen hvis nevøen var den ansvarsløse festløven vi hadde hørt om? Noen sang i personaldusjen, den ingen noensinne hadde brukt.

Snorre

«Og jeg blir tøff i pysjamas, og jeg blir tøff med dress.» Låta slapp ikke taket i meg. Herlig, nyoppusset dusj var luksus. Jeg lente meg over og skrudde varmekablene på maks, gledet meg allerede til neste dag. Etterpå tørket jeg meg kjapt med noen papirhåndklær. Mer og mer så jeg fram til å hilse på folk.

Jeg kneppet den ustrøkne skjorta, den eneste som hadde vært ren nok etter festlighetene i jula, men stanset midt i bevegelsene – ikke bare hadde jeg glemt sykkellås og håndkle, men innesko også. Neglene på stortærne tittet fram fra hvert sitt hull i de hvite ankelsokkene.

Ryggen var våt etter den raske gåturen. Ettersom Åke skulle ha fri noen dager, tok jeg av meg helt inn til den lette trøya, men like etterpå fløy døra opp, og Trond braste inn. Jeg stønnet og rev til meg ullgenseren igjen. Tåa ga seg til å dunke lett, så jeg sank ned i kontorstolen.

Blikket hans falt kjapt mot gulvet. «Fin jul?» spurte han lavt. «Vært her», svarte jeg og prøvde å stikke armene i riktig hull. Det var Kine som hadde gitt meg genseren, men jeg mistenkte henne for å ha kjøpt den til seg selv og deretter angret. «Vel, vel», sa han og studerte dørlistene. Linjene i panna ble dypere og de grå hårene surret seg inn blant de tette, blonde krøllene. «Kan du komme opp kvart over ni? Gutten er sen, som vanlig.»

«Glemte den der i jula.» Han nikket mot pulten. Jeg fulgte blikket hans og plasserte høyre pekefinger på et eksemplar av den tykke manualen. «Alt står jo der, bare gi han den», svarte jeg og dro ut halsen på genseren, svettet igjen. «Jo, jo», kom det sakte, «men en muntlig introduksjon skader vel ikke?» Han pirket i en flekk på den burgunderrøde genseren, trolig en gave fra jåle-kona. Jeg lukket øynene, men måtte innrømme at fargen på genseren sto fint til det grånende håret. Underlig hvordan menn fikk det ved tinningen først, mens hos oss kom det på toppen.

Mitt første grå hadde stått rett ut i panna, som et hvitt horn på trettiårsdagen, stilte meg liksom til ansvar. Hva har skjedd i livet ditt? var det som om det pekte og sa. Er det ikke på tide med noe holdbart, noe for framtida? Dagen hadde jeg tilbrakt uten sel-skap av noe slag. Kine og guttene hadde hatt halloweenfest i opp-gangen, og jeg sa at det var greit. Jeg slapp å ordne med noe, men skuffelsen hadde likevel sneket seg på utover kvelden. Heldigvis hadde jeg hatt to flasker rødvin i skapet. Det var rundt den tida at høyre stortå hadde begynt å verke.

Først da jeg hørte ham lukke kontordøra, åpnet jeg øynene og dro av meg genseren. Igjen. Den blåmalte murveggen foran meg hadde slått sprekker i løpet av vinteren, og de løp fra taket og ned bak pulten. Jeg knipset og sendte et bilde til markedsdirektøren, Nancy, som hadde overtatt ansvaret for oppussingen da Trond ble syk før jul. Firmaet håvet inn en tredjedel av omsetningen i julesesongen, og Trond nærmest bodde på kontoret fra midten av oktober. Enkelte spekulerte på om det var julestresset som hadde ført til sykemeldingen.

Det plinget i telefonen. Jeg lente meg bakover i kontorstolen. Svaret fra Kine var overøst av hjerter. De fire på Tøyen var min eneste omgangskrets. Fetter Per, som fortsatt bodde i huset vi vokste opp i, var også familie. Vi var nærmest for søsken å regne. Han var heller ingen ungdom lenger, selv om han levde som en. Men det var håp, fortsatt kunne han dreie livet i en mer positiv retning. Men det røynet på, snart var han trettifem. Var det sånn fatt med meg også, fastlåst i en umoden livsførsel? Bilder fra de siste årenes opp- og nedturer flimret for øynene. Jeg dunket hodet i pulten.

KAPITTEL 3

Snorre

Klokka var over ni da jeg småløp bortover flisene i kantina og forserte trappa opp til onkels kontor i fire lange byks. Spotlys skinte mot grå vegger, og Trond var delvis gjemt bak pc-skjermen. Det kom først ingen reaksjon. I den ene enden av kontoret sto skrivepulten og den tomme bokhylla, og i den andre enden ruvet det blankpolerte møtebordet.

Fortsatt enset han meg ikke, men da jeg slo knoken mot den åpne døra, rev han av seg metallbrillene. «Der er du.» Han var raskt på beina da jeg trådte inn, og øynene hans streifet håret. «Virkelig? Syklet i dette været?» Han kastet et blikk mot utsida der det lysnet av dag. «Splitte mine bramseil», utbrøt han da han oppdaget hullene i sokkene.

«Hils på Thea», sa han mens jeg ennå knyttet lissene. En ung kvinne skulte mot meg fra døråpningen. Fikk hun med seg at jeg måtte låne sko? Jeg reiste meg brått. De mørke øynene var markante i det bleke ansiktet hennes. Jeg, som samme morgen hadde fantasert om å stå foran et hav av damer og presentere meg som singel, var nå nærmest slått ut av å treffe en av dem.

«Kul frisyre, noe japansk?» slang jeg ut. Det mørke håret var satt opp med tynne trepinner. Hun stønnet og snudde seg mot vinduene. «Fint», fortsatte jeg da knuten i bakhodet kom til syne. Det fikk henne til å bråsnu seg mot oss igjen. Onkel var opptatt med å lete etter noe på pulten. Jeg bøyde meg fram og myste mot heftet hun bar på. De kryssede armene foran brystet skjulte delvis tittelen. «HR-software?» prøvde jeg. Øynene hennes lynte som i et tordenvær.

«Vi venter på den såkalte ‹IT-direktøren› », sa jeg forsonende, «veldig så sen.» Onkel kremtet. «Nevøen min.» Han strakte hånda i min retning. Skulle hun med pinnene også være med? «IT-direktøren», sa han og nikket mot døra. Fortsatt var vi bare tre i rommet. Onkel blunket og smilte anstrengt. Da det demret, steg rødmen. Jeg dristet meg utpå. «Forestilte meg en ung slendrian, jeg, med hår til rumpa, radmager etter døgnkontinuerlig skjermarbeid.» La på en latter, men de to så bare i teppet.

«Hvor mange er det av dere, egentlig?» fortsatte jeg, oppriktig interessert. Fikk lyst til å google *selvlært kvinnelig programmerer* der og da. Hun hadde fått en overlegen mine, men jeg rakte fram hånda, og angret for ikke å ha fulgt bedre med på onkels utgreiinger om IT-systemene. Etter noen lange sekunder rakte hun fram sin. «Thea Sletten», kom det etterfulgt av et hardt håndtrykk. Jeg skrittet tilbake, gned hånda i vanvare. «Det genierklærte hjertebarnet», fant jeg på, for jeg visste at hun hadde utviklet varesystemet. Smiger måtte hun vel like. Men hun hevet bare øyebrynene mot Trond som for å si. Denne imbesile narren, er han virkelig *din* nevø?

Jeg trakk ut en av de polstrede stolene mens Trond tok plass ved enden av bordet. Hun satte seg grasiøst ved siden av ham, hodet høyt hevet. Jeg satt med ryggen mot vinduene, innenfor onkel. Fanget. Fant ikke på mer å si, så jeg langet heller ut mot et ark i hylla bak meg, og så meg om etter en penn. Thea rakte overraskende fram sin. Jeg tok imot og smilte så vennlig jeg klarte. Det var fristende å se mer på henne – det snurte uttrykket, og i tillegg virket hun så ren. Kanskje på grunn av den uvanlig lyse huden, eller håret som var trukket bakover.

«Trond», sa jeg lavt. Han rykket til og begynte å legge ut om oppussingen med et påtatt smil. Mens han pratet, dyttet hun heftet over mot meg. Kjedet hun seg? *Brukermanual,* leste jeg og hevet øyebrynene teatralsk. Hun himlet med sine, så jeg bladde heller og forsøkte meg på et mer nøytralt uttrykk. Hvem var denne ilske kvinnen? Var det ikke lov å spøke?

Onkel snakket videre med monoton stemme mens Thea så ut gjennom vinduet. «HR-soft er avansert og kostbart – vi valgte det beste og det mest fleksible.» Han snakket med en nesten sorgtung stemme. Jeg klarte ikke å dy meg. «Ikke overvettes begeistret?» Onkel ble stille før han svarte. «Nei … Eller, vel …» modererte han seg, «selvsagt kunne vi valgt et enklere system, et billigere et også.» Svetteperlene samlet seg i panna hans. Thea leet så vidt på skuldrene.

«Glad jeg rakk oppstarten så får vi til noe bra», sa jeg. Thea sukket, og jeg innså hvor arrogant ordene mine lød. «Tilpasser seg våre behov», messet Trond videre, men så presset han sammen fingertuppene og ordstrømmen stanset. Thea pekte mot manualen og så på meg. «Sett deg godt inn i den.»

Bokstavene var i font åtte eller ni, knapt synlige, og sidene var tettskrevne. Jeg lot som jeg svelget tungt. «Det med liten skrift også?» Hun åpnet munnen, men jeg holdt opp håndflata. «Finnes vel en oppsummering på YouTube.» Det hadde gått en djevel i meg. Hun ble tydeligvis inspirert. «Om du får inn den kanalen», hvisket hun, knapt hørlig – nesten så hun mimet. Onkel så ut i intet. Det var rimelig frekt, men jeg lot meg ikke dupere. «Brukte da edb litt på jussen», svarte jeg så alvorlig jeg klarte, men hun reiste seg bare. Trond ga fra seg et par korte pust gjennom nesa mens hodet vippet mot bordet. Kanskje ikke en glitrende start likevel? Jeg fortsatte likegodt. «Brukt pc siden jeg var liten.» Jeg blunket til onkel som fortsatt lo. Om hun var så mistroisk, kunne jeg like gjerne fortsette i samme spor.

«Counterstrike», la jeg til og nikket liksom selvhøytidelig, «Halo, Call of Duty, til og med Minecraft behersker jeg.» På et eller annet tidspunkt ville hun vel miste selvbeherskelsen og le? Men hun rygget bare bakover og stirret på meg. «Spøk til side», sa jeg høyt og smilte så selvsikkert jeg maktet, «dette skal gå fint.» Jeg kom på pennen, men hun var allerede rundt hjørnet, trinn for trinn klang treskoa nedover. Hadde jeg gått for langt? Onkel kikket i bordplata. Ingen rosablogger, dette.

Thea

Jeg nærmest datt ned i den harde kontorstolen etter møtet, hadde bare villet grine der oppe hos Trond. Inntrykket hadde blitt bekreftet – for en helsikes dust. Hvordan skulle det gå med en sånn spradebasse i firmaet? På nippet til å le hele tida. Men av hva? Å le var det siste jeg hadde hatt lyst til. Realt kroppsarbeid kunne fått spilloppene hans mer under kontroll, en stilling på lageret ville passet. Men den bløthjerta Trond var vel for knyttet til nevøen til å innse det. For snill, det var det han var. Pisspreiket til Trond var til å bli gal av; kjøpet av HR-systemet burde heves og nevøen sendes på dør.

Snorre

Pennen var uvanlig god å holde i. «Kan gi den tilbake», sa Trond, men grep i løse lufta. Jeg hadde snappet den unna ham i siste liten, den bød på en anledning til å skvære opp med jenta.

«Fylle i et par kopper?» foreslo han og reiste seg så raskt de tunge stolene tillot seg å bli skjøvet over teppet. Deretter svingte han fram en gulbrun dressjakke fra bak døra som han rakte meg. Jeg nølte, men innså at håret hadde dryppet og gjort meg våt, og i tillegg lagd skjolder på skjorta. Jeg tok den på. «Perfekt», utbrøt han og hang kleshengeren på plass.

«Forbruket mitt går i taket», spøkte jeg foran den nye kaffe-maskinen i kantina litt senere. Han hostet fram en latter, husket nok at jeg egentlig ikke likte kaffe. Det var bare noe jeg drakk før ritt eller for å holde meg våken på lesesalen eller på fest. «Thea er skjermet, må rette siste lønnskjøring.» Han så på pennen som fortsatt var mellom fingrene mine. Den var gullfarget med to blå steiner. En gravert tekst viste seg også, men bokstavene var for små til å kunne leses. Hardt, så spissen trolig lagde striper i foret, stakk jeg den ned i brystlomma hans. «Noe med HR-soft å gjøre?» spurte jeg og forsøkte å roe meg. «Det systemet», sa han lavt og kikket i gulvet, «ei pølse i slaktetida.»

KAPITTEL 4

Thea

Etter å ha truffet Snorre, var det lett å se for seg Trond som ung, selv om han ikke var blond lenger, men gråere i hud og hår. Hos nevøen vokste krøllene vilt, mens Trond klippet det kort. Håret til nevøen hadde dryppet ned på skuldrene under møtet, til slutt hadde han klissvåt skjorte. Lot han seg ikke affisere av sånt? Han og onkelen hadde vært sammen i jula. Jeg hørte dem le ved kaffemaskinen, gjennom kontordøra. Det stakk i magen. Faen også – så håpløst med en som aldri snakket om vanskelige ting.

Nevøen hadde nærmest fått stillingen i posten. Eide han ikke skam? Når Trond først hadde bestemt seg, pleide han ikke å snu. Og alle som var forutsigbare, var jeg tilbøyelig til å like. Hadde det noe med foreldrene mine å gjøre? Da de forsvant, var jeg bare tre. Kine og Per hadde vært fem. Jeg lente meg bakover, lukket øynene. Hvordan hadde bestemor klart det? Tatt seg av alle oss tre? Kanskje var det ingen vei utenom å oppdra den frekke nevøen?

Snorre

Sulten skrek i tarmene mens jeg trasket etter onkel. En søtlig duft steg fra kakaoen. Ved siden av var inngangen til det de fortsatt kalte dataavdelingen. En sjekkliste var klistret opp, ellers var døra tom. Jeg smilte skjevt. Det første punktet var: *Kontroller at pc-en har strøm.*

Folk gløttet opp fra kontorlandskapet inne på det som fra nå av skulle være min avdeling. Blikkene var nysgjerrige. Jeg tok damene i hånda etter tur. De to runde het Sølvi og Ragna og var i femtiårene. Hun som jobbet med opplæring var trolig rundt førti, høy og tynn, og het Vigdis, mens nestlederen, Eve, var lavere, og yngre. De to siste hadde kommet ut fra hvert sitt glasskontor. Jeg smilte og så rundt meg – den nye flokken min, personalavdelingen.

Eve hadde pen bluse og blanke mokasiner, og var trolig i trettiårene, akkurat litt for gammel for meg. «Jobber du også med det oppskrytte soft-is-systemet?» hvisket jeg og hørte at Trond sluttet å prate. «Stemmer.» Hun så ned. «Trives?» spurte jeg. «Jo», svarte hun liksom lett, «trives greit.» Onkel kremtet et par ganger, og Vigdis smilte og smøg seg ned på en stol ved siden av meg. «Det er stort for meg at vi nå er samlet, vi som har bygget opp firmaet», sa onkel og så overraskende nok på meg. «Du har vært en nyttig sparringspartner i alle år.» Kakaoen havnet i vrangstrupen, og jeg harket den opp. Ut over besøkene til kjøpesentrene og et par utenlandsturer, hadde jeg knapt brukt en kalori på firmaet.

«Durabelig skoleinnsats, resultatene gjør meg stolt.» Varmen bredte seg i kinnene, hadde han i det hele tatt sett karakterutskriftene? Da hadde han vel neppe skrytt sånn. «Juss har vi nytte av» konkluderte han, men jeg klarte ikke smile, ikke at jeg mistrivdes med positiv oppmerksomhet, tvert imot, men dette ble for dumt. «Tråkke hele veien fra sørøst i Oslo», la han i vei. Akkurat *det* var kanskje noe å skryte av. Jeg ble fristet. «Liker å sykle, vært med i Birken …» Men jeg stanset, for hvor interessant var dette? Det lyste ikke sportsinteresse fra noen av dem.

De vekslet flyktige blikk idet onkel fortsatte å skryte, forsto de at han skapte et fordreid bilde av meg? Hvorfor sa jeg ikke imot? Det gjorde alt ekstra pinlig. «Jobbet ved siden av studiene», jabbet han videre, «ikke hjulpet med ei krone.» Det var heller ikke sant, for han hadde alltid kommet med gaver, pc-er, sykler og cash. Han kokte ihop en historie, sikkert for å gjøre det mer spiselig at jeg var tilsatt, men var ansettelsen noe han hadde presset igjennom, mot de andres vilje? En innskytelse om å stikke rett ut døra kom over meg. Jeg burde ikke godta dette vrøvlet.

«Søstera mi har vært alene ...» Stemmen hans sviktet og noe blankt meldte seg i øyekroken. Ble han rørt? Talen var sikkert forberedt, men de andre virket langt fra overbevist. «Alenemor, og som en far ...» Han stanset igjen. Jeg reiste meg, men ble dyttet godmodig ned på stolen av ham. Trodde han jeg ville takke? «Gutten er god som gull», avsluttet han. For de andre virket dette som et signal om å fortsette arbeidet, de forlot oss uten et ord.

«Så, hvor er kontoret mitt?» spurte jeg. Onkel pekte. En bærbar pc var satt oppå en pult innerst i landskapet. Jeg ble paff. Onkel dro opp en lapp fra lomma. Bokstaver og tall var sirlig notert. Var det Theas håndskrift? Jeg var på nippet til å spørre, men det tok seg vel dårlig ut med interesse for en kvinnelig kollega allerede første dagen på jobb. Kunne det hjelpe på humøret hennes om jeg stakk innom for en prat, prøve å rette opp inntrykket?

Magen rumlet høyt etter at onkel forlot oss, både Sølvi og Ragna snudde seg. Jeg prøvde å smile og kom på kjekspakka jeg hadde sluppet i sekken. På vei mot garderoben for å hente den, stakk jeg automatisk hendene i jakkelomma. Det lå en eske med medisiner der, jeg ristet og leste det kryptiske navnet høyt mens jeg langet ut gjennom kantina. En dame som passerte meg, sperret øynene opp. Var onkel syk? Jeg hastet opp trappa, men han var ute på butikkrunde, fikk jeg beskjed om. Tilbake ved pulten feiret jeg første dag med å dyppe kjeks i kakao, selv om det unektelig var kleint å sitte sånn på utstilling. Så googlet jeg *selvlært kvinnelig programmerer*, men glemte å sjekke hva slags medisiner onkel bar på.

KAPITTEL 5

Snorre

Linsesuppe med brød, sto det på tavla. Jeg hilste blidt på kantinedamen og fylte en dyp tallerken til randen. Endelig lunsj. Thea satt taus på midten av langbordet, mens jeg fikk plass ved enden. To karer mellom oss skilte seg ut, de var pene i klærne og kjekket seg med store mobiltelefoner. Hadde hatt avslutningsmøte, fortalte den ene, så nå bar det tilbake til IT-selskapet. Thea virket mutt, sa knapt et ord. Mislykka oppdrag, kanskje?

«Påfyll inkludert?» slang jeg ut idet jeg slentret forbi henne. Løftet på suppebollen. Thea trakk på skuldrene og lot blikket hvile på dressjakka. Visste hun at den var onkel sin? «Nydelig», overdrev jeg til kantinedama. «Fritt fram», smilte hun og gløttet usikkert mot bordene der folk fulgte med på oss. Var det meg alle flirte av? Bare Thea stirret ned på den urørte plastboksen. Hva gjorde hun i kantina om hun verken pratet eller spiste?

En dame jeg ikke hadde hilst på før, hadde med syvåringen sin fordi skolen hadde planleggingsdag, fortalte hun. De tok plass noen stoler bortenfor meg. Hun hilste og sa at hun het Anne. Tankene var innom Alexander igjen. Hadde han hjemlengsel? Jeg slo det bort, måtte stole på barnehageassistenten som hadde svart på SMS at han satt med bilene og virket fornøyd. Natta med lite søvn snek seg innpå meg etter siste porsjon, maten gjorde meg stuptrøtt.

Senere forsøkte jeg å holde meg våken ved å studere morgenens sykkeltur på pc-en, da Eve kom trippende fra glassburet. Etter et sekunds avveining valgte jeg å la skjermbildet med dagens sykkeltur stå oppe. Hun tok plass i stolen ved siden av pulten.

«Krevende å forstå soft-is-systemet», startet hun og smilte matt. Jeg rullet stolen i retning henne.

«Sjefen hadde ikke peiling, satte frister, men forsto ikke bæret.» Det kom et hikst fra henne, og ei hånd for til munnen. De andre forsvant mot kantina. Jeg unnlot å strekke ut hånda, #metoo dukket opp i bakhodet. Hva gjorde man? Kjøkkenpapir sto i hylla, og jeg tilbød et tørk. «Konsulentene er helt på jordet, Thea nekter å samarbeide med dem, og Trond forstår ingenting, han er så feig, tok parti med gamlesjefen.» Hun knep igjen øynene, men tårene rant likevel. «Snart er vi konkurs», presset hun fram og tok imot tørkepapiret.

Jeg burde absolutt si noe, men var på utrygg grunn. «Ikke bra», fikk jeg fram og lurte på hva slags drama queen hun egentlig var, jeg hadde ikke hørt noe om at firmaet slet. Eve blåste ukontrollert i papiret, men tårene ga seg. Etter et par snytinger til, reiste hun seg og lukket glassdøra. Hva kunne jeg gjøre? Desperat speidet jeg rundt meg. Bøker fylte hyllene. Endringsledelse, LEAN – kunne jeg få noe ut av dem? Det pep i treningsklokka – pulsen hadde steget raskt.

Nærmere tre var jeg fullstendig i ørska etter den korte natta og gav opp. Det Eve hadde nevnt murret dessuten i bakhodet – var jeg nyslått styrmann på et synkende skip? Jeg gikk av gårde mot garderoben, men ble fristet og åpnet døra til dataavdelingen.

Lufta var allerede oppbrukt i den mørke bula. Thea lot som hun ikke så meg; det var rimelig kleint. Jeg burde heller ha satt meg på sykkelen. To pulter var pakket med dataskjermer. «Går det bra?» spurte jeg og måtte le inni meg, nerden noterte faktisk på ark. Hun satt med beina oppå den ene tomme pulten, og ved føttene lå et annet eksemplar av manualen. «Har begynt», skrønte jeg og nikket mot den. Hun bare ristet på hodet.

«Sjefen tok pennen», sa jeg, og oppdaget samtidig at hun holdt den. Til min lettelse kom to smilehull til syne, et i hvert kinn. «Er han ikke bare en snill onkel som deler ut julepresanger?» kom det syrlig mens hun målte meg med blikket fra jakka til skoa. Automatisk plasserte jeg hånda mi i sida, men fikk den ned igjen, måtte forsøke å slappe av. «Onkel, ja, men sjef også», stotret jeg fram. Hun antydet at jeg hadde fått stillingen i gave, hvilket for så vidt stemte, det var bare så uventet å høre det.

Hun så på skoa igjen og smilte kaldt. «Tanker om å kunne fylle dem?» Jeg ble målløs. Samtidig ble jeg fjetret av hvordan utseendet hennes forandret seg; øynene ble smale som mørke halvmåner. Hva var det hun minnet om? Ei hulder? Hun distraherte meg ytterligere ved å dra ut pinnene så håret bølget rundt ansiktet.

Hengende i dørhåndtaket måtte jeg innrømme at jeg ble svar skyldig. Det rare smilet var borte, og hun glodde bare olmt mot arket som om jeg var luft. «Ser fram til å prate mer med deg», løy jeg. Sprekkene i muren strakte seg i alle retninger. Dette var noe annet enn det jeg hadde sett for meg; et par år i et hyggelig miljø, bygge CV og så av gårde mot drømmejobben.

I garderoben dro jeg uvørent i glidelåsen på sykkeljakka så den festet seg i huden på halsen. Faen også. Onkel tegnet et bilde av et lykkelig ensemble, men i firmaet var det mer enn en falsk note. Men det var min første ordentlige jobb, jeg skulle bevise at jeg var verdt stillingen, skulle ikke gi meg på tørre møkka. Jakkeslaget var rødt av blod da jeg endelig fikk rikket meg løs. Tenkte litt på Eve mens jeg tørket såret, var dette stedet bare en belastning for folk?

Thea

Jeg logget av tidlig til en forandring og hektet ytterklærne av spikeren. Den tykke vinterjakka fra Fretex var et kupp, polstret og med hette, men i dag ble den for varm. Hadde prøvd å finne

Trond, men han unngikk meg. Jeg smalt igjen kontordøra, vi kunne virkelig trenge en prat.

Flere kjøpesenterkjeder hadde gått konkurs den siste tida, men foreløpig hadde vi ingen planer om å ta Redet til nettet. Det var faktisk en større katastrofe enn at Snorre var ansatt, for tallenes tale var klar – nettsalget økte fra år til år. I tillegg slet vi med lånebetingelsene fra bankene, en mare som red oss hvert kvartal. Økonomidirektøren, Ivar, snakket ikke om annet, og folk gikk omveier når de traff ham.

Anstrengelsene våre, alt kunne falle i fisk. Jeg utstøtte en lyd og sparket i murveggen. Det var for tidlig, en konkurs ville være en tragedie for meg, det kunne ikke skje – jeg var avhengig av lønna. Skulle jeg kjøpe ut Per fra huset på øya, måtte jeg være gjeldfri, kunne ikke stole på søstera mi, alt hun tjente ble brukt opp med en gang. Jeg hadde jobbet med forberedelsene til en nettbutikk lenge, alt jeg trengte var et klarsignal. Dette var sannsynligvis det eneste som kunne redde firmaet. Skulle jeg senke guarden, kanskje kunne Snorre bli en medspiller? Han var ung og forsto seg muligens på det nye.

Jeg husket ikke noe fra da foreldrene våre omkom. Ifølge Kine hadde jeg jamret meg i dagevis mens hun og Per satt på kjøkkenet med bestemor. Hun hadde tatt seg av oss i årene etterpå, sørget for at vi jentene kom oss på skolen, fikk utdannelse og et yrke. Hva skulle vi gjort uten henne? Det var bare Per som ikke ville høre – han hadde insistert, vært urokkelig, ville absolutt bli på øya. Nå trøstet han seg vel med festing for det var ingen jobb for ham der. Var forbruket til søstera mi også en reaksjon? Tydde hun til shopping, som Per til alkohol? Trengte vi alle tre en flukt? Min var i så fall borte, men ville jeg orke å leve uten?

Det lyste fra Trond sitt kontor da jeg strenet over plassen for å rekke toget. Han hadde fortsatt klokketro på fysiske butikker. Butikken på Trekanten senter, den kona hans hadde bygget opp, var gullstandarden i hans hode. Nå blogget hun, ifølge Trond, og gikk visst inn i det med en manisk kraft.

Jeg nærmet meg stasjonen med museskritt da lyden fra høytalerne nådde meg gjennom trærne. Forsinkelser, igjen. Jeg blåste så frostrøyken sto fra nesa. Til tross for å ha gått tidlig fra jobb, kom jeg sent hjem. Hadde ikke fått gjort noe med lønningene, heller – jeg rakk visst ikke dette livet.

KAPITTEL 6

Snorre

Kulda sev gjennom treningstøyet mens jeg rikket løs dekkene. Det ville ta tid å sykle hjem på vinterføret. Barnehagen tok fem hundre for hver halvtime vi var for sene. Jeg var blakk og ville heller ikke se snurten av en lønning på flere uker. Line hadde levert ham, og mamma likte å bli varslet i god tid – jeg *måtte* rekke fram i tide.

Neste dag skulle jeg møte de andre direktørene. Hvordan sto det til på de andre avdelingene? En trailer tutet da jeg skrenset mot veien. Jeg viste fingeren og tok ut frustrasjonen på fortauet.

Mens de myke krøllene til Alexander rørte ved kinnet mitt, fikk jeg gradvis pusten igjen. Lappen han holdt i hånda fikk meg imidlertid til å falle på kne – en bot på over tusen spenn. Burde droppet forsøkene på forsoning, spart fornedrelsen og heller rukket barnehagen. Og jeg skulle være HR-direktør, liksom. Jeg stønnet.

Thea

Jeg hoppet for å holde varmen. Neste tog var en time unna, og buss ga meg klaus. Sjekket deretter Interiørnett på mobilen der klovnens fjes lyste mot meg. Trond hadde åpenbart fått hjelp med den artikkelen. Det sto at Snorre var fra Oslo øst, en hardt-arbeidende student, aktiv syklist og litt av en handyman, og så var det et bilde fra et ritt. En vandrende klisje, altså. Jeg zoomet og fikk øye på de barberte leggene – så patetisk, lik en proff. Jeg slo noen harde floker. Nancy forsøkte å få alle til å internalisere ordet *omdømme* for tida. Nå var det Snorre det gjaldt.

Endelig kunne jeg stige inn i toget, men måtte stå fordi en flokk businessgjøker kom fra seminar. Tærne var iskalde, trolig våte også. Jeg krøllet dem, men stortåa protesterte, jeg lengtet hjem til badekaret. Litt etter Sandvika så jeg at en trailer fikk sleng, og en signalgul syklist kom til syne. Syklet han virkelig? Snorre var som jeg hadde forestilt meg, en dumdristig pratmaker. Det manglet bare at han kom fra vestkanten av Oslo, selvtilfreds som han var. En ambulanse raste forbi med blinkende blålys. Kunne jeg tillate meg å håpe at en ulykke fjernet jyplingen?

Jeg var kanskje misunnelig på sånne som ham, som oppførte seg naturlig midt blant fremmede. Han hadde glodd på meg på møtet hos Trond, kommentert håret mitt og vært teit. Så ubehagelig det hadde vært, spesielt med Trond der. «Om du aldri har sett en kvinnelig programmerer før, så har du kanskje sett en kvinne?» Replikken lå klar, men jeg hadde behersket meg. Genierklært hjertebarn, hadde nevøen sagt. Tanken på at de to snakket om meg var kvelende.

Toget tumlet av gårde inn i nok en tunnel, og endelig fikk jeg sitte. Snorre var i grunnen kjekk å se på, som Trond, bare høyere, slankere og atten år yngre. Håret hans hadde dryppet i møtet. Artig manke, men hvorfor skulle han absolutt dusje rett ved kontoret mitt? Jeg klemte hånda mot panna for å få bort bildene som presset seg på – vann nedover ryggtavla, skum på overarmene. Han hadde sett godt ut, som en som var mye ute. Hånda klasket i armlenet, jeg måtte slutte å tenke på fyren sånn. Det sved i håndflata.

Varm sjokolade med soyamelk ville gi trøst, så jeg stakk innom en kafé i Bjørvika. Det var sjelden at jeg gjorde sånt, holdt meg som regel til mine faste vaner. Kanskje fordi jeg lett kunne la meg friste, særlig av potetgull og sjokolade. Jeg måtte spise sunt for å unngå verkingen i tåa. Ikke et godt tegn å ha vondt som trettitoåring. Kanskje var det noe feil med nyrene? Uansett, det hjalp å være veganer, og derfor fortsatte jeg med det til hverdags, til tross for at fryseren var full av kjøtt.

Hadde bestemor hatt rett i at jeg var impulsiv? Kine hadde ledd av det, sagt jeg var et vanedyr. Men kunne impulsiviteten min være knyttet til spesielle fristelser, som godteri og syrlige kommentarer? Hangen til begge kunne melde seg når jeg minst ventet det.

Med utsikt mot den stillestående trafikken i Dronning Eufemias gate, slurpet jeg i meg den varme kakaoen. Ansiktet hans flimret over netthinnen igjen, men denne gangen skjemtes jeg. Det var jo en viss sjanse for at gutten hadde følelser, han også. Hvordan kunne egentlig jeg, av alle, oppføre meg så ufølsomt? Kremen skvatt mot ansiktet idet jeg dyttet den nedover med skjea. Jeg skjøv opp døra like etterpå. Faktisk fortjente jeg ikke å drikke noe til over hundre kroner, det var jåleri, og virkelig lavmål. Ute i kulda igjen måtte jeg innse at jeg hadde nådd bunnen, latt det gå ut over Snorre, når det i virkeligheten var Trond jeg var sint på.

Fortsatt uvel tok jeg trappa helt opp til takterrassen da jeg kom hjem. Månen var framme. På øya pleide jeg å se den bevege seg sakte over himmelen. En rød, full måne med gjenskinn i vannet var noe av det vakreste. Jeg ble stående, og vissheten om hva jeg måtte gjøre sank inn.

KAPITTEL 7

Snorre

Alexander spiste smule etter smule av ostesmørbrødet mens vi så Fantorangen. «Hjem», survet han da programmet var slutt, og han lente seg mot meg igjen. Han hadde sittet i armkroken siden vi slo på tv-en. Nå ville han ut av favnen, og dro meg med opp til Line. Elefanten hang på slep, det blå kosedyret som onkel og tante hadde kjøpt til ham på en ferietur. Hun var opptatt på kjøkkenet. Jeg vinket gjennom ruta og fulgte ham rett inn på badet der en ny tannbørste sto i samme glass som de to andres. Olav sin. Familielykke.

Etter å ha sett Alexander sovne i den vante senga si hos Line, ringte jeg onkel for å sondere terrenget før morgendagens ledermøte. Tordenen var løs, og stemmen dirret. «Disse konsulentene.» Pusten lød som vind i mobilen. «Han som hadde stillingen din før deg, vi røk uklare – tumlepungen holdt med *dem*.»

Tantes stemme lød i bakgrunnen, skingrende. «Hvem er det?» Hadde aldri hørt henne så ilter før. Så ble jeg mutet et øyeblikk, inntil onkel var der igjen. «Må visst til med noe middag her», mumlet han før det ble stille. Jeg var usigelig trøtt og gikk mot soverommet. Å rydde i andres etterlatenskaper var ikke noe jeg hadde sett for meg.

Ekkoet av tantes stemme dukket opp igjen da jeg la meg på puta. Hvorfor så i harnisk? Var det knute på tråden? Den tomme, nye barnesenga, den uten sprinkler og mer passende til en over tre år, sto i kroken av soverommet mitt. Jeg sto opp og ristet i dyna med Ole Brumm på, la den deretter ned igjen så pent jeg fikk til.

For raskt helte jeg i meg smoothien og hostet kraftig. Klokka raste av gårde, men jeg mestret ikke hastverk. Måtte komme meg av gårde, hadde mye å ta tak i på jobben. Sjekket lånesaldoen mens kaffetrakteren putret i sitt eget tempo. Hva hadde jeg brukt pengene på? Det eneste jeg unnet meg var en viss trivsel underveis, et midlertidig hjem med utsikt til sjøen, men det var få møbler og nær ingenting på veggene.

Jeg satte norgesglasset under krana på kjøkkenet. Fortsatt hadde jeg ikke hørt fra Per etter nyttårshilsenen min, og grunnen var nok maset vårt om å dele eiendommen – den vi hadde arvet alle tre. Huset var stort nok som feriested til alle, men han hadde okkupert hele på fast basis. Jeg hadde utsatt å kontakte kommunen, håpet han skulle ta til fornuft, men det var vel en utopi. Måtte snart finne ut av mulighetene våre. Kine var nok kommet for å bli i Oslo, lengtet ikke tilbake i samme grad. Jeg stoppet vannet som hadde fosset ut av glasset altfor lenge.

På øya var det kun fjorten fastboende igjen, og de var stort sett pensjonerte eller uføretrygdede fiskere, deres koner og de som drev det lokale næringslivet – en båthavn med butikk og uteservering. Per lot huset og hagen forfalle, det var en plage i seg selv. I årene etter at bestemor døde ble ingenting gjort. Ofte tok han ikke telefonen en gang når jeg ringte. Han burde holde seg unna de drikkfeldige kameratene sine – en ting var huset, en annen ting var ham selv. Jeg rullet sammen yogamatta og kom meg av gårde. Tanken på at han ødela seg selv orket jeg ikke å dvele ved.

Trond så meg ikke, han var opptatt med prat innerst ved vinduene. Jeg hadde entret bygget med gode forsetter, skulle be om unnskyldning, starte på nytt, men fikk det ikke til. Lederne stimlet rundt Snorre som skrønte i vei som en annen broiler, henda langt nedi de pinetrange bukselommene. Skulle visst fortsette å gå med skoa og jakka til onkelen. Det var i det minste noe; han brydde seg ikke om hva folk mente. Om han da ikke gjorde det for å irritere meg. Blikkene våre møttes idet jeg steg over dørterskelen. Yngelen ga meg for mye oppmerksomhet, jeg snudde og kom meg ned trappa igjen for å slippe unna.

Folk var i ferd med å skyve ut de tunge stolene da jeg kom opp igjen med et glass vann – cocktailselskapet var over. Trond ble sittende ved siden av meg, der han pleide, på kortenden. Like etter smatt Snorre ned på stolen overfor meg. Trond kom borti kneet mitt og smilte unnskyldende. Jeg må ha sett innbitt ut, for Snorre gløttet mot meg idet han rakte onkelen en eske. Tronds hånd omsluttet den raskt. Medisiner?

«Wien er nydelig på denne tida», skrøt den middelaldrende innkjøpsdirektøren, Carl. Det utløste en storm. Nå forsøkte de å overgå hverandre med fantastiske reisebrev – flyskam eide visst ingen. Agendaen var flere timer lenger enn nødvendig. Jeg lukket øynene og hørte det summe rundt Snorre som om han allerede var yndlingen. De lo av forretningsreisene hans som tiåring.

«Du da, Thea, hvordan var jula?» Så pinlig det var, dette pjattet som ingen egentlig brydde seg om. «Ventet på nissen», sa jeg som jeg pleide. Snorre kikket raskt på meg igjen. Tåa gjorde vondt.

«Første sak, skilter og logo», sa Trond endelig mens Nancy viste noen grafiske skisser. Jeg sukket altfor høyt – for en pausefisk dette var. «Hva gir størst gevinst, trolig ikke dette», kom det fra den andre siden av bordet. «Vi bør i gang med noe som monner.» Nancy svettet og gapte med rød leppestift, og Trond fikk omtrent den samme fargen i ansiktet, Snorre hadde lammet forsamlingen. Jeg så mitt snitt. «Netthandel», kastet jeg frampå.

«*Det* er av betydning», nikket Snorre og smilte, «økte vel med over femten prosent i fjor.» Han forsøkte å holde blikket mitt mens han pratet. Flere rundt oss nikket forsiktig. «Det nye er at folk bruker mobilen, særlig kvinner – og de er jo målgruppa.»

Han blunket til meg samtidig som han ventet på respons. Jeg burde hjelpe til – dette var en fanesak for meg. Han fortsatte. «Amazon går for fulle seil, de står for nær femti prosent av netthandelen i USA – og de selger interiør også.»

Jeg slapp ikke til. «Bloggen til tante har allerede tusenvis av følgere.» Snorre reiste seg og armene veivet som om ting ble klarere av den grunn. «Et klikk, så er de på nettsida vår, fyller handlekurven.» Trond så i bordet. Var det av ren høflighet at de andre ble så stille? Hvor var motargumentene de normalt druknet meg med? At netthandel var dyrt, at interiør var sanselig – det vanlige sprøytet. «Burde vel være dataavdelingen sitt ansvar å sette i gang», sa Snorre ertende. Jeg skvatt mens Trond så på Snorre med et fornøyelig flir. Jeg nikket nølende, måtte smi mens jernet var varmt, ville ha klar en dummy-nettbutikk til neste møte.

På vei opp trappa etter en pause ble jeg nødt til å passere ham. Han skottet mot meg. «Nevøen», utbrøt jeg og krympet meg i det samme. Det var en tungeglipp, og sånne kom stadig oftere. «Jeg var visst gretten i går», skyndte jeg meg å si. Han hevet øyebrynene og skakket på hodet. «Merket ikke *det*.» Kommentaren fikk meg til å smile ufrivillig før jeg beveget meg oppover. «Du», lød det bak meg. «Mente ikke at dere skulle ha en løsning klar, men trodde du *ville* jobbe med det.» Det var noe avvæpnende ved smilet hans. Noen måtte ha sladret. Jeg nikket bare. Han kledde faktisk den jakka, fargen passet til de viltre, blonde krøllene som hadde tørket i løpet av møtet. Endelig en som var på mitt lag, og dette kunne redde oss – og meg.

KAPITTEL 8

Snorre

Etter møtet på kontoret til Trond kikket jeg innom markeds-avdelingen. Ei søt ei ved navn Kornelia strålte opp. Jeg gjenkjente henne fra kampanjebildene, store blå øyne, langt bølgete hår. Vi slo av en prat om nyttårsaften, om tåken som kom og gikk, og om hva vi hadde gjort etter at rakettene ble avfyrt fra havnebassenget. Kanskje var det opprømtheten hennes som gjorde at jeg kom for sent til neste møte. Det var Thea som hadde kalt meg inn til en prat i kantina på ettermiddagen.

Hun betraktet noe på utsida da jeg trådte inn i kantina. Skumringen var kommet tidlig på grunn av skylaget. Hun hadde på seg de samme utvaska, vide klærne. De skulle kanskje signalisere «ikke se», men på meg virket de motsatt. De minnet om noe jentene hadde på i gymmen på Hellerud videregående, og jeg hadde lyst til å ta på henne. «Skal vi?» Thea pekte mot det ene langbordet i den tomme kantina. Hun bak disken var i ferd med å rydde for dagen.

«Fornøyd med oppussinga?» prøvde jeg, ville ha henne i ja-modus denne gangen. Det var noe jeg hadde fanget opp rundt middagsbordet hos onkel og tante, jeg hadde fått sansen for salgsteknikk. «Himmelens korrekturlakk», mumlet hun og holdt blikket mot vinduene der snøen lyste opp sletta. Trolig hadde det vært et jorde der en gang, men sommerstid var dette tumleplass for onkel på «sittakløpper'n» og området liknet mer en park. Det var kommet et mildere drag over ansiktet hennes. «Jeg liker best når knoppene brister der ute om våren», sa hun og nikket mot epletrærne, «utsprungne epleblomster.»

Øynene hadde en dyp blåfarge, de var pene mot den lyse

huden. Så var det som om hun våkna. «Åssen går det med direktøren?» Det gikk litt tid, og jeg måtte svare et eller annet. «Går så det griner», smurte jeg på. Hun gløttet mot manualen og smilte nesten umerkelig. Jeg angret på at jeg tok den med, det var et patetisk strebertriks. «Ikke hatt tid til å lese», innrømmet jeg, og til min forundring reiste hun seg. «God helg, da», uttalte hun forretningsmessig. Treskoa smalt av gårde på flisene.

Det var bare torsdag, så jeg sa i et volum jeg håpet bar over klapringen. «Fri i morgen?» Hun åpnet kontordøra. «Ikke kast bort tida mi», gneldret hun. «Beklager», ropte jeg tafatt, men døråpningen ble stadig smalere. Jeg travet etter som en forsmådd beiler. «Problemer på hjemmebane», røpet jeg, og døra stoppet. Så plumpet jeg ut med at Alexander måtte venne seg til to hjem. Hun betraktet meg først, men så smilte hun og nikket, så ut som om hun visste at jeg var far. «Om det blir så glatt som i går, prøv hjemmekontor så får du mer tid til sønnen din», foreslo hun. Jeg ristet på hodet og sa jeg ville sykle hver dag framover.

Ettersom panna fikk en rynke, fortsatte jeg: «Men ikke bekymre deg – har aldri vært i en ulykke.» Helt sant var det ikke, jeg hadde gått på snørra i ritt flere ganger. «Inntrykk av at noen er bekymret for deg?» svarte hun og kastet et blikk bort mot kollegaen sin. Jeg ble overgitt, hun valgte *den* tonen igjen. Åke stirret bare i pulten. Thea fant tydeligvis situasjonen komisk, for det siste jeg så var at hun strøk pennen over leppene som formet et lite flir. Hun var visst trygg der inne, det eneste rommet som ikke var pusset opp.

Trærne bugnet av snø utenfor vinduene på kjøkkenet, og jeg lengtet ut. Manualen var skrevet på en så intrikat måte at den gjorde meg sigen. Jeg hadde funnet en utgave på nett og en leseapp som mekanisk ramset opp ordene. På vei hjem hadde jeg lovet meg selv at jeg skulle forstå den forbaskede manualen i løpet av helga. Da fredagskvelden kom og det ble stille rundt meg, ble jeg imidlertid så trøtt at jeg sovnet i stolen. Stadig oftere trykket jeg pause på leseappen og sjekket forskjellige nyhetssider, Facebook, Instagram, test av nye tursekker – alt annet enn manualen framsto som viktig. Jeg googlet navnet Thea Sletten også, men svært lite kom opp. Var hun bevisst på å skygge unna oppmerksomhet?

Jeg søkte så opp meg selv og ble svett, Facebook-siden burde vært rensket. Den var full av bilder av Line og meg, samt en rekke festbilder. Line var fotogen som få, lys og søt. Jeg sjekket fellesmappene om det fantes adresselister, og det gjorde det; Thea hadde adresse Sørengkaia. Jeg stusset – det var et dyrt område. Kine Sletten sto oppført som pårørende for Thea. Var det mora? Eller en partner? Jeg googlet adressen, men det fantes ingen med samme husnummer.

En blomsterdekoratør på Tøyen dukket opp da jeg søkte på Facebook. Snart sveipet jeg gjennom selfier i dusinvis av en blond dame, ulik Thea, men ansiktet minnet likevel om hennes. Kine delte villig vekk, jeg bladde gjennom familiebilder og søkte blant vennene, men fant ingenting om Thea. Var det feil Kine Sletten? Jeg leste de siste postene hennes og fikk øye på noen kunstferdige fyrverkeribilder, men de var uten mennesker. I kommentaren sto det: *Fra takterrassen til søs på Sørenga.* Bingo! Thea hadde altså en søster, en svoger og var tante til to gutter på Tøyen. Det gledet meg forunderlig mye, jeg hadde sett for meg henne som en ensom ulv.

Men hvordan hadde hun råd til en leilighet der ute? Var det likevel en hun delte utgiftene med? En nedslående tanke, merket jeg. Samtidig, jeg hadde en bestemt følelse av at hun var singel. Jeg sjekket i fellesmappene igjen og fant noen lister med tittelen lønnsdata. Til min overraskelse var Thea eldre enn meg. Hun ville fylle trettitre sent i oktober. Jeg kjente et akutt behov for å virke mer voksen. Kunne jeg gjøre noe med hårsveisen? Klærne?

Idet jeg fikk se lønna hennes, klappet jeg sammen pc-en. Etter å ha surmult i flere minutter, rev jeg den opp igjen. Den hengslete kollegaen, Åke, hadde under halvparten av hennes lønn, men like fullt tjente han mer enn meg. Jeg røsket fram fjellstøvlene fra en av de nederste flytteeskene.

Olav og Line lå nærmest oppå hverandre i toseteren, mens Alexander lekte på gulvet. Jeg knakket på ruta. Beina til Olav stakk høyt opp på veggen. Ansiktet, som vanligvis var alvorlig, virket nå mer avslappet – inntrengeren hadde blitt husvarm. Jeg dunket hardere. Tv-en sto vel på. Steinansiktet borte i sofaen virket nok tøff på damene, høy, mørk og alvorlig, men persille-blad var nok en bedre beskrivelse, sjalu som en tenåring. Line kom til døra, smilende. Jeg fikk lyst til å si noe slemt. Måtte åpenbart skjerpe meg, stanse de mørke tankene og slutte å mis-unne dem. Følelsen av underlegenhet hadde fulgt meg opp vindeltrappa.

Ansiktet til Alexander blåste vekk sorgene. Det var Lines helg, men heldigvis fikk jeg tid med sønnen min – jeg burde være glad for at hun tolererte å bo så tett. Etter å ha tråkket en times tid innover i skogen på jakt etter emner å spikke gåstokker av, trasket vi tilbake. Jeg så for meg kakao med krem foran tv-en. «Bær meg hjem», gjespet han, vondt nok, da vi sto utenfor døra mi. Hvor-for ville han ikke være hos meg? Jeg slang meg på sofaen etter å ha fulgt ham, uten å klare å slappe av. Var det oppførselen min i fjor høst som fortsatt gjorde ham utrygg? Etter at håpet var ute med Lines stormforelskelse i Olav, hadde jeg knapt sovet i leilig-heten med dem. En guffen tid, men dette var også tungt – hadde gutten sluttet å like meg?

Jeg tvang meg selv til å plukke opp manualen igjen, men gikk fort lei. Hjemmesiden til HR-Software var mer spennende. Jeg skrollet nedover listen, fant igjen de to konsulentene fra kantina. Deretter lyste et bilde til mot meg. «Yes.» Jeg løftet armene mot taket. Blant de ansatte var Jørgen Steen, informatikkstudenten som jeg delte bad og kjøkken med på Kringsjå studentby. Kanskje han kunne spa opp informasjon som ville gi stjerner i boka hos Thea?

Vi hadde vært flere gutter på gangen i studentbyen som pleide å spille utover natta. Det var alltid noen å prate med på felleskjøkkenet, vi kunne bestemme oss på et øyeblikk for en omgang volleyball utenfor blokka eller en tur til Sognsvann. Anders var ofte med, selv om han ikke bodde med oss. Kunne jeg få ham med på å møte Jørgen? Han var vel mest min venn? Jeg trodde det.

Mens jeg brygget en kanne kaffe, klikket jeg fram bildet av Thea fra telefonlista på jobben. Kaffen gjorde meg våken og trangen til å imponere, drev meg videre i manualen.

KAPITTEL 9

Snorre

Et sted mellom betongklossene ved Lysaker stasjon skulle det ligge en lunsjkafé, ifølge Jørgen. Anders var den som først kom inn på konsulentene, det var avtalt spill, og brått var jeg i et annet modus, skjerpet. «Dere har felles kjente», begynte han mens blikket gled mellom oss. Han nevnte nonsjalant fornavnene. «Å, ja. De to er hos oss nå», sa jeg jovialt og latet som om jeg ble overrasket. «Flinke?» skjøt Anders inn og lente seg bakover. «De jobber på kundesenteret og tar imot spørsmål, forsto ikke hvorfor de skulle til dere», sukket Jørgen oppgitt.

Det sitret i meg – vi hadde narret ham utpå. «Implementering er ikke deres felt.» Blikkvekslingen mellom Anders og meg gjorde Jørgen usikker, han lo litt før han ble stille. Det sang i meg, Thea hadde hatt rett – konsulentene *var* helt grønne. Jørgen smilte tvungent i bordplata, lurte kanskje på om han hadde sagt for mye. Plutselig var det leit, men ingen skulle få vite at det var Jørgen som hadde sladret.

Thea

Det var sjelden jeg dro dit utenom sommerferiene, men jeg orket ikke flere søvnløse netter, så søndag tok jeg ekspressbussen mot Skjærhalden. Jeg måtte få det avklart. Bussruta hadde eksistert i mange år, vi pleide å bruke den når vi reiste midtvinters. Jeg nøt endringene fra Oslo sentrum til vakre Kirkøy. Storøya, som Kine og jeg hadde kalt den, med steingjerder og åkere som smøg seg mellom fjellene.

Verken Kine eller Per ble varslet, for jeg ville måle opp selv. Jeg hadde også endelig fått klarhet i hva som krevdes for å bygge tomannsbolig eller for å dele tomta. Bare ikke Per var hjemme, det ville ta seg dårlig ut om han så meg luske rundt i buskaset. Han snudde gjerne døgnet, så jeg satset på å komme tidlig. Det var også langt mellom naboene, heldigvis.

Bestemor og Per ble boende igjen på øya da jeg flyttet etter Kine til Fredrikstad. Vi valgte den falleferdige tregården i byen framfor å bli værende på øya med lang reisevei til alt. Der levde vi på inntekter fra diverse ekstrajobber mens vi fullførte videregående, vasket kontorer om vinteren og serverte langs brygga om sommeren. Søndagene og turene til øya kunne likevel aldri komme fort nok for meg.

Etter videregående hadde hovedstaden lokket Kine, og jeg ble, etter mye om og men, med henne. Bestemor hadde oppmuntret oss, men samtidig ante det meg at hun trengte noen, hun nærmet seg åtti, men ettersom Per ønsket å bo der, var det kanskje akseptabelt å dra? Jeg hadde tenkt det, den gangen.

Jeg valgte økonomi, som jeg antok var så generelt at jeg kunne jobbe hvor som helst, også nær øya. Og mens jeg studerte og malte bilder derfra, vokste drømmen om et hjem ved havet. Men da bestemor døde, like etter at jeg var ferdig med studiene, ble jeg rådvill, som om draftet var visket ut halvveis på ferden. Tapet av bestemor, ledestjernen, måtte ha forårsaket det. Jeg sluttet å male og begynte å jobbe sent og tidlig for å få firmaet til å flyte, helt uten anker selv. Druknet meg vel i arbeid for å døyve sorgen, druknet meg i annet også, men som bare gjorde vondt verre. Drømmen om øya vendte gradvis tilbake, holdt meg oppe. Men jeg trengte sårt tid – tid til å lege sorgene og til å bare være, være *meg*. Jeg ville hjem. Tida var overmoden, jeg hadde lagt en plan og måtte komme i gang med neste skritt.

Det var kun meg på ferga søndag formiddag. Tåka lå tett. Det var ikke rare sikten, men sola truet likevel med å bryte igjennom.

Det enkleste ville være å dele huset, lage flere små boenheter, men det ville bli trangt i feriene, og familien vokste. Det vil si, guttene til Kine vokste – Per og meg var ingenting å satse på.

Fra fergeleiet gikk jeg de få hundre meterne langs den smale grusveien og trakk begjærlig inn lukta av salt sjø. Eiendommen inneholdt en stor, uregjerlig eng, og i ytterkantene lå det gamle steingjerdet oppå fjell, omgitt av tette busker og små trær. Med hyssing og spiker la jeg i vei gjennom krattet der kryssene i fjellet fortsatt var å finne, forsøkte samtidig å huske noe av stemningen fra da vi satt gjemt mellom bjørnebær og villroser. Fortsatt rev tornene opp huden, det hadde vært verdt det da vi lekte boksen går, eller politi og tjuv med nabobarna, de som for lengst hadde flyttet.

På et vis klarte jeg å komme rundt uten å bli fersket av verken Per eller naboene. Så stålsatte jeg meg, iførte meg på nytt solbriller, lue og skjerf, og kom meg tilbake på neste ferge. Øya hadde virket forlatt, det var nesten som om siste beboer også hadde rømt, men piperøyk avslørte dem, flere måtte ha lagt i ovnene sine på morgenen. Fuglekvitter og det svake bruset fra havet, gjorde stillheten komfortabel og vakker. Det var dette jeg lengtet etter.

Tåka hadde lettet noe men sjøen gikk i ett med himmelen, og alt var lysegrått. Nervøs la jeg hyssingen inntil målebåndet meter for meter ved fergeleiet tilbake på Kirkøy. Skuffelsen traff meg i magen da jeg forsto at hyssingen ikke var lang nok – det ville ikke være mulig å dele tomta, heller ikke å bygge tomannsbolig – reglene fra kommunen var klare, og tomta var knappe tjue kvadrat for liten. Jeg måtte sette meg.

Mannen jeg hadde snakket med på byggesaksavdelingen, hadde tatt seg god tid. Eneste mulighet om tomta ikke var stor nok, var å bygge om uthuset til et anneks. Om Per ønsket å fortsette å bo på øya, kunne Kine og jeg dele huset. Det var det som gjaldt for oss søstrene, vi elsket det hjemmesnekra kjøkkenet og vindusrutene i yttergangen som frøs til om vinteren, men det trengtes sårt vedlikehold. Men var Per villig til å bo i et anneks?

Snorre

«Fytterakkern.» Trond hoppet opp på pulten så papirene fløy, og hamret løs mot fasttelefonen. «Ja, han har fått det fra HR-soft selv – de *er* inkompetente idioter – jeg visste det jo, egentlig.» Han stønnet og tok seg til panna. Jeg dro stolen nærmere pulten, antok at det var advokaten han snakket med. «De kan brenne i helvete, vi skulle hatt bedre hjelp.» Jeg håpet advokaten ville ta det opp på en mer saklig måte. Idet onkel slang på røret, minnet jeg om at det var tilfeldig at jeg kjente Jørgen. «Ja, ja», sa han, «blir bare engasjert, vet du.»

Så smilte han og var sitt gamle jeg igjen. «Aldri så galt at det ikke er godt for noe – vi ble i det minste kvitt en overbetalt direktør.» Onkel trykket på telefonen igjen. «Se om du finner noe godt», oppfordret han, «noe som kan tines raskt og passer til sju–åtte stykker.» Han holdt håndflata opp mot meg før han forsvant ut.

Snart toget det inn folk. Thea kom sist, hun liksom smøg inn bak de andre. «Konsulentene *er* ukvalifiserte», begynte Trond. Det kom et hikst fra Eve. Thea virket ikke overrasket, selv om Trond doserte videre som om han oppklarte et Agatha Christie-mysterium. Hun strøk ryggen til Eve, som så ut som om hun kunne bryte ut i gråt når som helst. Kringla kom på bordet og kantinedama rygget ut. Trond overså henne, og så ut til å ha fått en lys idé: «Dette skal på Interiørnett – Snorre løser sin første sak.» Folk kastet raske blikk på meg mens Kornelia prøvde å få i gang en applaus. Thea himlet med øynene mot Trond som forsynte seg grovt av kringla.

Eve kom bort til meg nede på avdelingen senere, klemte hånda mi og hvisket. «En venn ringte, fortalte at du hadde trukket i trådene.» Jeg ble virkelig perpleks da hun avslørte at det var Jørgen, at de to hadde hengt sammen etter middagen med IT-selskapet før jul. Jeg nikket, og hun ga meg en klem som var så hard at knappene i jakka boret seg inn i kinnet. «Bare nevnte det for hun der», hvisket hun og nikket mot IT-avdelingen.

Thea

Etter å ha stått imot kringla, traff jeg på Snorre i kantina. «Tid til en prat?» spurte jeg. Han vinket meg inn i kroken sin. «Skal i taket hos Alexander», forklarte han og pekte på flyene på pulten, det var vareprøvene som Kornelia hadde forsøkt å bli kvitt. Automatisk gled tankene mine over mot samtalen de måtte ha hatt. Hadde hun vist interesse for sønnen?

«Fikk gjort litt i helga.» Han tastet raskt inn passordet sitt. Rapportene i HR-systemet så ut til å virke. Jeg så gjennom dem – antall kurs som var gjennomført stemte på en prikk. Jeg måpte mot min vilje. Lå det en logisk sans bak alle tåpelighetene hans, eller hadde han hatt flaks? «Du har fått dreisen på dette», nikket jeg. Han studerte ansiktet mitt, som om han ventet på mer, som om jeg ikke hadde skrytt nok.

«De andre klarte ingenting», sa jeg og tenkte på konsulentene. «Prøvde seg vel, ville spare penger?» antydet han, men så trakk han pusten dypt, «jeg var forresten innom Ivar i morges og fikk sett over regnskapet.» Han fortsatte dempet: «Et par av betalingene til IT-selskapet har avvikende kontonummer, de må være til en bank i utlandet. Er det nytt for deg?»

«Utlandet», gjentok jeg vantro og kikket rundt meg. Vi var alene. «Hvordan kom du på å sjekke?» Han heiste på skuldrene. «Jeg var vel mest opptatt av hva som var bestilt, spesifiseringene, men så … ja, det falt meg i øyet, så å si. Den ene fakturaen er på nær to millioner og spesifiserer ikke mer enn implementering.» Jeg gransket ham, lurte på om lykken også i dette tilfellet hadde vært bedre enn forstanden. «Ikke nevnt det for noen andre, det var Ivar som attesterte, og onkel som godkjente, men … jeg tipper at fakturaene er falske. De fant ikke betalingene hos IT-selskapet, jeg tok en telefon og forhørte meg anonymt, sa jeg var revisoren.» Jeg lurte på om han rødmet ørlite. «Hvorfor forteller du det til meg?» sa jeg litt for hektisk, «er jeg mistenkt?»

Han smilte. «Om jeg faller om så forstår du det – at jeg er forgiftet.» Jeg måtte smile, men alvoret seg inn over meg. Hadde vi virkelig en utro tjener i firmaet? Og hvor lenge hadde det pågått? «Vi bør sjekke om det er flere», sa han, «fakturaer, altså.» Jeg nikket megetsigende og måtte motvillig innrømme at det var spennende. «Hva er planen nå?» spurte jeg. «Anders», sa han bare, og jeg husket omsider at han hadde nevnt en studiekamerat ved det navnet. Jeg bestemte meg for å studere loggene, se hvem som hadde registrert hva når det gjaldt disse fakturaene.

Mobilen min plinget i kor med hans pc. Det var en e-post fra Nancy med agenda for todagersmøtet om netthandel – midt i skogen i Aurskog-Høland, på Trond sin jakthytte. Det var det siste jeg trengte. «Gled deg», kommenterte han mens han fortsatte å lese, «mest trær», la han til litt fjernt, «men trivelig hvis du er glad i skog, og kanskje gråbein dukker opp.» Han snurret stolen i min retning, speidet utfordrende mot meg, forventet nok at jeg skulle ytre meg for eller imot ulv. «Snilt av deg å pynte for gutten din», sa jeg bare og snurret den ene flypropellen. «Grå beist fins det overalt», la jeg til før jeg gikk.

Noen minutter senere kom han halsende inn på kontoret mitt. «Anders ba meg ringe journalisten i Aftenposten – han som dekket Panama Papers, vet du. Kontoen det er snakk om er hos en bank i et skatteparadis. Cayman Islands.»

Februar

KAPITTEL 10

Thea

Å bruke sjefens hytte til samlingen var rart. Var den ikke mer som ei jaktbu? Jeg ville ta med egen pute, for ingenting slo ærfuglduna mine, jeg hadde sanket dem selv. Og en bok gjorde det lettere å falle til ro. Jeg valgte en søvndyssende en om koder. Kona til Trond hadde visstnok vært der i forveien og handlet inn mat. Jeg så henne for meg farte mellom hyllene på jakt etter kjøtterstatninger, visste ikke om jeg skulle gosse meg eller grine over ekstraarbeidet hun fikk. Ellers tok jeg bare det jeg pleide å gå i – det var ingen å pynte seg for. Jeg måtte ta en pause midt i pakkingen for tåa verket noe forferdelig. Skulle jeg likevel bli hjemme? Faktisk var det tanken på bli bedre kjent med Snorre som fikk meg i gang igjen.

Vi skulle utmeisle strategien for framtida, hadde Nancy skrevet på Interiørnett. Samtlige butikker ble oppfordret til å sende innspill. Nancy forsto ikke før vi var på vei i minibussen at grunnen til at Trond insisterte på ordene «til fjells», var at området het Mangen*fjellet*. «Ble det for dyrt med ski inn ski ut?» lo hun, da vi var fulltallige i minibussen som svingte ut fra Oslo S. Jeg trengte meg innover, stanset og så meg rundt. Den eneste ledige plassen var ved siden av Snorre. Smilende løftet han sekken som lå i setet, mens jeg plugget i øreproppene.

Brunt slaps lå i veikantene, men vegetasjonen *ble* faktisk mer fjelliknende etter hvert som vi steg i terrenget, og ganske lik den jeg var vant til fra øykommunen, med lave furuer og spredte myrer. Jeg satt på favorittspillelista. Høyere oppe var alt dekket av et tynt snølag. Etter å ha kjørt et stykke på en smal grusvei, dukket den avlange hytta opp, med gress på taket og mørkt beiset tømmer. Den var større enn ventet. Trond strålte om kapp med sola da vi strømmet ut fra minibussen.

Ettersom Snorre skulle sove i stabburet, og Trond hos en nabo, betydde det at hytta måtte ha minst åtte soverom eller hemser, for alle skulle få sove alene. Da jeg trådte inn, ble jeg overrasket – alt inventaret kjente jeg igjen fra bloggen til kona til Trond.

Meningen var at vi skulle diskutere netthandel, men den første halve dagen skulle vi få en guidet tur som skulle ansees som belønning. Jeg fnøs da jeg leste det. «Något i näsan?» hadde Åke ertet. Om jeg bare kunne fått lest bok eller gått tur alene … Snorre tok nedslag fra stabburstrappa på den andre siden av tunet idet jeg trakk gardinene fra inne på det lille soverommet jeg var tildelt. Jeg himlet med øynene til speilet. Selv følte jeg meg som en hvalross på land.

«Apostlenes hester får duge», forkynte Trond fra gangen og strøk hånda langs et par ski med feller. Ved siden av sto et par som var kortere. Rart jeg ikke hadde koblet det sammen, kona tilbrakte sikkert også mye tid på hytta. De to hadde ingen barn. «Noen som vil ha drahjelp?» skrålte Trond, og forsvant inn i et nabohus langs veien. Like etter kom han ut igjen med to elghunder i bånd, strålende blid. Jeg meldte meg umiddelbart for å unnslippe småpratet. Men ikke før hadde jeg overtatt båndene så dro Trym og Tyra meg av gårde med krafta til to ustyrlige ulver. Snorre lo først, men kom meg til unnsetning. Det var mer enn jeg kunne si om sjefen, han var opptatt med å fortelle Nancy jakthistorier. Kleint nok snuste Trym Snorre i skrittet da han tok over båndet. Jeg ble varm på ørene, og var glad for at lua dekket dem.

Trond overrasket. «Velkommen til Frierbua», proklamerte han og pekte mot ei lita bu langs noen skispor. Det var virkelig vakkert, og trærne var kledd i det fineste glitter. Inni bua ventet kaffe og fastelavnsboller med krem. «Veganske», hvisket Trond til meg idet vi trådte innenfor, og så nikket han mot fatet der to boller lå inntullet i plast, markert med melishjerter på toppen. Jeg takket, og fikk et blunk og et «skulle bare mangle» tilbake. Butikkene våre var nok også fylt av valentine-varer på denne tida, det gikk i rødt og rosa. Selv pleide jeg å fortrenge at dagen fantes.

«Saker i saus», utbrøt Ivar etter den første biten. Trond snøftet fornøyd over å høre hølandsuttrykket sitt. Et eller annet sted på veien hadde han slått over til en dialekt som minnet om den rundt Mjøsa. Jeg slo på Google Maps for å se hvor vi faktisk befant oss. Snorre hevet sin bolle til hilsen, eller prøvde han bare å holde den unna Tyra? De to var søte der de satt, den samme viltre framtoningen.

Under hele ettermiddagsøkten tilbake i Tronds hytte, lå Trym ved føttene mine. Han fortsatte å ligge der under middagen også, mens Tyra valgte plassen foran peisen der bjørkeveden knitret. Da jeg skulle vise forslaget til en nettbutikk, tusla Trym med meg ut på gulvet. «Fått en følger?» ertet Snorre. «Enda en», la han til noe lavere. Rødmen var neppe kledelig, men så merket jeg blikket til Snorre på meg igjen. Trond klappet ham på hånda. «Kona di jobber vel med netthandel?» Snorre trakk blikket til seg, men nikket omsider. «Be henne om innspill?» fortsatte Trond. «Fordeler og bakdeler, så og si?» Deretter lo han støyende. Alle visste at de var separerte. «Men jeg synes Thea har gjort en ypperlig jobb, altså», la Trond til. De andre så seg rundt, trolig like brydde som meg.

Alle hadde vin i glasset da Trond kom inn i stua senere. «Kan du hjelpe oss mannfolka litt?» ropte han til meg. Jeg fulgte motvillig med inn på kjøkkenet der Snorre kuttet grønnsaker i kreative former. «Dette veganske», begynte Trond og liksom trakk på skuldrene, «la være å legge i kjøtt», foreslo jeg, men ble ignorert.

Jeg gikk for å røre i tyttebæra som putret på komfyren, og fikk se at de forsøkte å varme rødbrun soyablanding i ei stekepanne.

Det var grenser for hva jeg ville putte i meg, så jeg kastet det diskret inn under noe emballasje i søpla. Da var det tross alt bedre med vilt. Jeg kuttet opp en stor bit og la det i panna, maskerte det med paprikakrydder så det liknet soyaen.

«Trofast ved grytene», sa Snorre og så på meg. «Trives når det koker», blunket jeg, noe som fikk begge til å le. Så var det vel åpenbart at jeg mislikte stress. Trond forlot oss et øyeblikk, ville hente rømme fra et ekstra kjøleskap i boden. Det ble stille på kjøkkenet inntil jeg hørte snufsing bak meg. «Så leit», utbrøt Snorre mens tårene rant. Trolig rakk jeg å sette opp et forskrekket uttrykk før han holdt opp løken. Lettelsen var så stor at jeg brast i latter. Det var sjelden jeg lo for tida, og det gjorde godt.

Snorre lente hofta mot kjøkkenbenken og satte fra seg ølen. «Noe nytt?» spurte jeg og forsøkte å unngå å ta et skritt tilbake – vi sto så nært. Han smilte. «Noe nærmere, kanskje?» Han var plutselig alvorlig og et øyeblikk misforsto jeg, det ble vanskelig å svelge. Vi sto fortsatt tett, unaturlig tett, men jeg likte det. Så plasserte han hendene sine på benken ved siden av seg, den ene kom borti min, og jeg rykket til. Han smilte hemmelighetsfullt. «Fakturaene har ikke kommet utenifra, jeg sjekket det – de er kun registrert i våre systemer.» Han lente seg mot meg. «Jeg tror fortsatt at de er fiktive. Uekte, altså.»

Jeg var tilbake til virkeligheten. Han fortsatte. «Ekte elektroniske fakturaer som matcher overføringene finnes ikke, heller ingen på papir, så det er virkelig amatørmessig gjort, tipper vi finner ut av det.» Jeg så på ham før jeg sa: «Ikke si noe til noen andre, da. Okay?» Han så på meg og nikket, blåste bort krøllene fra panna idet noen trampet ved inngangsdøra. Det pirret å ha hemmeligheter med ham, dessuten nøt jeg lukta hans, det var noe trygt ved den. Jeg funderte på om den kunne minne om far, en trygg armhule fra da jeg var liten – kanskje mitt eneste minne om pappaen min. Jeg var glad for at han ikke dekket den til med deodorant, det var nesten så jeg sa det til ham. Men så ble det kaldt ved føttene, og hundene kom tassende inn etter tur.

Snorre åpnet en halvliter idet Trond ristet snø av lua. «Begynt å snø alt?» spurte Snorre og huket seg for en gløtt ut av vinduet. «Nei, nei», svarte han bryskt, «vært i skauen, vet du, det drysser fra trærne.» Han kom mot oss og boksa liksom Snorre i magen, for å yppe til kamp. Jeg ville gå derfra, men han tok oss begge om skuldrene, skjøv oss mot stua som om vi var barna hans. «De andre venter», bedyret han.

Elggryta sto dampende på bordet en stund etterpå. «Jeg merker en ny giv», utbrøt Carl, direktøren for innkjøp. Folk nikket og skålte, mulig det var rødvinen som spilte dem opp. Jeg studerte direktørene etter tur, Nancy, Ivar og Trond. De var gode i farta; men jeg anså dem alle som fornuftige, ansvarlige. Alle var langt eldre enn meg, men var det bare derfor? Nei, jeg kunne ikke forstå at noen av dem kunne ha tatt sjansen på et så vågalt bedrageri. Uro var heller ikke synlig i noen av ansiktene.

Snorre

Mens folk var i ferd med å gå til sengs, var jeg oppsatt på å få Thea til å bli oppe litt lenger. «Bikkjene bør vel få en sjanse til før natta så de slipper å ligge våkne», bløffet jeg. Var det ikke noe med krig og kjærlighet? Thea nikket alvorlig, hadde trolig ingen erfaring med partyblærene til elgbikkjer. Trym var ikke vond å be da hun begynte å snøre støvlettene. Snart sto de begge rundt henne og logret så krøllhalene feide panelet. Hun smilte begeistret, forsto ikke at de var giret opp med godbiter. Jeg rotet fram noen skinnvotter og stakk hendene nedi – fingrene luktet fremdeles av pølsevann.

Jeg måtte ha fått et par stjerner i boka for hun støttet meg mens jeg snørte mine sko ute i snøen, og gjorde deretter et nummer ut av at vi skulle ha ei bikkje hver, det var tydeligvis en viktig greie for henne å holde båndet. Planen min om å ta begge bikkjene og ha ei ledig hånd til henne, gikk dermed i vasken. «Omsorgsbehov?» tøyset jeg, men hun svarte ikke, klappet bare hundene.

Vi tråkket langs samme skogsbilvei som tidligere på dagen «Uvirkelig», hvisket hun så snart vi var utenfor hyttetunet. Og jeg forsto henne, den snødekte skogen var trolsk i skinnet fra månen. En gren drysset lett snø over oss, og det fikk henne til å stråle. Hun passet perfekt inn i det vakre landskapet, jeg kunne ha gått ute med henne resten av natta.

Den lille hytta fra kafferasten sto plutselig foran oss, og jeg spilte like forbløffet som henne. Et håp hadde steget i meg da jeg røsket tak i døra til bua, men fant fort ut at den var låst. Tonen mellom oss hadde vært så god, jeg innbilte meg at hva som helst kunne ha skjedd om vi gikk inn dit.

«Krasafaren steinbu?» spurte hun og lo. Jeg så på henne, smilte med, men husket ikke sangteksten til Hellbillies ordentlig, visste bare at jeg måtte sjekke den senere. Hva kunne hun ha ment? At frierbua var en slags redning for oss? Trym dukket brått opp med en halvspist skjære og reddet meg. Thea kommanderte ham bryskt til å slippe, og underlig nok slapp han den.

«Må være mer takknemlig», sukket hun og klappet Trym kjærlig. Jeg nikket, tenkte det kunne hjelpe på humøret hennes – hun utstrålte sjeldent livsglede, men var annerledes i kveld. Hun trengte bare å ta et skritt videre så fulgte Trym etter, det var glede og gjensidig hengivenhet. Like etterpå spurte hun meg om tante Sigrid som hun tydeligvis ikke kjente. Jeg fortalte hvor opptatt både hun og onkel var av Alexander. Til det sa hun ingenting, virket bare tankefull.

Thea fortalte litt senere at hun eide deler av et hus på ei øy, men at huset var fullstendig okkupert av en fetter. «Hiv han på sjøen», tullet jeg, men hun forble alvorlig. «Ansvaret for bestemor ble kanskje for tungt», mumlet hun og så bort. Foreldrene hennes hadde omkommet i en båtulykke. Akkurat da ville jeg helst ha tatt hånda hennes, men hun innbød ikke til det. Der hadde jeg imidlertid fanget noe felles. Jeg fortalte at jeg ikke hadde noen far og at jeg ville være noe for Alexander. Det var som om jeg forsto det idet jeg sa det: «Alle trenger vi noen faste, nære.» Blikkene våre møttes.

Klokka var nærmere tre da vi skimtet hytta. Vi måtte ha gått i over en time, selv om det føltes som ti minutter. «Sov raskt da, energiske», sa hun og la votten liksom spent på dørhåndtaket. Skuffelsen la seg som en tett skodde i meg da inngangsdøra gled opp, og drømmen om å invitere henne opp på stabburet drev bort. Slukøret fomlet jeg fram den komisk store nøkkelen.

Thea

Snorre reiste seg like før avreise neste dag. Øynene var blodskutte. «Vi er mer som én ledergruppe, ikke sjef i hver avdeling», oppsummerte han flatt. Trond nikket og var den eneste som klappet. «Og så har det kommet forslag om å blåse liv i sommerfesten», avsluttet Snorre og smilte vemodig. Nancy rakte opp hånda. «Har ei til komiteen, Anne elsker sånt.» Jeg forsøkte å late som om jeg ble glad for forslaget, og Snorre så omsider ut til å tø opp, han smilte mot vinduene.

Jeg betraktet kollegaene mine. Den eneste som ikke var mistenkt, var Snorre. Han ble ansatt etter bedrageriet. Nancy, Ivar og den tidligere personaldirektøren var alle kandidater, for de hadde tilgang til å godkjenne regninger når Trond var borte. For ikke å glemme Trond selv. Den tidligere personaldirektøren hadde sluttet før det skjedde, så med mindre han samarbeidet med noen, kunne det ikke være ham. Men kunne noen av dem være så dumme?

Det var nytteløst å spore når de brukte hverandres passord, og alle tre hadde vært innom flere av de andre systemene de dagene fakturaene ble godkjent. Jeg hadde advart mot å bytteläne passord, men det hadde ikke nyttet, og nå var vi i knipa på grunn av meg, slepphendtheten min. Blyanten jeg holdt knakk og en bit fløy over bordet. Snorre snappet den til seg og gransket meg.

KAPITTEL 11

Thea

I minibussen på vei hjem var det den nattlige spaserturen som svirret i bakhodet. Det hadde vært fint å oppleve Snorre i omgivelser han virket så hjemme i, en ny ro hadde kommet over ham. Han hadde vært rundt meg hele tida, brydde seg visst ikke om hva folk måtte mene. Selv om det var litt skummelt, sjarmerte det meg. Idet vi skulle inn i minibussen, var han raskt bak meg igjen, og på hjemveien gjorde varmen fra låret hans meg tidvis andpusten.

Jeg kunne ha blitt med på stabburet, ingen ville merket noe. Hytta hadde ligget i mørke, og stjernehimmelen hadde lyst mektig over oss da vi gikk fra hverandre. Jeg ville se hvordan han reagerte på at *jeg* holdt blikket *hans* til en forandring, men så var det i meg reaksjonen kom, og det var så vidt jeg fikk karret meg inn på soverommet etterpå, beina mine var ustø. Hadde han kjent noe av det samme?

Fredagen etter samlingen kjente jeg tåa mens jeg småløp langs brygga. Det irriterte meg at jeg ikke hadde funnet ut hvorfor det verket sånn. Trond hadde foreslått kaptein Voms syke, fra tegneserien om Knoll og Tott, etter et stort måltid med elg og noen øl til. Men det var umulig, for kaptein Vom hadde åpenbart fryktelig vondt inni den store bandasjen sin, mens jeg kjente mest murring. Alt viltkjøttet jeg oppbevarte i fryseren, fikk ligge. Vel framme på togstasjonen verket det mer.

Flere av lederne hadde tatt fri etter samlingen, men idet jeg åpnet døra inn til kantina, fikk jeg øye på ham. Han satt med Kornelia fra markedsavdelingen, og hodene var stukket tett sammen. Jeg snudde i døra og la vekk maten. Irritasjon fylte meg langsomt, så jeg satte meg ved pc-en og sendte en e-post til ham. *Lagt spennende planer for helga?* Men i samme sekund angret jeg. Trakk imidlertid bare genseren over hodet og ble sittende sånn i lang tid. Forurettet var det jeg følte meg, og det var selvsagt tåpelig. Snorre kom til å forstå det, men det ble for dumt å kalle tilbake e-posten, spesielt om han hadde sett den i innboksen allerede. Åke kastet seg over tastene igjen etter en liten pause.

Utpå ettermiddagen våget jeg meg atter ut i kantina. Jeg ville hente frukt, eller noe annet som kunne holde meg konsentrert noen timer til. Svett og i hvit t-skjorte drakk Snorre vann borte ved disken. Den tynne treningsgenseren smøg seg langs overkroppen og avslørte hvor veltrent han var. «Tur-daten min», utbasunerte han idet han snudde seg. Det kriblet, selv om jeg var flau. Jeg gremmet meg sånn over e-posten.

«Fortsatt her?» spurte jeg dumt. Han forklarte at han pleide å dra tidlig på fredager. Noe ertende kom over ham og smilet ble bredere. Var det e-posten? Eller ante han at jeg hadde målt ham og nytt synet? «Kjekt med trimrom», lo han. Jeg avventet. «Ligger der.» Han pekte.

«Har ikke du en sønn?» spurte jeg, men angret. Når skulle jeg slutte å være ufordragelig? «Mamma som henter i dag», la han til og rettet seg. «Flink farmor», sa jeg og klarte så vidt å holde blikket hans. «En engel», bekreftet han og fikk plusspoeng. «Slenge deg med?» Hodet nikket i retning garderoben der trimrommet lå like innenfor. «Bra for oss kontorister», la han til og berørte samtidig skuldrene sine. Ville han vise fram overarmene, eller var det en tilforlatelig bevegelse? Jeg skulle til å si at han syklet langt mer enn han satt ved pc-en, men tok meg i det, hadde slengt nok dritt i hans retning. «Den nye HR-direktøren som hevder dette?» spurte jeg og fant en ren kopp. Han nikket, var med på spøken. «Sa det gjaldt spesielt hun de kaller IT-direktøren, hun jobber visst døgnet rundt for tida.» Han så forferdelig godt ut, det gjorde nesten vondt.

«Noe nytt fra journalisten?» spurte jeg. Han lyste opp som om han hadde glemt noe, og kikket rundt seg før han hvisket: «Ting tyder på at det er et Karibisk registrert firma som disponerer kontoen, men vi får ikke vite hvem som eier firmaet.»

«Jøsses», kom det fra meg. Alt virket mer ekte, men samtidig helt fjernt. Var det ikke der Trond og kona hadde vært på seilferie sist sommer? «Skal vi ta en tur?» spøkte jeg samtidig som det skylte varmt gjennom meg. Han blunket. Randi og Anne kom travende forbi, begge i tettsittende lycra. Jeg blåste gjennom nesa før jeg fikk behersket meg. «Kommer straks», sa han og vinket til dem.

En stund etterpå var kaffen kald, uten at jeg hadde kommet i gang med noe som helst. Verkingen i tåa var tilbake. Hadde han ikke lest e-posten? Jeg sjekket at den var sendt, deretter googlet jeg Cayman Islands og fikk bekreftet at det *var* fra George Town Trond hadde sendt bilde av en kritthvit strand. Kunne det være en ren tilfeldighet?

Jeg reiste meg og lot fingrene gli langs sprekkene i muren – var det Trond, likevel? Hadde han behov for penger? Mye penger? Tåa gjorde fortsatt vondt, og jeg tenkte på lunsjen min, googlet og fant ut at det kunne ta opptil fire dager før kjøtt var gjennom kroppen. Viltkjøtt sto på unngå-listen for folk som hadde podagra, for det var vel det jeg hadde. Ingen hadde latt seg merke med at jeg forsynte meg grovt med kjøttet under samlingen.

Det plinget i telefonen idet jeg var på vei ut i kantina igjen for å hente vann. Det var en melding fra søstera mi: *August og Tone kommer, sannsynligvis siste helgen i mars.* August var barndomsvennen vår fra øya, og Tone var kjæresten hans. De snakket ofte om å besøke oss i Oslo, men det var sjelden at de faktisk kom. Før pleide jeg å drømme om at det var meg han ville ha. Jeg hadde ønsket meg ham, men i stedet hadde jeg rotet meg borti en annen. Tett, tett i pappen, tjukk i huet, pling i bollen – så rare uttrykk vi brukte som barn. Nå var han tatt.

Snorre

Var Thea sjalu? Hun hadde snudd i døra da jeg snakket med Kornelia, og virket sur da treningsjentene kom svinsende, et plutselig humørskifte jeg først ikke forsto. Vi måtte snakke mer sammen, forsto hun ikke at det var henne jeg likte? Jeg bestemte meg for å treffe på henne liksom tilfeldig neste morgen mellom togstasjonen og hovedkontoret; hun kom jo med tog halv ni hver dag.

Jeg var ferdig i dusjen og sjekket mobilen før jeg kledde på meg. Det var en e-post, fra *henne* – jeg tullet håndkleet kjapt rundt håret så det ikke skulle dryppe på telefonen. Overskriften var *netthandel innspill,* den var sendt en stund etter lunsj. Jeg trykket i vei. *Pleier ikke planlegge helga, men … kan gjøre et unntak? Gå en tur i marka?* Det føltes som en evighet, men så kom svaret. Jeg måtte lese det flere ganger. *Ville blitt som å gå med sjokolade i sekken – som ikke kan spises.*

Thea

Hva gikk det av meg? Maken til tullete e-post. Jeg *måtte* til Herføl igjen, måtte bort fra dette stedet, og igjen bli meg selv – fullt ut. I ti år hadde jeg utsatt og utsatt, men nå hastet det. Noen måneder til med jerndisiplin og jeg ville være fri. Om jeg skeiet ut, ville det ta år. Jeg måtte slutte å la Snorre forvirre meg – jeg var ikke for ham, og jeg kunne aldri røpe hvorfor – ikke til noen kunne jeg fortelle hvorfor.

Jeg gjorde som sist, tok første buss ut av byen og var på øya før

Per hadde fyr i Jøtulen. Mens trakteren putret på kjøkkenet, romstert jeg i kammerset innenfor kjøkkenet. Det var fullt av tomflasker, glass og ødelagte ting. Malesakene lå bakerst. Jeg klemte på noen tuber, men de var for lengst størknet. De gjenværende lerretene var også nedstøvede og flekkete – ingen inspirasjon å hente der. Da det omsider kom lyder inne fra huset som indikerte at Per var på føttene, satt jeg allerede med en kaffekopp på den morkne benken i hagen.

Det var en flott morgen, vindstille, litt disig og mildt. Jeg måtte smile da jeg så August komme gående over den grønne plenen, jeg hadde gjenkjent duren fra den kraftige båten de pleide å frakte sauene i, til og fra beite. «Kommer rett fra gården», sa han. Bare lyden av den syngende dialekten fikk meg i godt humør. Faktisk hadde jeg smilt allerede av motorduren.

Per viste først antydning til glede over å ha oss der, men da han skjønte hvilket ærend vi kom i, gned han seg demonstrativt i øynene og ble morsk og irritert. August forsøkte å appellere til medfølelse med oss søstrene som ikke hadde et sted å komme til, sa det kunne bli fint med et lettstelt anneks, men ingenting nyttet. «Kom hjem som dere pleier, men ikke bry meg.» Han hadde alltid vært sta når det gjaldt huset. Gjenstridig, ifølge Kine. August forsto oss, kjente historien. Jeg takket ham flere ganger da vi gikk mot båten. Han viftet det bort og insisterte på å frakte meg over til bussen på «Storøya». Han husket.

Før jeg gikk i land, fortalte August at han og kjæresten gjerne ville komme og se hvordan jeg hadde det «på brygga», som han kalte det. Jeg tok meg i å håpe på fint vær, så jeg kunne vise dem fjorden. Og jeg ønsket dem virkelig alt godt. Men da det hvite sløret av skum etter båten hans sakte hadde glidd i ett med sjøen, kom likevel noen av følelsene fra tenårene tilbake. Hvor mange ganger hadde jeg ikke stått på den samme kaia og drømt om ham?

Et sårt minne ble vekket, noe vi aldri hadde snakket om. En mandag hadde jeg ikke kommet meg hjem etter skolen på grunn av den landfaste ferga, høststormen hadde rast. Vi ble som vanlig sittende i fjøset med sauene da jeg tok mot til meg og fortalte at jeg hadde savnet ham forferdelig etter at han flyttet fra øya. Han hadde sett rart på meg, før han dro meg nærmere og vi kysset.

Noen dager senere fikk jeg høre at han var sammen med en av jentene i klassen, og jeg sluttet å snakke med han. Men han gjen-opptok kontakten med Kine da han bodde i Oslo for å studere, og jeg hadde truffet ham en sjelden gang når vi kom dit samtidig. Hadde det noe med den ulykkelige forelskelsen i August å gjøre at jeg gikk inn i det så fullstendig håpløse forholdet senere, det som nesten knekte meg?

Mars

KAPITTEL 12

Snorre

Smilende stablet jeg tallerkener etter et møte i slutten av mars. Thea og jeg var et supert team når det gjaldt netthandel, prosjektet hadde vind i seilene. Vi presenterte alt sammen, og folk hadde strenet fornøyde ut av døra til helg etterpå, mens jeg hadde blitt stående og se opp på en skyfri himmel, drømte om en tur i marka.

Men det skulle bli fint å sykle også, spesielt langs fjorden. Jeg hadde ikke sett Thea forlate bygget ennå, så jeg antok hun fortsatt var på kontoret. En tur i marka med henne hadde vært herlig, og jeg hadde faktisk spurt enda en gang etter svaret hennes om sjokolade i sekken. De dagene jeg visste at hun skulle ha fri, var det lettere å ha hjemmekontor, som den dagen hun erklærte at hun skulle «hjem», og jeg forsto etterpå at hun hadde vært på øya.

Jeg sjekket e-post på mobilen, Aftenposten-journalisten antydet at vi burde dra til Karibia selv, for å gjøre undersøkelser. Det var mange banker på Cayman Islands, selv Nordea og DNB hadde lisens der. Betalingene fra oss gikk imidlertid til en utenlandsk bank som jeg aldri hadde hørt om før. Strengt tatt hadde jeg ikke råd til en tur dit, men hvis Thea dro, måtte jeg skaffe pengene og komme meg med.

Bare tanken på en slags ferie med Thea fikk det til å banke i brystet. Jeg så for meg sene kvelder med spekulasjoner på hvem bedrageren kunne være, drinker og et hotellrom vi måtte dele fordi hun følte seg utrygg i utlandet, eller fordi det var billigere sånn, eller det eneste rommet som var ledig – men egentlig delte vi rom fordi vi hadde lyst til det. For var det ikke det hun ville, hun også? Hvordan skulle jeg ellers tolke de tvetydige meldingene, blikkene og den stadige flørtingen foran kaffemaskinen? Hun var et mysterium. Forrige helg hadde jeg spurt om hun ville være med Alexander og meg på tur i Østmarka, men hun hadde avvist meg igjen, på sin spesielle måte. *Jeg kan dessverre ikke, men tvil ikke på at jeg setter pris på kontakten.*

Bare det å ha muligheten til å støte på henne i gangene var verdt hvert tråkk, så jeg syklet til Asker stort sett hver dag og klarte å nå henne fra toget så vi fikk en prat. Noen ganger tok jeg mot til meg og stakk innom henne på kontoret også, men ikke så ofte at folk forstod hvor gal jeg var etter henne.

En rød Volvo stasjonsvogn, kraftig med mørke felt langs sidene, kjørte sakte gjennom porten idet jeg skulle bære tallerkenene ut i kantina. Biler forsvant stort sett ut av porten så sent på ettermiddagen, så jeg ble stående og betrakte denne ene som kom kjørende motsatt vei. Den stanset i nærheten av hovedinngangen. Var det noen som skulle innom på snarvisitt? Døra på førersiden gikk opp og en røslig kar steg ut. Han så ut til å ha kjørt en stund, for det første han gjorde var å strekke armene i været.

En skikkelse med sekk over skuldra småløp ut fra hovedinngangen. Det gikk et støkk i meg da jeg gjenkjente jakka. Mannen tok raske skritt, smilte og la armen rundt henne. Magen ble urolig. Var de kjærester? De sto så tett og pratet. Kaka truet med å komme opp igjen. Var dette årsaken til at Thea holdt meg på avstand? Tallerkenene klirret og kinnene brant, jeg tok noen skritt bakover. Fyren minnet om Odd Nordstoga – han strålte ut et eller annet, høy og med godslig skjegg.

En sviende klump vokste i magen. Skuldrene på fyren var brede, overarmene tykke. Eller var han småfeit? De glorete fargene på joggeskoa fikk meg til å tenke på en kar fra landet. En bonde? Fyren kunne sklidd rett inn i Jakten på kjærligheten, Lines favorittprogram.

Thea virket sped i forhold og lagde striper i grusen. Ble hun plutselig så sjenert? Hun dreide hodet så vidt mot meg og så glad ut, mens et dypt tungsinn fylte meg. Kunne det være fetteren hun hadde fortalt om? Magen roet seg litt. Men fetteren var vel en helt annen type? Var han ikke nærmest for alkoholiker å regne? Hun hadde antydet det. Kunne hun ha gitt svogeren sin en sånn klem? Ville jeg ikke ha gjenkjent ham fra Facebook-siden til søstera? Hun satte seg inn.

Bilen tok etter hvert en omfangsrik sirkel og forsvant ut gjennom porten. En ulyd presset seg fram i meg og bokhylla fikk seg en real trøkk så glassveggen på baksiden ga gjenklang. Jeg bøyde meg, ville døyve smerten, og kom på at jeg kunne sjekke kalenderen hennes. Det eneste som dukket opp for kvelden var *privat avtale*. Faen også, hun hadde skjult det som sto der. Hvorfor var hun så gåtefull? Hadde hun en hemmelig elsker? En tanke slo ned i meg som et støt. Kunne Thea ha blitt desperat på grunn av situasjonen på øya? Ville hun kjøpe ut fetteren sin? Anledning hadde hun i hvert fall, med tilgang til samtlige systemer. Var det *hun* som stjal penger?

KAPITTEL 13

Thea

«Gikk det greit å finne fram?» spurte jeg. August smilte. «Støl etter kampen», sa han og svingte med den kraftige høyrearmen. Så fortalte han at kjæresten hilste, men at hun ikke orket å være med på grunn av forkjølelsen. «Pusser opp grisehuset», fortalte han. «Må ha noen spennende byggeprosjekter, vi også.» Han blunket. Jeg bare nikket, det var et sårt tema. «Sett noe til Per?» spurte jeg. Han ristet på hodet og fikk et medfølende uttrykk i øynene.

Gården som August hadde bodd på siden tenårene, lå fantastisk til i ei vik med vide gressletter ut mot havet. Etter at han ble veterinær, jobbet han fortsatt på familiegården innimellom. Kanskje jeg også kunne bo der til sommeren? Jeg fikset ikke Per og all festingen hans – ikke hvis jeg kom alene. Jeg måtte snart vekk fra byen, følte meg bare som en luftplante der, en sånn uten røtter som Kine hadde hengt opp i taket på dusjen min en gang. «Tillandsia, lever på luft og kjærlighet», hadde hun ledd. Den døde rett etter blomstringen, og Kine forklarte at den bare var sånn. Byplanten meg, var jeg også døende?

For Kine, Per og meg hadde gården til August vært rene feriekolonien – vi hadde storkost oss der. Som voksen hadde jeg lurt på om bestemor sendte oss dit for avlastning, men det spilte ingen rolle, jeg hadde elsket å leke med kopplamma på enga, og så var det August, da – Kine og jeg hadde byttet på å være forelska i ham.,

«Møter de andre på parkeringen», sa jeg. «Fuglemyrhytta?» spurte han. Jeg nikket. «Kanskje vi kan overnatte når den er ferdig?» Han smilte. Jeg svarte ikke, usikker på hvem han mente med *vi*. «Kine ringte», sa han plutselig, «fikk billetter til konserten hun jobbet for, to stykker.» Jeg streket opp grusen med skoen, hadde egentlig mer lyst til å slappe av hjemme hos Kine. Det var en selvfølge for henne at August skulle bo hos meg, hun hadde ikke villet diskutere det en gang. «Kan jo stikke tidlig», sa han og dultet meg i siden. Hadde hun ringt *meg* først, ville jeg ha nektet. Likevel nikket jeg. Bondefanget. Kine hadde seiret.

«Skal vi dra?» spurte han. Jeg kastet et blikk mot vinduene bak meg og åpnet bildøra sakte. Ble vi observert av noen? Snorre kunne ha sett oss. Ville han lure på hvem August var? På en måte håpet jeg han kunne kjenne noe av det vonde. Men det var toskete og skammelig, han hadde ikke gjort meg noe – hadde antakelig aldri gjort *noen* noe. Han var en god person, men vi hadde ingen framtid sammen.

På parkeringsplassen ved Vettakollen ble vi stormet av Jacob. Simen sto avventende et stykke bak. «Lite trafikk oppover her», kommenterte Jens og fnøs mot de enorme villaene vi hadde passert på veien.

En stund etterpå trasket vi oppover den steinete stien. Det var bratt, men nevøene løp likevel fra side til side og fant på sprell. August hang på som en forvokst unge, mens Jens og jeg holdt jevnt tempo bak dem. På en fjellknaus med utsikt mot fjorden slo vi oss ned. Hengekøya gjorde lykke hos nevøene, som ble liggende der med mobilene.

«Hvordan går driften?» spurte Jens, «lammingen i gang?» August nikket. «De bytter på å sove i fjøset – skulle satset på villsau, de fikser sånt selv.» Han fortalte at foreldrene grudde seg til ferietida, når badegjester trosset båndtvangen og slapp hunder løs på svabergene. «Måtte avlive ei søye som satt fast i gjørma noen meter fra land.» August fikk et sørgmodig drag over ansiktet da han fortalte om lammet som løp fram og tilbake på land og brekte etter mora. Jeg grøsset. Historien slapp ikke taket i meg før vi gateparkerte nede på Tøyen noen timer senere. Var livet mitt som den stakkars sauens? Satt jeg fast i leira? Eller som det brekende lammet – ventende på noen som aldri kom?

Inne var Kine i gang med maten. Det luktet nydelig, og varmen fra kakkelovnen strømmet mot oss. Jeg la meg på det myke furugulvet sammen med Jacob som også var trøtt. August strakte seg mot taket i stua da han kom inn, smilte og rørte nesten ved stukkaturen. Han hadde bodd i en tilsvarende bygård lenger vest da han studerte, og kanskje fantes det et savn etter studietida, en friere tilværelse. Men restaureringen engasjerte vel, det var jo framtida for ham og Tone.

Motvillig dumpet jeg nedover trappene knapt en time senere. Utendørskonsert fristet på ingen måte, og den lånte stillongsen fra Kine klødde. August strøk hånda langs det avrundede gelenderet mens han gikk. «Nyt musikken, da, og se *mot* scenen», hoiet Kine fra etasjen over oss. Jeg ble flau, for en dustete kommentar. August så ikke ut til å oppfatte det doble, beundret bare de fargerike vindusglassene på hver avsats.

Over scenen hang det lyslenker pyntet med bjørkeløv og påskeliljer, og det slo meg at det var pynten Kine hadde ment, ikke at jeg skulle slutte å glo på August. Det var glissent med folk, og vi ble stående bakerst. Musikken var overraskende bra, og jeg forsto August som ville få det med seg. «Ofte ute?» ropte jeg. Han gren på nesa og vippet med håndflata, ville nok si at byturene var blitt sjeldnere, før han stakk etter øl.

Jeg ble stående ved bagen og prøvde å gjemme meg bort, inntil jeg fikk se et blondt bustehode i mylderet noen meter lenger fram. August kom tilbake med skum på skjorta. «Kløne», lo han brydd, og bar to plastglass i hver hånd. Jeg tok imot to av dem. «Masse folk», unnskyldte han seg. Desperat prøvde jeg å få et glimt av krølltoppen mens August tørket seg med håndkleet fra bagen. Plutselig kom det krusete håret vaklende forbi på høye hæler, og jeg lurte på om jeg var mest lettet eller mest skuffet.

Slemmestadbussen tok samme rute som da jeg var liten, og hodet til Trond dukket opp i kjøkkenvinduet idet vi rundet hekken. Turen til Vollen hadde gått greit, Alexander hadde skravlet siden vi dro fra barnehagen, og ekstra oppglødd ble han da han gjenkjente hustaket noen meter fra holdeplassen. «Onkej», ropte han gledesstrålende da fjeset til Trond dukket opp i vinduet. En skygge beveget seg raskt bak ham, og jeg så for meg tante som rydda i siste liten – det var alltid strøkent når vi kom, og jeg mistenkte ikke onkel for å ha sånne tendenser hjemme heller.

Men det var endringer hos dem. I gangen sto det sko og støvler, og flere skapdører var åpne. «Beklager rotet», sang tante og kom svinsende rundt hjørnet. Hun fikk Alexanders oppmerksomhet med en gang, for hun fortalte at naboens katt var i stua. Jeg la merke til rotet på skrivepulten der tante hadde Mac-en sin. Det var ikke stort annet enn Pusur Alexander klarte å være oppmerksom på den kvelden, med unntak av en times tid da han fikk velge brus fra kjelleren og nystekte rundstykker kom på bordet.

Da det skumret, og det var på tide å dra hjem, slo Alexander seg fullstendig vrang. Han ville fortsette å klappe katten som endelig hadde sovnet på fanget hans. Han hylte så Pusur søkte tilflukt under sofaen, og gutten vrælte desto høyere. Onkel ble fortvila og så mest ut til å ville forlate oss. Men begge tilbød skyss, og jeg takket til slutt ja. «Pusen skal hjem, han også», forsøkte tante mens Alexander sutret etter Line.

I bilen med onkel sovnet han raskt, det var bare en halvtime etter leggetid, så jeg regnet med å bli tilgitt av Line. Før han lukket øynene, strøk han meg over armen som om jeg også var et malende pelsdyr. Jeg smeltet, forsøkte å vippe bilsetet ørlite bakover så han fikk det mer behagelig. Da jeg bar ham opp trappene hjemme, var det fristende å legge ham i den nye senga, men jeg stanset – han måtte få velge selv.

«En hank hver?» spurte jeg da vi beveget oss mot Sørenga etter siste låt. August ristet på hodet. «Gårdsgutt, vet du.» Så gjorde han en bevegelse som fikk bagen til å sprette i været før han elegant fanget den igjen. Fortsatt var han den lettlivede gutten jeg likte så godt i oppveksten.

«Pluss håndballspiller», la jeg til, som medførte at han satte opp et stort smil. På ungdomsskolen hadde han drevet med fotball og skyting i tillegg. «Og alltid blid», skrøt jeg. Han så ut til å studere meg etterpå. «Folk som deg er enkle, jeg mener lette … å forholde seg til», stotret jeg og smilte unnskyldende.

Vi nærmet oss Sørenga da han snudde seg mot meg igjen. «Prøver å få barn for tida», sa han plutselig. Jeg ville gratulere, men han pratet bare videre. «Ønsker det, altså, men det er tøft å motivere seg.» Han lo litt, virket ikke til å ense hvor forskrekket jeg ble. «Holder meg borte om kveldene», fortsatte han og skumpet borti meg. Deretter fortalte han om misforståelser og krangler om ingenting. Hånda var stadig bortom korsryggen min. Var det stas for ham at vi var sammen igjen?

Jeg forsøkte å smile. Burde han ikke innse hvor heldig han var? Så deilig det måtte være å ha noen å komme hjem til, være klar for barn, til og med. August la en arm rundt skuldrene mine og klemte meg inntil seg. Et øyeblikk nøt jeg varmen. «Har du noen kjæreste, da?» spurte han. Jeg ristet på hodet og vendte meg bort. Han slapp taket mens vi fortsatte å gå.

«Litt tøft akkurat nå», innrømmet han og gløttet mot meg. Jeg klarte ikke å leve meg inn i det. På en måte ville jeg bli med på flørtingen, men det fungerte ikke, jeg følte meg bare som en reserve. Han pratet jo bare om Tone, Tone. Var jeg ferdig med alt sånt?

«Ber deg ikke om å gifte deg med meg», forklarte han til slutt. Nettopp, tenkte jeg. Ikke lenge etter sto vi ved inngangen min på bakkeplan. Han lente skulderen nonsjalant mot murveggen mens jeg låste opp. Idet jeg dro i døra, kom han luskende etter.

I et flashback så jeg oss løpe om kapp rundt låven den sommeren vi fylte seksten. Hadde løpt det jeg maktet, men egentlig ville jeg at August skulle vinne. Jeg innså at det var sånn med Snorre også, jeg hadde ønsket at han skulle takle de nedsettende kommentarene fra meg den første tida. Det var styrke i å ta imot – ikke bli sint og ikke ta igjen. Selvsagt var det feil av meg å ta det ut på ham, men det lå mye vondt og murret i meg, det hadde presset seg fram. Han framsto som så trygg på seg selv, den rene supermann, og kanskje forsto jeg at all dritten ville prelle av på ham. Var han en jeg trengte?

August tok seg noen brødskiver mens jeg varmet meg i dusjen. Det var kort tid til sommerfesten; Snorre og jeg skulle være sammen i mange timer. Kunne jeg tillate meg å flørte med ham, leve videre på spenningen det ga? Det kriblet mens jeg fantaserte om å stryke ham over skulderen i en dans. Kanskje ville han like det.

Vi ble sittende i sofaen etterpå, og samtalen dreide mot Per og eiendommen. Jeg avslørte planene mine om å dra tilbake, og sa litt om hvor vi sto i firmaet, nevnte til og med Snorre ved en anledning, men ble tykk i halsen. Han så på meg og deretter på hendene sine. «Var det derfor?»

April

KAPITTEL 14

Snorre

«Hvem er Volvo-mannen?» spurte jeg, og innså straks hvilket idiotisk navn jeg hadde gitt ham. Den glatte panna rynket seg, men hun fortsatte å gå ved siden av sykkelen min. Taus. Og hun var i sin fulle rett – det var bare så irriterende. Kunne det være noe seriøst, da, når hun ikke sa noe? Ikke så hun spesielt plaget ut, heller. Det var over en uke siden hun hadde blitt hentet på jobben, og jeg hadde fortsatt å treffe henne etter togreisa hver morgen.

Ingen på hovedkontoret hadde nevnt noe om at Thea hadde kjæreste. Anne og Randi mente til og med at hun ikke var interessert i menn, og Trond hadde slengt ut av seg ordet «luremus» en gang vi pratet om henne. Det var så kleint å høre ham si det, hun var jo en ansatt. Var sånt dagligdags blant jaktkompisene hans? Jeg visste at hun ikke var sånn, hadde dessuten liten tro på at *noen* var sånn.

Jeg måtte tenke på noe annet og så over regnskapet igjen. Det var da jeg virkelig innså hvor dårlig stelt det var med firmaøkonomien. Gjelda vokste, og listen med merknader fra revisoren var lang. Bankene ville neppe drøye lenge med å begjære oss konkurs, dersom vi misligholdt lånene. Jeg ringte Anders, men kom ingen vei. Det eneste vi hadde oppnådd så langt var å få en saksbehandler i den utenlandske banken til å mumle noe om «mye strev for lite penger». Mente han at to millioner var en slikk og ingenting? Eller var kontoen tom allerede?

Humøret var på bunnen helt til jeg så pinnene i det mørke håret innerst i møterommet den samme ettermiddagen. Det var Nancy som hadde tvunget meg med i komiteen. Vi skulle planlegge sommerfesten, og jeg var tross alt HR-sjef, hadde hun slengt til meg. Ikke bare hadde jeg en onkel der, men Redets egen tante Sofie hadde også dukket opp. Nå stakk hun hodet inn og ønsket oss lykke til med et sukkersøtt smil. Hvis det ikke hadde vært for Thea, ville jeg ha bust ut med noe, men nærværet hennes smulnet sjøen.

Vi var flere som ble forundret da Thea tok ordet fra starten av møtet. Anne og Randi vekslet blikk. «Fått en idé», røpet hun. Jeg var lutter øre. «Nederste del av tomta.» Alle så på henne mens hun fortsatte. «Jeg kan forsøke å gjøre det fint der nede, plante litt med festen for øyet.» «Genialt, Egon», utbrøt Randi og gliste til Anne. Thea studerte neglene sine som om det allerede var møkk under dem. «Med på det, jeg», sa jeg blidt, og hadde vel godtatt hva som helst, bare det kom fra henne.

Eiendommen var fortsatt full av gamle ting, og jeg mente å ha sett teglstein i uthuset. Kanskje jeg kunne prøve meg som murer? Griller måtte uansett anskaffes. Anne skulle se etter lykter, for romantisk stemning, som hun sa mens hun gløttet mot meg. Hun flørtet like åpenlyst med lagersjefen også, så jeg regnet ikke henne for seriøs.

Vi landet på konseptet «strandparty», og et par av jentene gjorde et nummer ut av at det var jeg som skulle trille sanda til dammen, som den sprekeste på hovedkontoret. Jeg hadde aldri sett ender der, men pytten gikk likevel under navnet Ande-dammen. Oppmerksomhet som dette hadde jeg normalt ingenting imot, men med Thea der ble det plutselig pinlig.

Da vi humpet ned trappa etter møtet, kikket hun på meg. «Alt ved deg utstråler energi», lo hun, «selv håret.» Jeg ville si noe lurt, men hun betraktet meg bare med et ømt blikk, og det fikk spenningen til å spre seg i meg. Nede på kontoret sendte jeg derfor en e-post: *Tenkt meg en tur i Østmarka i helga, se på alt det grønne – blir du med?* Thea svarte raskt: *Må dessverre takke nei.*

Og lufta gikk umiddelbart ut av meg. Noe holdt henne tilbake, men jeg ante ikke hva. Jeg trodde ikke lenger at det var noe romantisk med Volvo-mannen, men følte vel ikke at jeg hadde så mye å tape akkurat da, så jeg spurte rett ut om hun var singel. Det var rett før jeg skulle sykle hjem, og jeg klarte å la være å sjekke mobilen helt til jeg sto svett og andpusten utenfor barnehagen. Jeg hadde ingen forventning om flere SMS-er fra henne, hun burde vel strengt tatt ignorere sånt fra en kollega. Jeg ble derfor overasket over at hun i det hele tatt svarte. *Ikke på markedet,* sto det. «Satan», bannet jeg høyt. Ungene ved porten lagde morske fjes. «Han sa noe stygt, Ajexandej», sladret en liten, snørrete en.

På veien hjemover begynte han som var min å sutre noe voldsomt. «Neeii», vrælte han da jeg ba ham sette seg i sykkelvogna. «Mamma», ropte han like etterpå. Å være far krever kraft av en annen dimensjon, gikk gjennom hodet mitt. *Det* gjorde imidlertid alt verre. En tanke om å hive gutten over gjerdet og stikke, fikk meg til å våkne. Var det etter en sånn episode at faren min dro? Jeg hadde sikkert vært langt verre som liten, jeg med mitt energinivå. Alexander var visstnok et enkelt barn. Rolig som få. Alle sa jo det.

Jeg stålsatte meg, plasserte ham hylende i vogna og trillet sykkelen videre. Det hadde hendt mange ganger at han sovnet på vei hjem, selv om det bare var snakk om få hundre meter. Line forbannet meg hver gang det skjedde. «Nå har du ødelagt nattesøvnen min», pleide hun å si, så jeg forsøkte å unngå det, men i dag nyttet ingenting. Han fikk sitte der og hvine, mens jeg trampet i vei. Med ett innså jeg hvor stille det var blitt, og det banket i ørene mine da jeg snudde meg. Han satt ikke i vogna lenger. «Alexander?» ropte jeg. Panikken kom, og jeg sprang tilbake, virret fra side til side, ut i veien og inn mot krattet. Så fikk jeg øye på ham, klemt inntil sideveggen i vogna med armen over hodet, sovende. Hadde bare ikke sett ham. Jeg strøk ham over kinnet og knelte. Langsomt fikk jeg hvilepulsen tilbake.

Da jeg slapp Alexander inn døra hos Line noen minutter senere, la han resolutt armene om halsen hennes, nektet å se på meg da jeg sa «ha det». Det var ingen vits i å hindre ham i å gå dit, han hadde bare grått da jeg vekket ham. Hikstingen avtok – nå var han liksom trygg. Olav dukket opp, trolig hadde han sovnet på sofaen, håret var bustete til en forandring. Som den naturligste ting i verden, plukket han sønnen min ut av Lines armer og la ham mot skulderen. Alexander gjorde ingen motstand og lo høyt da Olav kilte ham.

De tre framsto som *den* mest idylliske familie, mens jeg var femte hjul på vogna – et vedheng som ingen brydde seg noe større om. Line tok hensyn til Olav og snakket mest med ham. Han igjen virket livredd, trodde vel jeg drømte om dama hans fremdeles. Alexander hadde Line som soleklar favoritt, og sånn hadde det vært siden han var baby. Som regel klarte jeg å glede meg på deres vegne, men nå ville jeg bare brøle.

Thea

Jeg var ikke lenger i tvil om at jeg likte ham, var til og med kanskje forelska. Smilet mitt var noe selv dama i matbutikken kommenterte. Kine og jeg opprettholdt lørdagsbesøkene, jeg hadde til og med takket ja til et foredrag hun skulle delta på, noe om en synsk kvinne som kunne forutsi skjebnen, påsto hun. Selvsagt humbug, men for en gangs skyld lot jeg være å kommentere det; jeg bestemte meg heller for å se på det som en anledning til å treffe den sprelske søstera mi på en hverdag.

Det ble god trening i overbærenhet, både overfor Kine og den entusiastiske foredragsholderen. Hun mente å se fargene på auraen vår, spesielt på meg – jeg var visst inderlig preget av noe.

Kine hadde ropt ut i salen at jeg var forelska. Det var ytterst pinlig, og noe jeg ville løpt ut for om det hadde skjedd noen uker tidligere. Da jeg konfronterte henne med det over et glass vin senere, hevdet hun at det var åpenbart med mitt stadige og underfundige smil. På hjemveien lurte jeg på om jeg burde skjerpe meg, drømmeriene om Snorre var jo bare fattigslig trøst, ingenting det kunne bli noe ut av.

Mai

«Kom hit litt», ropte Thea stadig, og jeg løp. Det var snodig, for det sosiale på jobben brydde hun seg vanligvis ikke stort om. Var det likevel håp for oss?

Jeg hadde prøvd å snakke med henne om underslaget. Firmaet hadde behov for pengene, det var et problem for oss alle – og synderen burde få straff. Åpenbart en fare for gjentakelse også. Vi burde kontakte Økokrim, men hva med firmaets omdømme?

Jeg håpet bare ingen av kollegaene som jeg nettopp hadde blitt kjent med, var skyldige – det ville garantert bli en lei affære. Kunne det være den tidligere personaldirektøren som hadde tusket til seg pengene? Han parkerte en rådyr Lexus utenfor polet da Ivar skulle hente varene til festen. Ivar sa han eide en gammel Fiat før. Jeg håpet i grunnen at det var ham, men strengt tatt hadde han jo sluttet i firmaet før hendelsene, og Thea mente å ha kontroll på tilgangene hans.

En i ledergruppa måtte ha godkjent betalingen, men det kunne være en glipp. Fakturasystemet produserte et varsel, hadde Thea sagt, og jeg hadde testet det. En melding kom opp om jeg tastet feil kontonummer. *Overføring har skjedd til annen konto tidligere*, dukket opp med rød skrift. Men hvis onkel hadde vært syk og svekket, kunne han ha oversett en slik melding.

«Bør vel si ifra til Ivar snart», sa jeg lavt til Thea mens vi bar grillmaten ut fra kantina. Uten hjelp fra ham, kom vi ikke videre. «Sikker?» svarte hun. Hun var som vanlig skeptisk. De to grillene som Alexander og jeg hadde murt opp, dels av teglstein og dels ved hjelp av noen rustne jernplater, fikk skryt. «Shabby chic», blunket Thea og sendte meg et anerkjennende blikk som ga et rush av lykke. Jeg bestemte meg for å glemme de mystiske overføringene og bare gi oppmerksomhet til henne resten av kvelden.

Det var det gamle drivhuset Thea hadde siktet til med sitt «nederste delen av tomta». Glassrutene som fortsatt var hele blinket i sola mens vi bar stoler og bord til gressplenen på utsida. Hun hadde sørget for at det så grønt og frodig ut der inne. Det bugnet av spiselige urter, og jeg gjenkjente smaken av persille, gressløk og dill fra kjøkkenhagen til mamma. Sopp kunne man også plukke. Thea sa hun kom til å savne dem, men jeg forsto ikke hva hun mente.

Onkel fartet rundt mens vi dekket bordet. «Flott å bruke skrotet», gjentok han og betraktet gjenstandene vi hadde pyntet med. Det var norgesglass med telys, gamle redskaper, og Thea hadde plantet i alt det hun fant av rustne jerntønner og kjeler. Da onkel skrøt av ideen og ville gi henne en klem, stivnet hun imidlertid. Jeg strenet bort – han burde forstå at det ikke var stas å bli klemt på av sjefen. «Liker du også blomster?» ramlet det ut av meg.

Jeg ble varm i ansiktet, at søstera drev med blomster hadde jeg jo fra Facebook-snokingen min. «Mamma er også hagegal», slang jeg ut og så på onkel for støtte. Han stirret forfjamset tilbake, mens Thea smilte usikkert. Jeg passet på å skryte av drivhusidéen samtidig som jeg betraktet de andre. De virket så annerledes i friluft, gladere og mer avslappede. Det hadde også Thea vært, inntil onkel dukket opp.

Uten at hun visste det, var jeg i gang med å sjekke privat-økonomien til både min egen onkel, Nancy, Ivar og den tidligere personaldirektøren – de fire som kjente passordet til onkel. Lønna til min forgjenger tilsa ikke at han skulle eie en så dyr bil som den Ivar hadde sett ham med, så andre inntekter var sannsynlig. Nancys mann tjente godt, det var sikkert derfor de kunne reise i alle ferier, hun påsto at de måtte det for å slappe av. Ivar brukte jeg ikke mange kalorier på – alt ved ham virket nøkternt og stødig – det var fotball med barnebarna det handlet om for ham.

Folk hadde begynt å innta bord og stoler på gresset mellom dammen og drivhuset, det så flott ut med de hvite dukene som var kommet på. Stolen ved siden av Thea var fristende ledig, så jeg slentret mot den. Hun var vakker i den lyseblå kjolen. Jeg plystret inni meg. «Åke sin», ytret hun og ristet på hodet da jeg dro i stolryggen. «Serr?» Jeg forsøkte å ikke se skuffet ut.

«Alkofritt», sa Thea og hevet øyenbrynene da jeg valgte Munkholm til maten. Jeg hadde tatt plassen nærmest henne ved nabobordet, og nå lente hun seg over mot meg. «Liker det», sa jeg og tok meg i å synes det var voksent å være edru på første firmafest. «Foretrekker vin», mumlet hun, «gir meg drahjelp med det sosiale.»

Etter at sola forsvant bak grantoppene i vest og grillene sluknet, trakk folk inn i drivhuset, og snart var det stinn brakke. Anne og Randi hentet høyttalerne fra treningsrommet, som en kar fra lageret koblet til mobilen sin. Like etter dunket det fengende rytmer ut i sommerkvelden.

Da jeg fikk se henne danse smilende med en av sjåførene, flyktet jeg utenfor igjen til en fluktstol med Ivar. Seigpining orket jeg sjelden, men gjennom rutene kunne jeg ikke unngå å se henne svinge seg. Kvalmen steg i meg. «Hva sier du, Snorre? En unik sjanse.» Randi sto i døra i all sin blomstrete prakt og strakte fram ei hånd. «Må fylle dansekortet», hevdet hun innsmigrende. Jeg var sjanseløs, men det viste seg faktisk å være gøy, hun var uredd og likte en slags slow swingstil, noe jeg aldri hadde prøvd før, i hvert fall ikke til Di Derre. Jeg holdt et halvt øye med Thea, og da hun møtte blikket mitt over dansegulvet var det som å få elektrisk støt. Utseendet hennes hadde distrahert meg før, men nå ble jeg skjelven.

Randi byttet meg ut med en eldre kar, og da jeg kikket meg tilbake, danset Thea med Trond. Slukøret rusla jeg tilbake til Ivar og fluktstolen. Han gjespet, og for å få tankene over på noe annet, buste jeg ut med det. «Har du sett de fiktive fakturaene?» Holdningen hans endret seg, fra kjedsomhet til noe som liknet skrekkslagent. Jeg nikket og fortalte rolig alt vi hadde funnet ut. Ivar satt seg tilbake i stolen og så ut til å trenge noen minutter på å la det synke inn. «Dette setter konsulentenes innsats i et annet lys, ikke sant», sa han. «Vi betalte ikke for noen storstilt jobb.»

Thea

Sommerfuglene i magen hadde svirret siden dagen før. Jeg hadde hatt problemer med å sovne, men hva hadde skjedd med Snorre? Han forsvant etter dansen med Randi. Hadde han omsider fått nok av meg? Jeg burde ha tatt initiativet, men Trond og lagersjefen ba meg stadig opp til dans, og jeg fant ingen gode unnskyldninger. Da jeg fikk se ham gjennom en knust rute, pustet jeg lettet ut. Kornelia sendte ham også lange blikk, det var lett å se for oss andre at hun var opptatt av ham. Merkelig det med Snorre, egentlig. Han pleide å være overalt, prate med alle, men nå var han som limt til fluktstolen.

Snorre

Musikken gikk over i rolige låter fra åttitallet. «Sing me a song», strømmet ut i lokalet, og det ble umiddelbart allsang. Jeg måtte vekk, Ivar hadde lettet hjertet sitt for alskens problemer i økonomiavdelingen, kanskje for å unnskylde dem. «Må få meg noe øl», kastet jeg fram, «så snakkes vi mer på mandag.»

Hun havnet delvis bak ryggen min i mengden mens Anne skrøt uhemmet av formen sin. Herregud, Thea måtte ikke forsvinne, balladen gikk mot slutten. Jeg ville kapre henne før gjeddene fra lageret dukket opp igjen. En røff, men rolig låt fløt ut i natta, det var DumDum Boys' «Slave», og jeg så min sjanse, snudde meg og fant hånda hennes. «Min tur?» Til min lettelse smilte hun.

Jeg la hånda nær midjen hennes og ble varm. Sitringer for gjennom kroppen idet hun berørte halsen min, innenfor skjortekragen. Var det bevisst? Refrenget kom og allsangen runget: «Jeg blir aldri … slaven din.» Aller helst ville jeg dratt henne inntil meg, sagt at jeg gjerne kunne være det.

Selv om jeg egentlig bare ville klemme henne og si at hun var nydelig, forsøkte jeg å følge rytmen. Inni meg forbannet jeg Dawid, polakken som styrte musikken. Den sexy låta var lei å danse etter, og nå ble den erstattet av noe villere fra TNT. Han spilte for fulle mugger, folk danset og lo. Vi trengte plass for oss selv, mulighet for å prate. «Blir du med ut?» foreslo jeg. Hun nikket, og jeg banet vei til oss mot utgangen.

«Gå litt?» spurte jeg da vi kom på utsida. Lyktene viste vei rundt Andedammen. «Kanskje vi ser ender», la jeg til for spøk. «Noen badet der en dag det ble for hett på kontoret», forklarte hun. «Anne», la hun til og lo. Jeg måtte le av misforståelsen, jeg også. «Blir med deg», svarte hun og la hånda rundt armen min. Da hun trakk seg nærmere, kom svevefølelsen.

«Så fint du har gjort det her», roste jeg. Drivhuset lyste opp mørket foran oss. Vi hadde rundet dammen og var på vei tilbake. Hun så ned, men fulgte rytmene til en ny jazza låt mens hun gikk. Jeg husket at den het «Idyll» og måtte smile for meg selv. «Gartner i forrige liv?» slang jeg ut. «Lærte det på øya», svarte hun. «Naken kvinne», sa hun plutselig. Jeg stoppet opp før jeg kom på uttrykket, men fant ingen fortsettelse, tenkte bare på å få være mer med henne. «Fint på Sørenga også», fikk jeg fram til slutt. Det var ingen vits i å late som om jeg ikke visste hvor hun bodde.

«Liker sjøen», kom det bare fra henne. Et bilde av henne i bikini flashet opp. Karibia-drømmene. «Hva om Ivar spanderer tur?» sa jeg, og sneiet huden over kjolekanten med blikket, det var vanskelig å la være. «Jeg er glad i å padle», fortsatte hun i samme toneleie. «Padle?» fikk jeg fram og gikk saktere, hadde ikke klart å se for meg henne i en kajakk. Hun smilte bredere. Vi var få meter unna fluktstolene. «Bli med neste lørdag, om du vil – kan låne kajakk av oss», tilbød hun. Jeg bråstoppet, kunne kjøpt et dusin kajakker bare for å bli med. Cayman-drømmene forduftet, nå var det Oslofjorden jeg så for meg, og oss to smilende, padlende.

Ei rute sprakk og glasset singlet foran oss. Det var CC Cowboys, «Tigergutt». Folk skrek og lo. «Menge oss med resten?» ropte jeg, mens Ivar løp til med kosten. Jeg kjente akutt behov for å ta den helt ut, feire begivenheten – jeg hadde blitt invitert på tur, av henne. De andre kunne klenge så mye de ville, snart var hun min, og hun var: «Dødsrå, dødsrå», sang jeg inni meg. «Komme oss unna udyra?» nikket hun og kastet et blikk over skulderen. Jeg antok hun mente myggen, men idet samme veltet Anne fram fra buskene med lagersjefen i hælene. Thea sendte meg et spørrende blikk. Jeg trakk på skuldrene, antok at hun lurte på om jeg var interessert i henne, og glemte planene mine om å forbli edru. I den selvbetjente baren grep jeg en boks øl.

Det var nok på femte eller sjette tur dit at noen la armen om skuldrene mine. Onkel flakket med blikket. «Flott fest», fisket han. «Du koser deg?» Han slapp meg da jeg rakte ham ølen, men viftet den bort, og det var sikkert like greit. «Hvor er tante?» Onkel fortsatte å vifte, mumlet et eller annet. Noe var annerledes, jeg merket det. Kanskje ville han innrømme noe. «Anne kjenner ikke reglene», sa han brått og støttet seg mot disken vi hadde snekret. Jeg tvilte på det ørene hørte. «Regler?» fnøs jeg.

«Tillater ikke forhold på jobben – det blir så mye greier ut av det, masse styr.» Han så på meg, til han løftet haka og flyttet blikket mot mengden på dansegulvet. Var han mer redd for at Thea skulle slutte i firmaet enn han ønsket å se meg lykkelig? Firmafest burde vært fri for onkler, sjefete folk og andre som ikke hørte hjemme der. Glasstaket gynget. Jeg gikk uten et ord.

«Skal vel hjemover snart?» Han var kommet etter meg. Thea ventet på mer vin et eller annet sted. Ute var det bekmørkt. «Drar snart», sa jeg fort og kom meg av gårde, tilbake til Thea som heldigvis pratet med Åke, den knoklete assistenten hennes. Jeg forsøkte å oppføre meg som før – ingenting måtte få Thea til å forandre mening om det med padlinga. Om hun hadde invitert meg som venn, var det det jeg skulle være. Jeg passet på å gi Åke like mye oppmerksomhet som henne etter at jeg gav henne vinglasset, men ølen trigget rockefoten. Vi skulle treffes utenom jobben, få sjansen til å bli ordentlig kjent – jeg kastet meg ut i dansen, og dro med meg Nancy som hvinte.

«Sykle hjem?» Thea hadde et ertende smil på kjøkkenet noen timer senere. Hun løftet langsomt en asparges til munnen, definitivt flørtende. «Gjerne det», glapp det ut av meg, før jeg innså at jeg hadde svart på noe ganske annet. Jeg dro fram eplekvisten som jeg hadde rasket med meg fra hagen. Hun så på den og deretter enda lenger på meg. «Sulten?» ertet jeg da hun stakk gaffelen i en skrukkete grillpølse. «Kjøtteter til fest», sa hun dovent. «Skal vi spleise på en taxi?» foreslo jeg. «Ok», nikket hun, «skal bare hente kørja.» Hun gikk mot kontoret sitt for å hente den kurvlignende veska.

Da vi rusla over gårdsplassen, trakk jeg meg nærmere. «Det har blitt kjøligere», sa hun og lirket hånda rundt armen min. Jeg smilte mot skogen, klarte ikke å la være. «Vil du låne jakka?» spurte jeg, glad for at jeg husket å ta den med. Det var fristende å trekke i jakkeslaget da jeg til slutt fikk lagt den rundt henne, jeg måtte først insistere på at jeg var varm nok. De nydelige, blå øynene og den vakre halsen – jeg måtte snu meg bort. Men ingenting hastet, vi skulle på tur sammen. «God jakke», lo hun og viftet med epleblomsten. Hun var vel den eneste som hadde kjent den igjen. «Du kler den best», blunket hun.

Taxien kom altfor tidlig, men Thea kroet seg av velbehag i den varme bilen. Jeg oppga Sørengkaia som adresse, men unngikk å røpe at jeg husket husnummeret hennes – å framstå som stalker var neppe noe sjakktrekk. Øynene hennes lukket seg først, så kikket hun opp på meg, men det var brått noe trøstesløst i dem. Jeg stusset, men nesten druknet i det blå. Kunne hun være nervøs? Øynene hennes trakk meg mot seg. Hun fant hånda mi og løftet den mot kinnet sitt. Jeg sank mot de vakre irisene og hodet eksploderte idet jeg kjente leppene. Det myke håret gled gjennom fingrene mine og jeg kysset henne igjen. Hun strøk meg innunder skjorta, befølte meg på steder jeg ikke hadde turt å håpe på. Jeg gispet etter luft.

Sjåføren annonserte ankomsten, og jeg ble revet løs. Det desperate uttrykket hennes fikk meg til å famle. Hva var i veien? Hun kastet en seddel mot sjåføren og åpnet døra. Før hun la på sprang, snudde hun seg mot meg. «Blindvei», slang hun med fortvilede øyne. Fortumlet oppdaget jeg at bilen var i bevegelse. «Lukk døra, for svarte», skrek sjåføren mens han svingte hardt for å komme rundt. Skikkelsen hennes forsvant raskt mot de mørke blokkene.

Thea

Jeg hev etter pusten, fiklet fram nøkkelen og kom meg inn, kvalmende edru. Hva var det jeg holdt på med? Det var i drømmene at dette var lov. Et forhold til Snorre var umulig. Han var far til en i Oslo, mens jeg ville til øya. Nevø av Trond, kollega dessuten. Jeg dro av meg kjolen, fjernet sminken og satte meg i badekaret. Tankene kvernet. Var jeg virkelig forelska? Sånn tilstanden ble beskrevet av andre, nærmest som en besettelse, kjente jeg ikke igjen. Men jeg tenkte på ham stadig oftere og var tiltrukket. Var det fordi jeg generelt var vanskelig å begeistre at det ikke liknet en forelskelse, sånn andre fortalte om? Han fristet meg, ingen tvil om det, men hvor sterke var følelsene? Og var det noen dybde i dem?

Omsider fikk jeg fram mobilen og tastet noe. *Unnskyld, følte meg ikke vel. Håper fortsatt du vil padle på lørdag.*

Juni

KAPITTEL 15

Snorre

«Elsker livet mitt!» Tante Sigrid slo ut med armene. Hekken hadde vokst seg høy og stengte for innsyn til den overlessede hagen. Det hang papirlykter og pynteting overalt, fra hekken og fra trærne, og fra terrassestolpene – hagen var som et gedigent showroom for Redet. Tante ba meg sette meg så hun kunne hente noe å drikke til oss. Det var fredag og dagen før jeg skulle padle med Thea – og siste arbeidsdag før sommerferien.

Like etter kom hun svinsende ut med et brett fylt av glass og flasker. «Må vel vente med champagnen», blunket hun og så godt ut, hadde sikkert holdt på med noe siden hun sto opp, for en tynn morgenkåpe var dratt utenpå pysjbuksa. Jeg smilte til henne.

Vi rusla langs stien mot brygga etter å ha drukket Farris i skyggen. Først der nede kom hun inn på Alexander og Line. «Fint at du valgte å bo så nært», sa hun. «Det viser at du vil være der for han.» Jeg nikket, hadde ikke vurdert noe annet. «Han har ikke sovet hos meg ennå», innrømmet jeg. Dette var mer enn jeg fortalte til mamma. «Kommer nok», trøstet hun, før hun spurte om jeg trivdes i jobben, noe jeg bekreftet. «Hvorfor sluttet du der?» spurte jeg. Hun speidet utover fjorden. «Vi var så uenige om alt, det var tøft å være kollegaer og ektefolk», sa hun mens jeg geipet inni meg. Skulle hun også messe om det der? «Tenkte at det viktigste var å ha det bra ellers, så jeg overlot driften til han», fortsatte hun, «men jeg følger litt med.»

«Noen ny kjæreste, da?» spurte hun plutselig og smilte. Jeg holdt på å spørre om det samme, for hvordan hadde hun og onkel det egentlig? «Har vel ei i kikkerten», røpet jeg. «Ei på jobben?» fisket hun. «Kanskje», svarte jeg og tok noen skritt mot kanten av brygga. «Spennende», skrålte hun videre og foreslo Kornelia. Hun var med i sommerkampanjen, hadde jeg sett, bildene var fra hagen til tante. Jeg ristet på hodet. «Eve?» Jeg ristet på hodet igjen, usikker på hvor stas jeg syntes gjetteleken hennes var. «Eve bor i nærheten», la hun til. «Thea», kom det så, ganske bestemt.

På vei opp mot huset igjen fikk vi øye på Trond sin bil i oppkjørselen. «Hei, Snorre», ropte han. «Du her?» Jeg tok noen skritt til før jeg vinket tilbake. «Rapporterer ikke alt.» Forhåpentligvis hørtes jeg blid ut. Inne var det uvanlig rotete, som sist. Tantes Mac sto oppslått i stua sammen med et kamera, blomsterbuketter og et virvar av ledninger. Selv jeg hadde mer orden. «Har det så gøy», kommenterte hun. «Funnet pasjonen min.» Jeg nikket. Onkel bare kremtet, gikk mot kjøkkenet og ble stående og stirre inn i kjøleskapet.

Tante kom nærmere meg. «Han forstår ikke poenget», hvisket hun og himlet med øynene. «Var nok bedre når middagen sto på bordet.» Var det dette alt handlet om? «Klart du skal ha en hobby», sa jeg høyt, og håpet det ville forsone dem. «En hobby», blåste tante. «Se», insisterte hun og tok fram mobilen. Instagram-kontoen hennes, Lykkeland, lyste opp, og et «wow», unnslapp meg. Tretti tusen følgere, det var langt flere enn sist jeg sjekket.

Thea

Snorre sto allerede i garasjen da jeg kom ned, fordypet i kajakkstativet. Jeg ville bare snu, taxituren gjorde meg så flau. På jobben hadde vi unngått hverandre, men nå kom han imot meg. Det ble en klein klem med masse luft mellom oss. Han valgte en gul kajakk, yndlingsfargen til sønnen sin, sa han, og så på meg fra øyekroken. Jeg fikk ikke sagt noe.

Det virket som han gledet seg, bedyret at han aldri hadde vært i en kajakk før og pratet i vei som om det var helt uten baktanker at han ble med på tur. Og sånn var det kanskje også. Han hadde gjort som jeg sa, var iført solbriller og skyggelue, og jeg hadde sørget for en oransje redningsvest til ham. Jeg skulle ikke ha noe liv på samvittigheten, særlig ikke livet til en som var far. «Å», okket han seg og lo mens han forsøkte å tre armene inn i de små hullene.

Etter en stund kom sola og pyntet langs Hovedøya. Det glitret i vannet der vi gled langs bredden. Markblomstene sto tett inne ved land. Noe i meg slapp taket. «Dette er livet – og fisk også», utbrøt han. Og like etterpå: «Flaskepost.» Jeg smilte – det var betryggende når folk så tydelig trivdes. «Oppvokst i blokk», lo han og fisket opp flasken. Han begynte å plystre, merket visst ikke vesten lenger, padla bare på. Hvorfor fikk han til alt så mesterlig? Alle situasjoner så ut til å være naturlige for ham.

Vi krysset over mot Bleikøya, og det var som å gli gjennom blinkende sølvbiter. På ei lita trebrygge dro han av seg vesten og klærne, og stupte uti. Vannet var kaldt så tidlig på sommeren. Jeg forsøkte å rope det til ham, men han svømte bare rundt, plasket og lo, hørte ikke på meg. Det ble et vendepunkt, som en isbryter midtvinters – jeg slapp hemningene og kastet meg i vannet, ville være fri som ham.

Mens vi svømte forklarte jeg hvordan han skulle komme seg ut av kajakken om den gikk rundt. Han var som en fisk og behersket det raskt. Holdt på lenge også, mens jeg ble kald og klatret opp. Ved en anledning kantret kajakken hans, og han ble under lenge. Jeg gikk av meg skoa, sto klar til å redde ham, men plutselig skjøt han opp fra vannflata, hadde fått til eskimorulle helt på egen hånd. Sekunder etterpå satt han ved siden av meg med et stort smil. «Fant den kanalen», gliste han mens håret dryppet. «YouTube, vet du.» Han holdt blikket mitt. Jeg måtte le.

Og jeg ble lettere. Faktisk flere kilo. Jeg hadde jo vært ufyselig, sur og slem, men det virket som om alt var tilgitt nå. Kanskje kunne jeg være meg selv med ham?

Han dro på seg klærne utenpå shortsen. Det var ikke min greie, tørt på vått – jeg grøsset. Selv virket han ubekymret, kanskje ikke forkjølelse rammet ham. Resten av turen kunne jeg ikke annet enn å le med, han var så full av påfunn, og holdt visst varmen. Skravla hans gikk i ett, og faktisk ble han *mer* av den Snorre jeg var vant til på jobben. Og vi pratet om alt mulig. «Padla siden du var fire?» Han himlet med øynene. «Vi levde av havet», smilte jeg.

Fra posen med klær fant han fram en anselig matpakke. I det hvite papiret lå et par ekstra skiver til meg – to blingser med kun bringebærsyltetøy, enkel mat, men kjærkomment etter å ha badet. Han fikk stjerne i boka for å ha lagt merke til pålegget mitt da vi var på Mangenfjellet. Etter å ha mumset i seg flere skiver, la han seg ved siden av meg på brygga. Riktig så hyggelig hadde vi det, inntil han gløttet mot meg. «Hva er du taus om?» Han var uvanlig alvorlig. Jeg stivnet, ante ikke at han kunne være så direkte.

«Et forhold», stammet jeg omsider. «Det er kanskje ikke helt over ennå – i hodet mitt, altså.» Han lå fortsatt helt i ro, forsøkte trolig å stjele varme fra plankene under seg. «Ikke si noe, ikke til noen», utbrøt jeg på impuls. Han skygget for sola så jeg ikke kunne se ansiktet. «Seff», sa han, «jeg holder kjeft. Og jeg forstår deg.» Mente han det? Jeg ville legge meg inntil ham, gi ham mer varme, kysse vanndråpene på kinnet hans. Han reiste seg imidlertid og tredde på seg vesten, ville tydeligvis av gårde. Kanskje syntes han jeg var rar.

Vel tilbake på Sørengkaia bukket han dypt. «Herlig tur, vakkert her og så nært byen.» Jeg nikket og lurte på om han var ærlig. «Blir gjerne med igjen», sa han overraskende og kikket utover. Folk myldret rundt oss, det var mange som slikket sol på enden av brygga, og flere hadde våget seg uti. Jeg lurte på om han var seriøs, det hadde vært stille mellom oss den siste delen av turen. Kanskje skulle han treffe en annen senere på dagen, det var jo lørdag. «Søstera mi, hun vet ikke hvor lenge de har ferie», røpet jeg til slutt. Det gjorde det vanskelig å avtale noe nytt.

Det føltes merkelig tomt da han hastet av sted. Jeg følte meg flau også – jeg skulle henge med søstera mi i ferien.

Snorre

Vi hadde ristet i snart fire timer, noe som betydde at det var like langt igjen. Alexander dro meg fra vogn til vogn, og flørtet sjenert med alle han fikk kontakt med. Det var besynderlig å se hvor lite oppmerksomhet menn ga ham, men en kar i førtiårene gløttet over pc-en sin ved en anledning, og blunket til meg. «Tidlig krøkes.» Jeg nikket og smilte til svar. Det var femte eller sjette gangen vi sjangla forbi ham.

Line hadde reservert en firer til oss før vi dro. Mamma pratet og lekte med Alexander, Line leste, og jeg satt i egne tanker. Ivar hadde sendt meg og Thea flere e-poster i løpet av dagen. *Regnskapet må leveres*, skrev han. Fristene var oversittet og revisor måtte få tid før Brønnøysund skulle ha det. *En kattepine, men vi har ikke noe valg,* hadde han knotet ned. Om revisoren oppdaget feilen med betalingene, ville han trolig varsle Trond. Om han var uskyldig, ville det snart springe en bombe i Redet. Jeg kjente på stresset, burde tatt det opp med ham for lengst, han var jo onkelen min. *Hold your horses*, avsluttet Ivar e-posten sin med, men uroen bredte seg over feriefølelsen.

«Alle fire brukte samme passord», hadde Thea sagt, og Trond var ansvarlig uansett, for han hadde delt ut sitt rundhåndet. I tillegg var det den rådyre Lexus-en til min forgjenger, den var jo et mulig motiv om han hadde ønsket seg en sånn, men faktisk var den ikke registrert på ham i motorvognregisteret. Jeg hadde sjekket det. Bilnummeret tilhørte en annen kar, bosatt i England.

En ny melding tikket inn. *Gi oppmerksomhet til reisefølget*, skrev Thea. Hun visste at jeg var sammen med Alexander, og vi hadde hatt mye kontakt både på epost og SMS de siste dagene. Savnet hun meg litt? Jeg håpet det, og unnlot å fortelle at Line satt i setet ved siden av meg. Thea og jeg hadde flørtet så lenge. Hvordan kunne hun egentlig det når hun fortsatt var opphengt i en annen? Hun hadde tødd opp da vi padla, øynene hadde tindret, og hun *hadde* åpnet seg om forholdet sitt. Jeg måtte tolke det positivt, også for Alexander sin skyld. Jeg smilte til ham der han satt og skravlet på mammas fang, han fortjente å ha en pappa som faktisk hang sammen.

Damene elsket Gamla staden, og det var der vi oppholdt oss de neste dagene. Mamma og Line var i butikkene, mens Alexander og jeg matet duene. Vi hadde lovet ham en tur blant dyrene på Skansen den siste dagen. Geitekillingen han fikk klappe til sist var den han snakket om etterpå. Han var nydelig der han lå med håret klistret til panna – han hadde lekt kenguru i hotellsenga siden kveldsmaten. Rett før han sovnet, da jeg strøk ham over hodet, spurte han: «Er du forejska?» Jeg ble paff – det ordet måtte han ha plukket opp fra en film eller fra barnehagen. Det var besynderlig å høre ham si det, men det traff jo blink. Jeg la meg ned og kysset ham i håret, og like etterpå hørte jeg pusten gli over i en jevn rytme.

Line banket forsiktig på hotelldøra like etter at han sovna, hun kom inn med et glass vin i hånda. Hun virket så glad og hvisket om thailandturen som Olav hadde bestilt til dem, og lurte på om jeg kunne ha Alexander i dagene de skulle være borte. «Flink pappa», smilte hun og klappet meg på skuldra før hun kikket ømt mot senga der Alexander snorket lett. Fornøyd smøg jeg meg under dyna da hun gikk, skulle bare hvile litt, men så sovnet jeg også.

Juli

KAPITTEL 16

Thea

«Vent!» skrek Kine febrilsk mens guttene løp om kapp langs grusveien. De var på vei mot huset på øya. Jeg kom meg i land jeg også, og satte etter. Skrekken var at de skulle støte på en full eller døddrukken Per. Kine hadde knapt løpt et skritt etter siste fødsel for ti år siden, og Jens var opptatt under dekk. Like før porten tok jeg igjen Jacob. Sekken slang fram og tilbake på ryggen, han hadde vel gitt opp å komme før storebroren. Et stønn av lettelse unnslapp meg da jeg så Simen nederst i hagen. «Slapp av», hveste han fra der han satt innenfor grinden. «Vi vet.» Mellom dype åndedrag fikk jeg fram: «Det er til det beste for dere.»

Enga som før hadde tjent både som kjøkkenhage og potetåker, strakte seg oppover mot huset. Til min forundring så jeg at gresset var rakt i store hauger. Jeg vurderte å tråkke videre oppover sammen med guttene, men vi pleide alltid å sende en voksen først, og de siste årene hadde det vært Jens. En skygge dukket opp ved hushjørnet. På den avslappede holdningen så jeg at det var Per. Guttene myste usikkert på meg. Skikkelsen der oppe var kommet ut i sola og var på vei mot oss med lange skritt. Jeg nikket, og nevøene mine spurtet oppover mot huset.

Veggene var grå av for lite maling, og snart ville det kun være tomta som hadde noen verdi. Per og jeg ga hverandre en klem mens guttene slang seg i nærmeste gresshaug. Per så bedre ut enn på lenge, han hadde fått farge av sola, og kanskje var det bare det.

«Er det slåttekaren», strålte Kine da hun og Jens kom gående med bagasjen like etterpå. Per fortalte at det hadde vært dugnad, og at hagen vår var blitt en del av den. Jeg så hvordan Kine falt litt sammen. Simen, Jacob og jeg gikk ned til båten igjen for å hente telt og liggeunderlag – vi visste aldri hvordan vi kom til å sove på øya.

De andre var i ferd med å bære hagemøbler ut av uthuset da vi kom tilbake. Kveldsbadet var unnagjort før vi tente på i den digre tønna, og den første kvelden ble vi sittende rundt bålet til langt på natt. Flere naboer stakk innom. Jeg nøt den lange solnedgangen og lyden av gresshopper fra alle kanter. Per var rolig, og det var hyggelig å være sammen igjen. Guttene hadde samlet rekved i flere omganger. Synet av badehåndklær på snora og det seige håret til guttene ga meg en følelse av å være hjemme igjen.

Da vi begynte å spise grillmaten, hvisket en av nabokonene til meg: «Skylder penger, han Per.» Det burde ikke ha overrasket, men det traff meg likevel i magen. Blikket til Per vek unna mens han åpnet en ølboks.

Jeg hadde sagt god natt til guttene da jeg kom ut i gresset igjen senere. «Drikk mindre», hørte jeg Kine hviske i halvmørket. Hun hadde også fått nyss om gjelda. Jeg satte meg ned ved siden av Per. «Du vet, fetter, vi er litt bekymret», sa jeg, men kom ikke gjennom. «Må ha penger til mat», beljet han, og det satte en støkk i oss alle.

Kine la seg tidlig, mens Jens og jeg forsøkte å prate med Per etter at de siste naboene var gått hjem. Han vrøvlet og gikk unna, og til slutt ga vi opp. Neste morgen var Per forsvunnet med båten. Jeg forsøkte å ikke uroe meg, trøstet meg med at vi ikke hadde vært urimelige og heller ikke sinte. Han hadde nok bare dratt til noen venner, trengte vel en pause.

Søstera mi stilte seg opp med kaffekoppen utenfor teltet og freste. «Drittlei av at huset råtner på rot mens han drukner sorgene. Alt dette er like mye vårt, og nå har han gjeld også. Hva da med huset?» Så trampet hun opp til andre etasje der et vindu ble banket opp. Like etterpå hørte vi dunket fra gulvteppet som traff det nyslåtte gresset i en sky av støv og bøss. Jens fikk det travelt med å få guttene med på fisketur, mens jeg snek meg av gårde for en tur rundt øya. Det var ikke ofte, men når hun først var i det hjørnet, nyttet ikke annet enn å skygge banen.

Flere timer etterpå fant jeg Kine på madrassen utenfor teltet. Det var fyr på tønna enda det måtte være nær tretti grader i skyggen. Håret hennes var gjennomvått. «Godt med en dukkert?» spurte jeg og kikket på de bare føttene hun stakk vekselsvis i været. Hun skar en grimase, hadde nok ikke badet. Jeg var imponert over innsatsen, for de senere årene hadde vi bare snudd i døra, ingen hadde hatt ork til å ta tak. Guttene og jeg ble kommandert ned på kne i andre etasje der gulvene fikk gjennomgå med skrubb og grønnsåpe. Hoftene plaget henne, men det var nok redselen for å miste huset som fikk fram diktatoren.

Etter å ha svettet i det som føltes som timer, fikk vi til slutt øye på det pene gulvet i lys gran. Jeg ble inspirert, og etter et bad, bar Jens og jeg ned alt av Pers saker til første etasje, der vi syntes vi gjorde det greit beboelig med både sofa og seng i stua. Om han rydda kammerset, kunne det bli soverom, men det var hauger av søppel som måtte ut derfra.

Utedo hadde vi alltid klart oss med, og faktisk så jeg fram til å trippe over plassen fra min egen, gamle seng neste natt. Jeg sendte en SMS til Per hvor jeg forklarte, og håpet at han ville forstå. I nettene som fulgte ble det imidlertid vanskeligere å sove. Ofte våkna jeg samtidig med sola mens tankene kvernet omkring Per og hvor han kunne befinne seg. Å stenge situasjonen på øya ute, var enklere når jeg var opptatt med jobb og daglige rutiner. Nå var det kommet nært igjen. Jens lette i fjæra, mens jeg kjørte runder med båten. Da jeg kom tilbake, hadde Kine og guttene vært innom alle naboene, men ingen hadde sett noe til ham.

En kveld kunne jeg ikke dy meg, men sendte et bilde til Snorre av det vakreste landskapet i verden. Han svarte *padler gjerne dit,* så jeg skrev en melding til og fortalte om Per. *Vi har alle rett til å velge, selv feil kurs*, tikket det inn til svar.

Per var ikke edru da han kom hjem kvelden etter, men vi var så lettet at vi ikke brydde oss. Etter å ha vært inne i huset ble han stående og spytte foran bålet. Da guttene dukket opp fra bak utedoen, føk han nedover plenen og ut langs veien. Han venner seg til det, forsøkte jeg å si til meg selv. At vi nå hadde steder å sove ga oss en sjanse til å være mer på øya, og kanskje var det noe vi kunne gjøre for ham. Utpå kvelden kom det en melding. *Mor var syk, dere bare dro.* Kine ble sint, mens jeg fikk vondt i magen. Jens sa ingenting den kvelden.

Snorre

«Hva er *det*?» spurte Alexander for ørtende gang og satte pekefingeren mot ruta. En eldre dame kom oss til unnsetning. «Sandvikselva», opplyste hun og viste oss hvordan den buktet seg nedover mot fjorden med store armbevegelser. Vi hadde kommet oss av gårde på vår andre ferietur sammen, bare noen timer før Line og Olav skulle sette kursen østover. Å oppleve gjennom hans barneøyne var herlig – alt ble nytt og friskt.

Han var roligere når vi slapp unna hverdagsstresset og strålte mot meg på togturen oppover mot fjellet. Utpå kvelden slo jeg på telefonen for første gang og forfattet en stolt melding om hvor fint alt hadde gått, og at han nettopp hadde sovnet i underkøya på Finsehytta. Jeg sendte til både mamma og Line, dette var en stor greie for meg.

Til Thea knipset jeg et bilde av utsikten og tekstet *God natt fra 1222.* Deretter pusset jeg tennene og krøp under dyna, der jeg åpnet bildet av en forblåst strand i en magisk sommernatt, sola sto lavt og farget himmelen oransje og fiolett. Nederst i bildet skimtet jeg noen bare tær.

Etter finseturen flyttet jeg inn hos Line, for Alexander insisterte på å sove der. Han viste stolt fram skilleveggen som Olav hadde snekret mens vi var i Stockholm. Kroken hans ble dermed et separat, lite barnerom. Bakom den nye veggen sov jeg flere netter i den digre senga, den Olav hadde kjøpt for liksom å befeste samboerskapet, så jeg for meg. På en måte var det flaut, jeg hadde aldri vurdert å bruke penger på en fancy seng, heller ikke en ny vegg innvendig. Men jeg måtte innrømme at madrassen var behagelig, og det var en smart løsning om de skulle bale rundt oppå den med Alexander i nærheten. Jeg grøsset av tanken. Hvor vanskelig kunne det være å snekre en vegg? Men hadde jeg hatt bruk for en etter at jeg flyttet? Svaret var nedslående.

August

KAPITTEL 17

Thea

Jeg varslet Per i god tid før jeg kom til øya for andre gang den sommeren. Hadde tatt sjansen på å dra alene, hadde ikke fått meg til å spørre om lov til å overnatte på gården til August og foreldrene. Sånt var så vanskelig for meg. Som ventet var ikke Per hjemme. Trauet og de gamle krydderhyllene hang fortsatt på kjøkkenet, og messinglysestakene gjemte seg bak de grønne heklegardinene. Det ga meg en stille glede å være der igjen, og det var bestemor jeg så for meg sitte ved bordet og se ut over havet. Da hadde det luktet mat og vært koselig der. Nå var gardinene falmet og spindelvev viklet seg inn blant maskene. Kjøkkenbenken i respatex var det eneste stedet Per klarte å holde fritt for støv.

Urolig steg jeg opp til annen etasje. Tomflasker var plassert i trinnene, men dørene virket ubrutte. Likevel, uten illusjoner låste jeg meg inn. Det var ryddig og grønnsåpelukta hang fortsatt i, og alt var i samme stand som da vi dro. Respekterte han likevel ønskene våre? Etter å ha hvilt og nesten funnet roen på den gamle senga mi, forsøkte jeg å etablere en kjøkkenkrok oppå en av kommodene. Da jeg hadde båret opp noen gamle krus og satt fram den medbrakte vannkokeren, hørte jeg stemmer på utsida.

I sprekken i døra i andre etasje så jeg Per og en annen mann med samme signalgule jakke, komme bærende på Kiwi-poser oppover gresset, og like etterpå hørte jeg høylytte diskusjoner om penger fra kjøkkenet. I fryseren i kammerset hadde vi lagt merke til både kreps og hummer i tillegg til en mengde fisk i ulike innpakninger. Vi hadde ikke rørt noe av det, for det ante oss at Per levde av den fangsten. Antakelig var det et salg i gang, kanskje i bytte mot dagligvarer.

Det var sånn vi holdt på da vi vokste opp også. Vi satt garn og trakk teiner, fisket gjorde vi stort sett hver dag. Hummeren, det sorte gullet, spiste vi aldri, den var ikke verdt å sette tennene i. Av bonden på Kirkøy fikk vi både mel og grønnsaker for den.

Stemmene nedenifra ble roligere, og jeg pustet friere igjen. Merkelig nok kjente jeg et lite stikk av misunnelse – Per hadde faktisk venner, og kunne slarve med dem så lenge han ville. Det var milevis unna min tilværelse. Etter en stund gikk jeg ned, der to par kulerunde øyne tittet på meg fra stua idet jeg trampet ned trappa og kom meg ut.

August og Tone la til med båten nede ved brygga samme kveld, og vi ble sittende lenge i hagen og mimre om gamle dager. Etter besøket kom jeg endelig i gang med malingen, det var fint vær og de neste dagene gjorde jeg ingenting annet enn å stå ute med staffeliet og dukke meg når det ble for varmt. Per kom innimellom bort til lerretet og kommenterte det han så, noen ganger med ros, og andre ganger rynket han bare på nesa. Siste kvelden sto jeg i den varme brisen og funderte på om jeg skulle forsøke å male de gule jordskokkene som alt var i blomst. Det var som om lufta ga løfter om en fredeligere tid, den blåste bort noe av det vonde. Per tødde også opp og hoiet at jeg kunne få smake fisken han grillet. «Skulle aldri ha sluttet med det der.» Grillspaden hyttet mot staffeliet.

Mens vi spiste kom det fram at det var spillegjeld det var snakk om. Per hadde ikke kommet seg i jobb igjen etter å ha forsøkt seg som medhjelper på en reketråler etter ungdomsskolen. Av en grunn jeg ikke kjente, hadde det skåret seg med selskapet som eieren av båten leverte fangsten til, og Per måtte gå på dagen. Kine trodde det var fordi han ga bort fisk som kom i nota, til naboene. Han hadde alltid vært snill, antakeligvis *for* snill.

Han sov da jeg dro siste dag. *Tilbake før vinteren,* skrev jeg på en lapp, og i et lite glimt så jeg for meg å ha med Snorre. Jeg slo det imidlertid like raskt fra meg – flørting var det jeg kunne strekke meg til. Tankene om Snorre gjorde meg imidlertid nedstemt på hjemveien. Hvorfor fryktet jeg sånn det kompliserte? Per levde trolig slik han *ville* leve. Hva med mitt eget liv? Var *det* mest på tverke?

KAPITTEL 18

Thea

Soveappen vekket meg fem på seks. Han hadde takket ja, igjen, og jeg gledet meg som en unge. Jeg strakte mine hundre og sekstifem centimetere og nøt at jeg faktisk ønske å stå opp så tidlig. Det ga meg en merkelig god samvittighet, enda det var helg. Var det arven etter bestemor? Hun snakket alltid om å utnytte dagslyset – og vi barna fikk aldri bråke med noe ute sent om kvelden – fiskerne sto opp klokka fire, og de måtte få kveldsro.

Jeg tok noen skritt mot den gammelrosa morgenkåpa, gaven til bestemor på åttiårsdagen. Var det innbilning, eller kunne jeg fremdeles kjenne lukta hennes? Samtidig plinget det i mobilen. Frykten for at han skulle avlyse slo ned i meg hardere enn ventet. Det var heldigvis ikke Snorre, men August. *Venter barn, termin nær julaften,* skrev han sammen med et stort hjerte. Kanskje var SMS-en sendt til mange. Hun måtte ha blitt gravid rundt den tida da August hadde overnattet hos meg. Jeg drysset kanel i kaffekoppen og slapp nedi et par ekstra skiver med ingefær, før jeg takket for meldingen og gratulerte – for en gangs skyld hadde jeg valgt rett.

Ingefæren ga imidlertid en rar smak. Jeg fisket den opp. Kaffen smakte meg heller ikke, så jeg helte den ut. Var den blitt dårlig? Eller var det bare følelsen av tomhet som alltid kom snikende når jeg fikk vite at noen skulle ha barn? Jeg lente meg mot det store panoramavinduet og pustet damp på ruta der jeg tegnet en isrose. Så tørket jeg bort dampen med ermet og tenkte på jobben, og på det gamle forholdet mitt; kanskje hadde det filt ned tornene mine noe og vært bra på et vis?

Etter å ha laget ny kaffe, tok jeg trappene opp til takterrassen.

Det var blitt kjøligere. På vei ned igjen la jeg merke til at frøkapslene på noen av urtene allerede var brune. Jeg åpnet en av dem med neglene og skrapte ut frøene. De lå perfekte i hånda mi – trill runde og blanke. Forsiktig bar jeg dem ned til kjøkkenet og tok samtidig en sjekk i boksen i kjøleskapet. Mycel og grut hadde stått der i flere dager, de skulle narres til å tro at det var vinter. Frøene la jeg på en skål ved siden av, for de måtte også gjennomgå minst en kuldeperiode før de kunne spire. Tanken på Snorre gjorde meg glad, men ikke uten et stikk av bekymring. Jeg måtte vise at jeg så ham som en mulighet, men så lang tid som jeg hadde brukt, kunne et forhold mellom oss allerede være en saga blott. Det ville ikke være så rart om han mistet interessen og fant en annen. Stakkars Snorre, i samme båt som soppen og frøene – i et slags kunstig vinteropplag.

Jeg ombestemte meg. Det fikk være nok vinter for soppen sin del, så jeg satte boksen fram i lyset. Der kunne spiringen starte. Den kvelden skulle jeg også ta fram malesakene. Det måtte gå an å male i Oslo også.

Jeg kastet et blikk på klokka, håpet at han ikke hadde glemt avtalen. Ennå var det noen minutter igjen, han pleide ikke å komme for sent. Han kom tydeligvis godt overens med eksen, ettersom de valgte å bo så tett – det vitnet vel om at han var en real person. Kanskje fant de tilbake til hverandre. De hadde jo vært forelska en gang, ettersom de valgte å få barn, og sønnen var bare tre år. For rundt fire år siden måtte alt ha vært ganske bra. Facebook-siden hans flommet over av bilder av henne, hun liknet en alv – lyshåret og yndig. Kollegaene som hadde hilst på treåringen sa at han var sjenert, litt lubben og med lyse, nydelige krøller.

Kunne jeg bli en god ekstramor? Jeg var sjalu på damene på hovedkontoret, ja selv Trond var jeg sjalu på fordi han var nære Snorre. Det var flaut. Kunne jeg bli sjalu på et lite barn også? Jeg åpnet kjøleskapet og kastet frøene i søpla, de var nok ikke liv laga når jeg hadde tvunget dem ut av kapselen på den måten – sannsynligvis egnet jeg meg verken som frøsamler eller mor.

Snorre

Endelig lørdag, og endelig var det vår tur igjen – en ny sjanse. Hun var tilbake fra øya. Jeg svevde sammen med bladene som alt var løsnet fra trærne, mot byen, mot henne.

Thea

Med ullgenser over tørrdrakta tok jeg heisen ned til garasjeanlegget, der jeg begynte å trekke i kajakken. Etter å ha fått den halvveis ut fra stativet, hørte jeg knitring i asfalten bak meg. Snorre kjørte slalåm mellom de parkerte bilene før han stanset i en hvinende sladd. Jeg måtte le. Det var en lettelse å se ham, den signalgule jakka passet til lokkene som falt på plass idet han dro av seg hjelmen. Han lo tilsynelatende umotivert, han også.

KAPITTEL 19

Snorre

Jeg stavret baklengs til ryggen møtte veggen, hadde blitt avvist før, men aldri på denne måten. Likevel føltes det som et déjà vu. Jeg måtte summe meg, og ble sittende i den mørke trappegangen. Branndøra hadde lagd litt av et smell. Det var så merkelig det som hadde skjedd. Komisk også, absurd egentlig – først ble jeg bedt med inn, deretter kastet ut.

Hadde jeg gjort noe galt? Jeg hadde ikke gått over noen grense, i hvert fall. Trådte Thea over *sin*? Selv var jeg overmoden. Hadde hun ønsket sex i garasjen, hadde jeg stilt opp på flekken, ville ikke klart å si nei. Déjà vu-et handlet vel om taxituren. Dette var like uforståelig.

Jeg trakk pusten dypt og lente meg mot rekkverket. Det aller rareste, og samtidig det fineste, var jo at hun først hadde ønsket å ha meg med inn etter padlinga. Jubelen steg i meg da det skjedde, hadde vel ikke kommet over det før hun dyttet meg ut igjen. Hun hadde mumlet et eller annet, jeg ante ikke hva det var. Følelsene kunne leses i ansiktet, hun klarte liksom ikke å skjule noe – aldri var det skuespill, og aldri hvite løgner. Jeg skulle ikke tvile lenger – hun gjengjeldte følelsene mine, hun *var* tiltrukket av meg. Blikket som hadde dvelt ved meg nede i garasjen hadde gjort meg ør. Men i heisen forsvant alt.

Jeg hadde ikke hatt noen forhåpninger om å gå rett til sengs, og jeg hadde faktisk ikke ment berøringen i gangen som en tilnærming, heller. Ville bare støtte henne da hun tok av seg skoa, på en hyggelig, om enn litt intim måte. Synet av den nakne huden hadde vært tiltrekkende, men jeg kunne ha gjort det samme med tanta mi, eller en venn.

Om to døgn ville vi sees i Asker igjen. Hvor pinlig ville det bli for henne? Jeg hadde ant det etter taxituren, da hadde hun virket skamfull. Jeg dumpet nedover trappene. Skulle jeg la være å treffe henne etter togturen mandag morgen? La henne styre, kanskje ville hun prate senere. Anders ville trolig mene at utkastelsen var et slag i trynet. Glem henne, hørte jeg ham si – dette er kroken på døra. Men det kunne ikke være det, vi hadde hatt det så bra sammen, den fine turen på fjorden måtte da bety *noe*. Sakte tråkket jeg på, brukte tunge gir gjennom garasjeanlegget. Kikket på mobilen, håpet hun angret seg og snart kom løpende, men nei. Bakkene opp mot Ekeberg virket brattere i dag, men jeg skulle over toppen. Dette livet, det krevde sin mann.

Men jeg visste det nå. Jeg måtte vente. *Kunne* ikke annet, heller – det var Thea jeg ville ha.

Thea

Hodet hvilte mot knærne og varmtvannet strømmet. Fremdeles var jeg kald. Vannet rant fra hånddusjen over ryggen og gjennom røret under badekaret, hadde ikke hatt ork til å lete fram proppen som trilla vekk på morgenen. Nærheten til Snorre nede i garasjen etter padleturen hadde gjort meg varm, men etter at jeg ba ham om å gå, ble jeg sittende i våte klær på gulvet altfor lenge.

Jeg sto opp fra karet, surret et håndkle rundt meg og tullet meg inn i dyna. For en idiot jeg hadde vært, så ute av kontroll på alle vis. En følelse av visshet hadde oppstått, om at vi hørte sammen, og lysten hadde kommet, først som ulmende røyk, deretter mer som lava i en vulkan som truet med utbrudd – glødende og farlig. Jeg burde legge lokk på sånt, ikke risikere å havne i noe som var feil, noe jeg ikke kom meg ut av. Ikke igjen.

Vi hadde dratt kajakkene opp fra sjøen og båret dem til garasjen sammen. Det hadde vært travelt der nede, folk var på vei til og fra bilene sine etter helgas innkjøp. Vi var blitt stående ved kajakkstativet, ute av syne for naboene. Belysningen hadde vært dunkel. Alt i meg hadde brust. Krøllene gjemte nesten ansiktet som hadde virket svart nede i mørket etter all sola den sommeren. Han hadde ikke smilt. Før jeg fikk tenkt meg om, hadde jeg invitert ham med opp. Jeg pustet dypt inn og så ut flere ganger, men det hjalp ikke.

Etterpå hadde vi tatt heisen opp til fjerde, og jeg hadde forsøkt å få av meg skoa. Plutselig kjente jeg de kalde hendene ved den nedrullede drakta, på huden min. Jeg skvatt, reiste meg, men mistet balansen i det samme, forsøkte å unngå å komme nær ham. Armene flakset, og endelig slapp han taket rundt meg. «Hva er det?» hvisket han. Jeg la hånda på magen hans, dyttet den fine kroppen ut gjennom døra igjen.

Jeg hadde ikke sett ansiktet hans. Herregud, så dum jeg var, så forvirret jeg måtte virke. Gråten kom og lot seg ikke stagge. «Gå bort», hadde jeg hvisket til ham. Jeg gjemte meg i dyna.

KAPITTEL 20

Snorre

Line sto i døråpningen og tassing fra lette føtter kunne høres bak henne før han presset seg fram. «Gutten min», ropte jeg og heiste ham opp til en luftetur på svalgangen. Han hylte i fryd.

«God, du», sa jeg og begravde ansiktet mot den varme halsen. Skjeggstubbene raspet huden, noe som fikk ham til å hikste av latter. «Blir du med ned?» sa jeg da jeg trakk meg unna. Han vendte seg fort mot Line som nikket.

Tøflene ble byttet ut med joggesko, og hånd i hånd rusla vi ned en etasje. Line skulle handle, forklarte hun. Thea og Line var like sånn, de hadde sine faste vaner. Line hadde handlelista klar lørdag ettermiddag, og omtrent den samme som uka før. Thea padla lørdag morgen, og hadde visst gjort det i mange år. Gjerne samme rute, og alltid nær hovedøya. Hun hadde med seg det samme også: ullgenseren, vannflaska og en boks med dadler.

På padleturen i dag hadde jeg hatt med hvitvin og kjeks, som vi spiste på den idylliske stranda sørøst på Langøyene. Vannet hadde blinket mot oss, og det var ingenting som hintet om at øyene var fulle av gift, noe de visstnok var. Jeg hadde googlet det, for jeg likte å fortelle henne ting mens vi padla. Hun hadde også lest seg opp – sa det hjalp på fremmedheten.

«Flott å se deg sånn», hadde jeg gispet da Thea tok av seg til en svart badedrakt. «Kler jeg meg vanligvis som en lasaron, mener du?» Hun lo ertende og la på svøm. Jeg bare ristet på hodet, stum etter å ha sett så mye av henne.

Alexander kom bort til meg med et ødelagt tog. «Kan du reparere?» spurte han. Togbanen var favorittleken for tida. Jeg hentet verktøykassa og satte meg ned. Etter en stund beveget det enkle tretoget seg igjen, og han lyste opp og tøffet av gårde med det. Sikla rant fra haka, men han enset det ikke. Det var godt å ha ham rundt seg.

Likevel, for første gang på lenge var jeg nedtrykt, hun hadde jo bedt meg om å gå. Alexander fant fram flere skinnedeler fra flytteeskene, han dro meg ned så vi lå langflate på stuegulvet til vi hadde bygget opp resten av banen. Kanskje ville han sove hos meg etterpå, undret jeg. Han virket rolig og trygg.

Det med Line og Olav hadde sluttet å gjøre vondt en gang rundt nyttår, etter å ha møtt Thea. Nå kom alt tilbake igjen, kanskje på grunn av skuffelsen med Thea. Alexander ga seg til å studere meg på et tidspunkt og strøk en finger over kinnet mitt. Merket han noe? Jeg forsøkte å smile. Like etterpå snudde han seg mot togene igjen.

Thea

Gradvis ble jeg vekket av et ringesignal. Var det Snorre? Jeg strakte meg og vendte på displayet, sveipet med fingrene over skjermen. Jeg ville si noe, men det kom bare et hark. Det var Kine.

«Hvor blir det av deg?» Hun hørtes bekymret ut. Klokka var passert fire. «Hodepine», stønnet jeg. Hun ble stille. «Sov du?» Jeg hadde vært hos dem så og si hver lørdag siden eldstemannen, Simen, kom til verden, og jeg pleide å si ifra når jeg ikke kom. «En mann», svarte jeg kort, hadde ikke bestemt meg for hva jeg ville fortelle ennå. «En gutt, kanskje», rettet jeg. «Gutt?» gjentok hun. «Kollega», forklarte jeg. «Han som ikke skjønner data?» prøvde hun. «Riktig», svarte jeg. Alt det kjipe jeg hadde fortalt om ham var pinlig nå, og litt komisk også.

«Ute i går?» spurte hun. «Padla i morges, men jeg vil ikke utbrodere», svarte jeg. «Høres fint ut, det.» Hun virket så fornøyd i stemmen. «Fint var det ikke», svarte jeg. Hun sukket og sa: «Jeg kan gjerne komme ned til deg en tur – Jens skal være hjemme i kveld.» «Kan snakkes neste helg», foreslo jeg, og forsøkte å virke fattet. Skulle jeg unngå besøk måtte jeg anstrenge meg. De hadde alltid taco på lørdag, og Kine elsket det. Det var en fast greie helt siden de leide i studentblokka ved siden av. De lot til å ha det så ukomplisert, mens mine forhold bare ble kluss.

«Neste lørdag?» Tonefallet hennes dalte. «Vil helst høre om det før.» «Jeg kan heller komme til dere i morgen», avgjorde jeg. Stemmen ble hardere enn jeg ønsket, men hodet verket. Var det sensasjonslyst som drev henne? «Det blir koselig», slo Kine fast, uten at hun hørtes blid ut lenger. «Sees», bekreftet jeg og måtte anstrenge meg for å snakke normalt. Gråten presset på – det var typisk meg å ødelegge hennes humør også.

KAPITTEL 21

Snorre

Alexander og jeg begynte på en legoby rundt togbanen, men da jeg foreslo å lese i hundeboka hans ville han opp til Line. Etter å ha fulgt ham, dumpet jeg ned i sofaen. Gadd ikke slå på lyset. Følelsen av å være alene i verden skylte over meg. Den hadde kommet da Line ville skilles også, spesielt da jeg skjønte at hun var ute med Olav. Jeg hadde tvunget de vonde følelsene bort, dempet dem i bråket fra fest og folk, og trening. Men jeg orket ikke det lenger, måtte forsøke å takle situasjonen. Men hvordan? Det var lørdag kveld og jeg satt alene i mørket.

Thea

Jeg konsentrerte meg om å puste rolig, forsøkte å bevare smaken av salt sjø og så for meg blafrende badehåndklær foran værbitte rorbuer. Hvordan hadde Kine gjettet at det var Snorre? Alt jeg hadde fortalt om ham var jo negativt. Forklaringen var vel så enkel som at han var den eneste mannen jeg *hadde* fortalt om. Men hvorfor skjulte jeg sånt for henne? Burde jeg ikke heller fortelle, akkurat sånn som det var? Tåa dunket og verket. Jeg prøvde å huske om jeg hadde syndet i matveien. Kine var antakeligvis den eneste personen som faktisk brydde seg om meg, selv om det ikke var lett å oppdage med alt fjaset hun også drev på med. Og ikke minst omgav seg med.

Snorre

Olav satt på kjøkkenet morgenen etterpå med vinduene på gløtt og pc-en foran seg. «De er ute», sa han med påtatt, dyp stemme.

Surpomp, tenkte jeg – sikkert sjalu. Jeg gadd ikke smile. Plutselig kom det en intens følelse av stillstand over meg, søndag hadde vært den kjipeste dagen da jeg var liten. Kompisene sov lenge, og mamma hadde innført spilleforbud. Også da hadde jeg syklet rundt.

Det var overskyet og vind, og Alexander satt i sandkassa med Line på tømmerstokken ved siden av seg. Håret hennes virvlet foran ansiktet. Noen skolebarn lekte borte ved huskene. «Trengte å konsentrere seg», opplyste hun og nikket mot leiligheten. Alexander kikket på meg med et fraværende smil mens han ufortrødent spadde sand i en bøtte. Jeg krøket meg ned ved siden av henne, tettere enn vanlig i tilfelle Olav glante.

Alexander kravlet etter en stund opp på fanget mitt. Han foretrakk faktisk meg, selv om han strakte ut ei hånd mot Line da hun gikk. Men hun var snar og listet seg av gårde. «Bruk tid nå», hvisket hun. Alexander virket trøtt, så jeg leide ham til den ledige huska der vi vugget litt fram og tilbake. De eldre barna trakk seg unna oss. Jeg nøt varmen fra den lille kroppen, og det tok ikke lang tid før øynene hans glippet.

Sammen tømte vi flere flytteesker den ettermiddagen, og begeistret fant han fram leker han helt hadde glemt. Etter at han fikk et par tykke pannekaker, ville han opp til Line igjen. Jeg spurte forsiktig hvorfor, men han vred på seg og ville ikke svare. Etter å ha rydda bort maten, ble jeg sittende ved kjøkkenbordet og fundere på om han noen gang ville kjenne seg hjemme hos meg. Jeg slo det bort, selvsagt var det mulig å kjenne seg hjemme to steder. Kanskje ville det hjelpe på om jeg hadde hjemmekontor oftere, så kunne jeg hente ham tidligere i barnehagen.

Om kvelden bar jeg flere søppelposer ned til konteineren, og fikk rydda plass til en skjerm og et tastatur på et lite bord mellom stua og kjøkkenet. Kanskje hadde jeg unngått dette fordi jeg ville være med henne hver dag. Så nært vi hadde sittet på den stranda tidligere på dagen – vi hadde tøyset og ledd. Det gjorde godt hver gang hun sprutet ut i latter. Jeg forsøkte å se for meg smilet i garasjen, men kjente i stedet dunket mot murveggen.

KAPITTEL 22

Thea

«Kom, så setter vi oss», foreslo Kine og vinket meg etter seg. Et par fargeløse blyantskisser hang i entreen, og de passet til Kines mørkegrå vegger. Jeg tok meg god tid med skoa. Tegningene forestilte mennesker fra en annen tid. En historietime om bygdefolk som flyttet inn til byene hadde inspirert meg, den industrielle revolusjonen. Ansiktene virket ekstra ulykkelige i dag.

Inne i stua var det rotete og mye lyd. Tv-en sto på, og guttene hoiet fra andre etasje. I min egen stue hadde jeg bare ett bilde over sofaen, det forestilte seilbåter i sterk vind, et nummerert trykk av kunstneren fra samme øykommune som oss. Så mange gallerier jeg hadde vært innom med Kine, men bare endt opp med ett kunstverk. Med ramme kostet det en formue. Jeg hadde drøyd så lenge med beslutningen at Kine til slutt ga meg det til jul et år, trolig med god hjelp fra Jens.

Bildene over sofaen deres var alle minner fra turene våre til utstillinger og gallerier. Det var omtrent den eneste interessen vi delte, og som med alt annet var Kine den ivrige. Boligen deres var fargerik – det bugnet av kunst. Det var lenge siden jeg hadde satt foten i et galleri, og jeg tok meg i å savne det. Jens gryntet idet jeg passerte ham, vi trengte ikke lenger å utveksle høfligheter.

En kakerest sto på bordet, og Kine helte kaffe i to store krus da jeg kom inn på kjøkkenet. «Sånn går det når du kommer en dag for sent.» Hun nikket mot fatet. Lyden fra tv-en ble dempet da jeg dro skyvedøra igjen. «Åssen går det med tåa?» spurte hun. Jeg hadde merket litt i det siste, og begynte å beskrive smerten da hun plutselig avbrøt. «Fortell om i går.» Jeg deiset ned i hjørnet av den gamle biedermeiersofaen, irritert over avbrytelsen, og kikket ut på det tette løvverket.

Kine hadde snudd seg mot kjøkkenbenken, forsøkte vel en annen taktikk for å få meg i tale. Men før jeg fikk fortalt noe, kom lydene av raske føtter som steg i styrke, og like etterpå skjøv den yngste nevøen døra opp. «Tante», skrålte han og så på meg. Og snart kom det enda mer entusiastisk: «Kake.» Kine reiste seg. «Skulle *ikke* forstyrre», sa hun og skjøv sønnen forsiktig ut. Jens brummet noe fra stua. Kine smilte liksom oppgitt til meg før døra var helt igjen.

Hun hadde vært på pinebenken lenge nok, så jeg fortalte raskt hva som hadde skjedd. «Dyttet?» Kine så ut til å ha problemer med å tro det. «Jepp», svarte jeg. Den sminkede panna rynket seg. «Sånn som deg», sa jeg og nikket mot døra før jeg gjemte ansiktet i hendene. «Kom han hjem til deg?» Jeg innrømmet å ha invitert ham.

Kine fylte på mer kaffe, selv om jeg ikke hadde rørt kruset. «Vi prater hver morgen, jobber ganske tett og padler», fikk jeg fram. «Synes du det er kort tid for å bli kjent? Vi er ikke mange på hovedkontoret.» Kine tenkte seg om. «Om dere ikke prater om andre ting enn firmaet, så. Og du kunne fortalt meg om dette før», la hun til. Jeg orket ikke å svare, sa bare: «Ble så usikker i går.»

Hun skakket på hodet. «Hvorfor?» Det var ment som en spøk, men ble til en bønn idet jeg sa ordene: «Kanskje du kan fortelle meg det?» Hun ble stille, så jeg la til. «Lysten forsvant på vei opp med heisen.» Kaka var en halv ostekake som jeg skar i fem store biter. «Snakket dere etterpå?» Kine beholdt den alvorlige masken. «Vet ikke hva jeg skal si», sa jeg og heiste på skuldrene. «Be han om unnskyldning, fortell at du liker han», ba hun innstendig. «Gjør jeg det, da?» Jeg smurte ostetopping i panna med skjea.

Kine så oppgitt på meg. Hun grep tørkerullen fra benken og snudde seg med et skjevt smil. Jeg pleide å gjøre sånt da jeg var liten og bestemor var på jobb.

«Vet ikke om jeg liker ham godt *nok*», kverulerte jeg og skrapte med skjea i panna. «Finn ut hvorfor du er usikker, da», formante hun og svingte tørkerullen faretruende nært. «Her», sa hun og rakte meg en åpnet konvolutt like etterpå. Så fant hun en blyant og streket uvørent opp en linje på midten og et pluss- og et minustegn øverst. «Sånn», avsluttet hun. «Skriv positive og negative sider ved ham.» Jeg måtte smile. Det var jeg som pleide å lage sånne øvelser for å stagge kjøpelysten hennes.

Jeg så for meg ansiktet til Snorre fra stranda ute på Langøyene. Han hadde sett forelska ut. Kine så undersøkende på meg. «Ikke de rette følelsene?» Hun tiet sjeldent stille. «Det svinger», sa jeg flatt, men kjente meg generøs som småpratet om noe hun syntes var spennende. «Han er en god person, åpen og veldig energisk», sa jeg. «Og morsom.»

Kines fingre trommet rastløst rundt kruset før hun lente seg framover. «Ekkel tåfis? Sur svettelukt? Det siste har jeg faktisk hørt om.» Hun lo. «Forstår du ikke at noe mangler?» spurte jeg. «Mangler?» gjentok hun, men fortsatte selv: «har til og med lest at tisset til den man liker … Nei, det var vel på tv, det.» Jeg forsøkte å fange blikket hennes. «Fikk du ikke med deg at jeg sa verken intelligent eller smart?»

«Helt taper kan han vel ikke være, fullførte jo jussen», argumenterte hun. Jens var også jurist og jobbet i kommunen. «Ikke særlig reflektert», forsvarte jeg meg. «På hvilken måte?» Kines øyne ble smalere. «Vet ikke. Naiv, kanskje», svarte jeg og la til: «Det føles sånn.» «Føles?» gjentok hun og reiste seg brått.

«Jeg liker at han er så jævla blid», sa jeg. «Ikke smart, men du liker at han er blid, ja.» Det siste ordet druknet i latteren som hun trolig hadde undertrykt en stund. «Hva er morsomt?» spurte jeg. «Kontrasten», sa hun, «og fortvilelsen din over noe som kanskje ikke er så vanskelig?»

Det jeg hadde sagt stemte ikke helt. Jeg hadde egentlig bare lurt på om han tvilte på seg selv noen gang. Kine var ikke særlig selvkritisk, og sjelden i tvil. Hvordan ville oppveksten ha vært uten henne? Eller om hun hadde vært like bekymret som meg? «Kan jeg angre?» sa jeg. «Jeg skriver heller at Snorre aldri ler av meg.» Hun himlet med øynene. «Du trenger vel bare litt tid, det er jo alltid sånn når du skal velge noe.»

Men det var mer. Øya. En som var bundet til Oslo og til sønnen sin her var ikke en jeg burde ønske meg. «Han har en sønn», sa jeg, og pennen ble værende i lufta. I hvilken kolonne skulle det? Kine ble overrasket, men så myknet hun og ville vite alt om gutten. «Har ikke møtt ham», sa jeg og innså at jeg burde ha spurt mer etter ham.

Humøret mitt sank allerede ved bussholdeplassen. Når motet kunne dale så raskt som i en heistur, og uten at vi vekslet et ord, var det vel ikke Snorre jeg var usikker på. Bussen rundet det nærmeste kvartalet, og jeg hadde en vond følelse av at noe glapp. I den tomme bussen forsøkte jeg å finne tilbake til tanketråden. Var det for å unngå å bli avvist at jeg avviste ham?

September

KAPITTEL 23

Turen mot stasjonen føltes underlig lang neste dag. De mørke skyene truet med å sende mengder av vann over byen. Jeg giret opp tempoet, men det var som om tida løp fra meg. En flokk svaner duppet langs kaia, halsene var trukket inn, bortsett fra hos den ene som så ut til å holde øye med meg. De var som lysende fortøyningsbøyer mot det svarte vannet. Om jeg hoppet uti, slapp jeg å gjøre det jeg måtte i dag.

Stortåa plaget meg igjen. Hvorfor hadde jeg forsynt meg så grådig av ostekaka, skåret den i så store biter? Kine kunne hevde at noe var vegetabilsk, men glemme åpenbare ingredienser som smør eller yoghurt. Murringen gikk over i de periodene jeg spiste plantebasert, opplagtheten gjennom dagen var en annen fordel, samt at ingen behøvde å bøte med livet for at jeg skulle bli mett. Jeg hadde alltid hatt et hjerte for dyr, eller et dyrehjerte, som Kine pleide å si da vi var barn.

Jeg måtte snakke med Snorre, be ham om unnskyldning. Men jeg ante ikke hva jeg skulle si, ønsket bare å gjøre det godt igjen fortest mulig. Nær Operahuset var aktiviteten stor, det var høye kraner på inngjerdede byggeplasser. Alt var så annerledes enn på øya, i byen var menneskelig aktivitet synlig overalt – jeg ble sliten av det. Like før togstasjonen passerte jeg den lille kroken der Akerselva bruste etter nattas regn. Det var et parti jeg likte, selv om elva hadde stramme rammer – her regjerte naturen. Jeg kunne stupe uti, forsvinne i de grå massene, bli ført ut mot havet. Hjem. Alt var så mye renere der, storslått og vakkert, mens alt inni meg var skittent. Jeg hadde oppholdt meg for lenge i byen, og for lenge med en jeg ikke burde rørt.

Mitt faste sete var ledig. Jeg tok av meg jakka og fant mobilen. *Takk*, skrev jeg til Kine. *Og* selv om jeg ikke følte for det, la jeg til et smilefjes. Så tok jeg grep og sendte en melding til Per også, en om fiskene jeg så i ferskvarediskene i byen, de var langt fra nyfiskede.

Flere ganger snudde jeg meg langs veien til hovedkontoret, sikker på at jeg hørte dekkene. Men først da jeg kom innenfor porten så jeg sykkelen, parkert. Hadde han unngått meg? Med overlegg? Det var ikke rart, bare så nedslående. Jeg nikket til Anne idet jeg strøk forbi. Var det ryggen til Snorre jeg så forsvinne inn på personalavdelingen? Han unngikk meg virkelig. Jeg trykket fram en trippel latte, snuste inn duften av nykverna kaffebønner og åpnet døra for å logge på. Kaffe pleide å gi trøst, men så kom Trond svinsende.

«God kaffe?» spurte han fra døråpningen. Det var et selsomt blikk han sendte meg. «Bestillingssiden klar?» spurte han deretter. Jeg nikket, noe som så ut til å overraske ham. Det var uvant å få et så direkte spørsmål om framdrift. Som om ikke jeg sto på nok.

Pulten til Kornelia sto tom. Jeg kunne se for meg barna hun og Snorre ville kunne få – to livlige krølltopper. Kanskje drømte hun om at Snorre skulle overta firmaet en dag, og at de snart kunne nyte livet nede ved fjorden? Ivar stakk hodet ut fra kontoret så jeg snudde på hælen og rev en stabel med esker så vareprøvene raste ut på gulvet, hvite halloweenlys. Jeg måtte roe meg, slutte å mane fram spøkelser.

Beklager det som skjedde, jeg er så usikker. Jeg hadde brukt lang tid på e-posten, men det ble bare disse ordene. Da jeg endelig trykket send, stirret jeg på innboksen. Det føltes som om alt sto og falt på dette, som om det var svøm eller synk.

Jeg ventet i flere minutter, men det kom ingen svar. Åke gikk ut fra kontoret, så jeg kunne skyve ryggen på kontorstolen helt ned. Jeg klarte å legge meg i fosterstilling, men så var han tilbake, og jeg for opp. Konvolutten på pulten beveget seg – det var den Kine hadde gitt meg. Under minustegnet skriblet jeg: *Sosial, energisk, sprudlende.* Det var ikke negativt i seg selv, men fikk *meg* til å framstå som asosial, lat og sur.

Det var teit å sette det opp sånn, jeg visste det, for faktisk *likte* jeg humøret hans – det var alltid på topp, helt uavhengig av meg. Det betydde at jeg kunne treffe ham, uansett hvordan *jeg* følte meg. Både søstera mi og Snorre hadde en utømmelig mengde energi, et slags mentalt pågangsmot som aldri så ut til å svikte dem. Begge hadde stupt ut i det livet hadde å by dem. Snorre hadde giftet seg, fått barn og til og med blitt direktør, tilsynelatende helt uten å tvile. Jeg ønsket meg en flik av innstillingen hans, troen på at ting bare ville ordne seg.

Jeg gjorde minustegnet om til plusstegn over de tre egenskapene, og la til: *Interessert i andre, nysgjerrig og oppvakt.* Dermed var den negative siden stadig tom. Vi var så forskjellige. Det var vel ikke bra om alle egenskapene våre var motsatte? Hadde vi i det hele tatt noe til felles? Blikket for nedover lista. Var jeg oppvakt? Jeg hadde lært meg programmeringsspråk, så kanskje var jeg smart, eller i det minste intelligent? Interessert i andre? Nja, men jeg trengte ikke mange.

De fleste av kollegaene mine hadde jeg plassert i en bås som enten dumme, egoistiske eller begge deler. Jeg brydde meg om Åke. Og de på Tøyen. Og Per. Jeg la til et nytt ord som kanskje kunne passe for oss begge: *utholdende.*

Burde jeg satse på en som var mer lik meg selv? Kjente jeg noen? Jeg for sammen. Lagersjefen. Han var seriøs og diskuterte alvorlig alt som ble tatt opp på møtene, gjerne pinlig forberedt med argumentene nedskrevet. Maska ble stram om han ikke fikk det som han ville. Som meg, antakelig. Bare tanken på noe fysisk med ham bød meg imot. Kunne han i det hele tatt være så spontan som seksuell aktivitet forutsatte? Jeg måtte fnise, men ble fort alvorlig igjen. Åkes øyne plirte. Var jeg sånn som lagersjefen? Rigid og ensformig? Hva visste jeg om et normalt sexliv? Det hadde vært lite av sånt.

Plutselig forsto jeg hvorfor Kine maste om at jeg måtte forsøke nye ting; hun trodde ikke jeg *kunne*. Det fikk meg til å føle meg elendig. Kanskje lagersjefen også var sånn, holdt seg til de vante tingene. Men jeg anså ham verken som trang i nøtta eller egoistisk, men oss to som elskere? Jeg føk opp så kontorstolen smalt i veggen bak meg. «Faens idiot», blåste jeg ut og for på dør. Åke hadde snudd seg. Hva drev jeg på med? Jeg likte jo ikke fyren en gang. Etter å ha gremmet meg inne på toalettet en god stund, fikk jeg omsider begynt med noen enkle oppgaver.

Utpå ettermiddagen hadde jeg fremdeles ikke fått svar, men Snorre var fortsatt pålogget. Om de andre på avdelingen var dratt hjem, kunne jeg våge meg inn til ham. Jeg sjekket de fire damene, og alle var logget av. Ute i kantina var lysene slukket. Jeg åpnet forsiktig døra inn til personalavdelingen. Det lyste gult fra kroken hans, så jeg listet meg bort og bøyde meg fram. «Noe galt?» stotret jeg da jeg fikk se ansiktet hans. Han svingte rundt, men svarte ikke, fortsatte bare å se trist ut.

«Du ... du er ikke lei deg?» spurte jeg. Han festet blikket et sted ved tastaturet. «Jeg mente ikke noe vondt med det», fortsatte jeg lavt. Han var fremdeles taus. «Aner ikke hva som skjedde», hvisket jeg. Han reiste seg og dro en hårlokk fra øynene. «Sorry, jeg er vel bare sliten.»

«Vil gjerne padle ... eller, jeg mener ... gjerne treffes på lørdag.» Hadde ikke planlagt å si det sånn og holdt pusten. Til min lettelse var han mer som Snorre igjen, smilet kom i øynene. «Klar, jeg», utbrøt han. En trang til å kjenne på mønsteret i genseren hans kom over meg, jeg ville stryke ham mot halsen og langs skuldrene. Han bøyde seg over pulten og klikket med musa. «Får komme meg hjemover.» Så dro han ut ledningene og bar pc-en til sekken bak meg.

Jeg grep raskt jakka før jeg hastet ut i den milde høstlufta, jeg ville være der når han syklet forbi. En skygge oppe på kontoret til Trond forsvant idet jeg kikket opp. Like greit at Snorre og jeg ikke forlot kontoret samtidig, men de nye reglene om forhold på jobben var vel bare noe Trond fant på, hadde ikke hørt noen andre snakke om det. Jeg husket det jeg hadde tenkt på bussen. Om jeg var redd for å bli avvist, hvorfor i alle dager tok jeg da sjansen på mitt forrige forhold? Det hadde jo nærmest vært dømt til å ende i en katastrofe. Hadde han vært tryggere for meg fordi han var gift?

Jeg hadde aldri bedt ham om å skille seg – så kvelende skummelt å være årsaken til en skilsmisse og så måtte ta valget om jeg ville ha ham etterpå, det kunne jeg aldri være sikker på. Faktisk hadde jeg trodd han var i ferd med å dra fra kona, men da han kom for å besøke meg over en uke senere, uten å ha nevnt natta vår med et ord i mellomtida, hadde jeg nektet ham adgang. Rett og slett fått nok, bestemt meg for at det måtte være slutt. Igjen.

Å kalle det et forhold ble feil, det hadde alltid vært kaos, lange perioder der jeg forsøkte å holde ham på avstand, og perioder der han antakelig forsøkte det samme. Det verste var at det hadde vært sånn i mange år, og trolig hadde det bare gjort meg mer usikker på meg selv. Aggresjonen jeg følte mot alt og alle, og ikke minst meg selv, burde vært rettet mot ham.

Lyden av sykkeldekkene var plutselig bak meg, langt høyere enn vanlig. «Nye dekk?» spurte jeg idet jeg snurret rundt. «De andre var slitt», smilte han og bremset ned. Jeg forsøkte å sende ham et anerkjennende blikk mens beina mine skalv.

«Visste du at personaldirektøren satt i styret i HR-Software?» spurte han. «Å?» fikk jeg fram. «Burde ha sjekket det før, men …» Han stirret i asfalten. «Satt i *den* fete bilen sist Ivar så han.»

Det var snodig om ingen skulle hatt kjennskap til styrevervet. «Får stikke til mamma», sa han så og satte fart. Jeg tok et dansetrinn på høstbladene, måtte beholde troen. Han likte meg fortsatt.

KAPITTEL 24

Snorre

Gresset var langt, men det var tomt under trappa der klipperen hadde plass. Jeg satte sykkelen inntil veggen, og tok deretter noen prøvende skritt ut på plenen. Gjennom vinduene skimtet jeg mammas smale rygg. Hagen var toppen tjue kvadrat, men like fullt sto det et drivhus der. Varmen slo imot meg, og perfekte tomatklaser i rødt struttet i alt det grønne. Minnene fra drivhusfesten fylte meg så jeg ble sittende litt i kurvstolen der inne.

Den mørkeste tomaten fylte hånda mi, og saltsmaken fikk tankene over på alle gangene jeg i hui og hast gjorde lekser der inne. Vemod var aldri noe som preget meg den gangen. Da jeg snudde meg for å trå ut av drivhuset igjen, fikk jeg øye på det hvite hodet til nabodama. Hun sto urørlig bak hekken. «Heisan», prøvde jeg mens jeg klakket opp trappa til inngangsdøra. Svartsurbær var det vel de het, bærene som skilte hagene. «Ta for deg», gliste hun med blålige tenner.

«Årets fangst», smilte mamma. Hun rørte i kjelen med blåbær. Pannekakeduften hadde ligget tykk i vindfanget. «Smart av meg å melde ankomst», tøyset jeg. Hun kastet et blikk til siden for meg da jeg steg inn. «Han blir med neste gang», sa jeg for å komme henne i forkjøpet, «tar med tomater til han.» Jeg klappet meg lett på lomma.

«Drivhuset i Asker er også i bruk igjen», sa jeg. Mamma myste mot meg. «Så flott», sa hun omsider og tørket svette med håndbaken så hun fikk en rød stripe i det korte, lyse håret. Pannekakene var stablet oppå hverandre ved siden av komfyren. Jeg anslo tilfreds at det kunne dreie seg om minst ti–tolv stykker. «Blir vi kvitt dem?» spurte hun. «Selvsagt», sa jeg liksom sjokkert.

«Hvordan er det med lillegutt?» Jeg holdt opp gaffelen og kniven. «Spiser deg ut av huset snart», svarte jeg. Hun lo som vanlig av vitsene mine. «Alexander har det kjempefint – oppe hos Line», innrømmet jeg, og mamma strøk meg over kinnet. Blåbæra var søte og pannekakene sprøstekt i kantene. «Fortsatt greit på jobben?» spurte hun. Jeg nikket dypt før jeg lente meg bakover. En behagelig følelse av avstand til verden kom over meg. Mamma helte vann i mugga, og jeg innså hvor lite jeg hadde gjort på det kjøkkenet. Da jeg omsider rev meg løs fra kompisene, var maten gjerne for lengst ferdig. Hvor annerledes ville Alexander bli? Ville han klare å roe seg og bidra mer?

«Tenk, HR-direktør», sa hun langtrukkent. «At du fant konsentrasjon til å fullføre det lange studiet», hun ristet på hodet, «du var så vilter.» Hun langet over en pannekake til seg selv. «Du passer til HR», bedyret hun, som om tankene mine lå åpne. Jeg hadde fortsatt munnen full, men forsøkte å se spørrende ut. «Glad i folk», forklarte hun og la fra seg bestikket. «Og nå er du jurist – det er en flott kombinasjon, klart Trond har tenkt på det.» Jeg var ikke like sikker.

«Åssen er han som sjef, da?» Jeg tok meg tid til å tygge ferdig. «Mindre klemming.» Hun kastet hodet bakover og smilte. «Er kollegene hyggelige, da?» spurte hun. Jeg motsto lysten til å fortelle om Thea. «De fire på min avdeling har mye å gjøre, kanskje butikklederne må ta mer ansvar selv», resonnerte jeg uten å ha tenkt så mye på det før. «Nestlederen, Eve, er rundt tretti, samme utdannelse som deg, tror jeg – psykologi.» Hun nikket interessert.

«Vurdert å bytte jobb?» spurte jeg. Hun ristet på hodet. «Osloskolen trenger meg.» Jeg nikket til standardsvaret hennes. «Hvorfor heter det personalavdeling når du er HR-direktør?» spurte hun så. Jeg heiste på skuldrene. «Noen kjekke jenter der, da?» Halsen ble tykk, og jeg fikk noe som liknet øresus. «Hva er det?»

Mamma hadde det granskende blikket. Jeg trakk pusten, det presset seg fram. «Du vet, hun som jobber med data», begynte jeg og la merke til at hendene mine var rødflekkete.

Thea

Det Snorre hadde nevnt slapp ikke taket. At den tidligere personaldirektøren skulle være i styret i HR-Software var bare utrolig. Visste Trond om det? De to hadde jobbet mye sammen, så det var sannsynlig. Trond var ingen kløpper med data, men kunne det med passordene være tatt med i beregningen, av noen som ville lure oss? Både Snorres kompis, Anders, og journalisten sa at vi burde ha noe håndfast før vi gikk til politiet, men om Økokrim ble innblandet ville det i det minste bli ubehagelig, også for Trond. Betalingen var godkjent med hans bruker-id, og han hadde vært lemfeldig med passordet sitt.

Jeg burde ta det opp med Trond, men jeg maktet ikke. Kanskje var pengene allerede brukt opp – syltet ned i gods eller gull. Men om det var Trond, hvorfor skulle han tappe firmaet på den måten? Hadde han omsider sett skriften på veggen og gitt opp? Mistet troen på firmaet, rett og slett?

Tåa ulmet. Var det rekene jeg hadde latt meg friste av i lunsjen? Under ferien hadde verkingen så godt som forsvunnet. Jeg låste meg inn hjemme og lurte på om det slo et gufs av sopp mot meg – den svakt sure odøren minnet om Kines første bolig i Fredrikstad, en hel vegg i soverommet hadde langsomt blitt angrepet av muggsopp. Da jeg åpnet vinduene på soverommene, innså jeg at jeg burde gjøre rent. I stedet hentet jeg fram staffeliet, fant det svarte og lagde blåsvart hav med skumtopper, og mørk himmel.

KAPITTEL 25

Snorre

«Ikke fortell det», sa jeg og tvang meg til å tenke på øyene i fjorden. Noe presset på i brystet. «Nydelig der ute, flotte kontraster til byen», smurte jeg på. Mamma iakttok meg. «Fått deg en spennende venn, i hvert fall», konstaterte hun. Jeg nikket. «Ut med det», oppmuntret hun. Så kom hele historien.

«Hun trenger nok bare tid», foreslo hun og rusket meg i håret, «gutten faller lett for jentene.» Svake linjer i huden strålte fra øynene. Hadde *hun* noen kjæreste? Fortsatt var hun under femti. Hadde jeg noen gang spurt? «En sommer er ikke lenge», avsluttet hun og fant fram en badeshorts i størrelse fire år som hun hadde funnet på salg.

Kunne det være at Thea ikke likte barn? Tanken på at hun ikke ville bry seg om Alexander fikk umiddelbart følelsene for henne til å blekne. Han ville fort merke det. En redningsplanke, innså jeg, om det ble nødvendig for meg å glemme henne – en slags omvendt mental trening der jeg tenkte på alt som var vanskelig, som usikkerheten hennes og det at hun kanskje ikke likte barn. Det gjorde fortsatt vondt det hun hadde skrevet i e-posten sin etter all flørtingen vår, *jeg er så usikker.*

Vi hadde spist opp pannekakene, og det var mest min fortjeneste. Mamma stanset midt i en bevegelse. «Noen har opplevelser som gjør at det tar tid å stole på andre, kanskje klarer de det aldri.» Hun smilte vemodig.

Thea

Det var oppslukende, og motivet var alltid det samme: Kontrastene og fargene på øya, alt slik jeg husket det. Oljemalingen var av beste kvalitet – det hadde gitt en god følelse å velge blant det rike utvalget. Faktisk hadde jeg betalt helt uten dårlig samvittighet.

Jeg tenkte på elghunden Trym, han hadde fulgt etter meg. Alt jeg hadde behov for var muligens en hund? Jeg googlet *depresjon*. Selvtestene dukket opp. Jeg skrollet gjennom spørsmålene, og noe overrasket meg. Jeg hadde tenkt på tilstanden som et vedvarende tungsinn, ikke selvisolasjon og irritasjon som jeg nå leste om. Så lei meg og sint som jeg hadde vært sist vinter, kunne jeg ikke huske å ha vært før. Kjærlighetssorg, hadde jeg antatt. Nå truet den igjen.

Var det mulig å like surpompen meg? Jeg var vel egentlig for drivved å regne, noe han tilfeldigvis støtte borti på sin glade ferd gjennom livet. Helt fra jeg var tenåring, hadde jeg hatt en tendens til å plage meg med selvkritikk. Kine hadde i perioder blitt nærmest gal av det, og jeg var absolutt ikke blant de sosiale. Jeg kunne hatt godt av å bli mer omgjengelig.

KAPITTEL 26

Snorre

Etter Oppsal senter tråkka jeg på bortover mot Ulsrud T-bane-stasjon. Jeg måtte forsøke å fri meg fra Thea, leve mitt eget liv i større grad. Det var nedverdigende å dilte etter henne sånn som jeg gjorde. I perioder var jeg oppstemt og optimistisk, men hver gang hun avviste meg ble jeg slått i bakken. For Alexander sin skyld ville jeg være meg selv, være glad. Thea gjorde meg ustabil. Vel skulle jeg vente, men ikke som en skarpdressert schæfer, på tå hev ventende på neste kommando.

«Kanskje vil hun se om den sorgløse nevøen mener alvor», hadde mamma sagt. Kanskje forventet jeg at hun skulle være som meg, forelske seg raskt og hodestups, eller bare vite med en gang at det ikke kom til å gå? Jeg tråkket forbi Bogerud senter, svetten rant. Et nei ville få alt til å velte, det var jeg ikke klar for – jeg måtte holde fast ved håpet.

Enkelte mennesker forelsker seg ikke, antydet mamma. Var det noen som fikk folk til å åpne seg så var det henne. Kollegaene betrodde henne de utroligste ting, kameratene mine også, som plutselig kunne referere fra fester, til min store skrekk. Kunne det være sånn at Thea ikke forelska seg? Det kunne jo spare henne for mye smerte. Jeg husket da jeg var yngre og gledet meg vilt til å gå på skolen, bare for å få et glimt av den jeg var forelska i. Hvor kjedelig ville ikke skolen vært uten jentene? Kanskje var det sånn nå også, med henne, at jeg dyrket flørtingen?

Jeg bar sykkelen opp vindeltrappa og labbet rett i dusjen. Varmen bredte seg. Nei, det var mer enn det. Det var ikke for ingenting at synet av Olav og Line i sofaen fikk meg grønn av misunnelse – jeg elsket jo å ligge sånn og ønsket meg tilbake til noe nært, noe varig. Flørting var ikke nok. Og jeg skulle ta bedre vare på det denne gangen, om det klaffet med Thea.

Jeg lente meg bakover og nøt vannet som strømmet, så henne for meg den første gangen vi møttes, da hun sto i døråpningen på kontoret til Trond. Hun var så naturlig, så perfekt – som om noen hadde malt ansiktet med en stø hånd, mørk brun rundt øynene, rød på munnen og en lys farge til huden. Jeg fikk øye på meg selv i speilet, rødmusset og full av føflekker. Øynene, nesa og munnen – alt i ansiktet mitt var grovt, og alt hos henne var nydelig. Om det var utseendet hun tvilte på, forsto jeg jo det – jeg så ikke ut i forhold til henne. Jeg stanget hodet i veggen, måtte slutte å tenke sånn; ekteskapet med Line hadde vist meg at det var helt andre ting som betydde noe. At Line hadde vært god mot Alexander og meg, var avgjørende. Jeg grep et badehåndkle, fikk på meg klærne og kom meg opp trappa.

Alexander kastet seg i armene mine. Kroppen bølget fram og tilbake sånn som han gjorde når han ville at jeg skulle gå med ham. Jeg burde ikke bære ham, men det trøstet å ha ham inntil meg, kjenne varmen. Ved sandkassa strakte han armene mot bakken. Jeg hilste raskt på de andre foreldrene og la meg på en benk i nærheten, langt nok unna til at jeg slapp å prate.

Alexander støtte borti skulderen min med gråten i halsen en stund etterpå, hadde fått sand i ansiktet. Jeg satte meg på huk, sa det ville gå fint mens jeg børstet kinnet med lillefingeren. «Sånn», avsluttet jeg og smilte, innså samtidig at det måtte bli slutt på bjørnetjenestene ved å bære ham. Etter noe betenkningstid tok han det for god fisk og tusla tilbake. Foreldrene så forventnings-fullt bort mot meg, men jeg la håndflatene sammen under hodet, signaliserte at jeg var trøtt.

«Du selvmedisinerer med sykling», sa Thea en gang. Og det var treffende: ADHD-diagnosen hadde ikke vært milevis unna på barneskolen, fysisk aktivitet hadde alltid hjulpet meg. De siste månedene hadde jeg bare forsøkt å overleve i et kaos av følelser med lite søvn og mat, og alt for mye sykling. Hjernen var tåkete. Når jeg skrev, tenkte jeg bedre – det var noe jeg oppdaget da vi holdt på med refleksjonsoppgaver på jussen. Kanskje jeg burde forsøke å skrive om henne? Thea var jo viktigere enn noen skole-oppgave.

Alexander kikket innimellom skrått tilbake på meg. Jeg satte meg opp og fortsatte å holde øye med ham. Skyene samlet seg sakte over oss, en kjølig vind fikk meg til å hutre. Det irriterte meg at jeg ikke klarte å glede meg mer over her og nå, gutten måtte jo merke det, at faren ikke var tilstede.

En dag spurte hun etter IQ-en min. Jeg ble paff – ikke engang i guttegjengen snakket vi om det. Var programmerere opptatt av sånt? Jeg hadde hatt lyst til å si at jeg scoret endel høyere enn gjennomsnittet, men ville det ha imponert henne? Først hadde jeg bare ledd, men til slutt hadde jeg sagt: «Rastløshet holder meg langt unna å løse kompliserte, logiske problemer.» Men noe mer tålmodighet hadde jeg vel fått med årene, hadde jo kommet meg gjennom den manualen på over to hundre sider.

Thea var rimelig strukturert, og samtidig bekymret. Hadde alltid med kompasset selv om mobildekningen på fjorden var grei. En kontrollfrik, kanskje? Var det vinen på sommerfesten som fikk henne til å miste hemningene i taxien? Og som gjentok seg på lørdag?

En gutt hevet spaden, og Alexander kom løpende. Han traff meg midt i magen. «Off», utbrøt jeg. Så boret han ansiktet mot halsen og ble liggende en stund på magen min. Jeg nøt den myke huden hans før han lo og trakk seg unna da kinnet kom borti skjegget, og så gjorde han det igjen og igjen, mens han hikstet og lo. Til slutt skled han ned på armen min og ble liggende i gresset. Øynene gled sakte igjen etter litt småprat. Jeg reiste meg og løftet ham forsiktig til skuldrene. Det var en sikker vinner ved forflytninger, sittende på nakken ble det meste gøy. De sandete hendene klistret seg etter hvert til panna mi.

Etter å ha lekt litt med den blå elefanten, forsøkte jeg å få ham til å sove hos meg, men ingenting hjalp. Etter et bad i en balje, kveldsmat og tannpuss, ville Alexander fortsatt til «senga si». Jeg trøstet, sa det ikke var så farlig, enda det var vondt hver gang. Etter at han roet seg, ville han være på svalgangen med en traktor i pysjen, mens jeg ble stående i den mørke gangen og betrakte ham.

Ingen var hjemme hos Line, så jeg ble sittende ved senga hans til øynene gled igjen. Like etterpå hørte jeg en nøkkel bli vridd om og det velkjente klikket. «Sovnet alt?» hvisket hun og sank litt sammen. Line hadde vært på skogtur. «Trøtt allerede på leke-plassen», forsvarte jeg meg og lukket døra til soverommet. «Kveldsmat hos meg i morgen?» la jeg til, «kanskje hjelper det på trivselen hans der nede.» Hun smilte og rakte meg bøtta jeg hadde glemt å ta med. «Om du gjør rent først.»

Tankene på Thea kvernet videre etter at jeg fant sofaen. I begynnelsen hadde hun vært mest opptatt av forskjellene mellom onkel og meg, men ikke utseendemessig, som de andre. Onkel og jeg var nok like, men det folk ikke visste, var at han ble adoptert av besteforeldrene mine som tenåring. De hadde først stilt opp som avlastningshjem da mora ble alvorlig syk.

Ute på kjøkkenet satte jeg stekeovnen på tohundre. Frossen-pizzaen puttet jeg nærmest mekanisk rett inn. Faktisk hadde jeg duppet av da alarmen pep tjue minutter senere. En episode fra studentbyen dukket opp i tankene da jeg subba mot kjøkkenet. Det var en fin tid, kameratskap og følelse av full frihet. Over-gangen til Lines rettmessige krav ble hard.

Tilbake i sofaen med en hel pizza på tallerkenen, forsøkte jeg å komme på mer om onkel. Jeg husket at han hadde vært ung og singel en gang, før han traff Sigrid og begynte å gjøre butikken om til en kjede. Det hadde utviklet seg til en lidenskap, eller nærmest en mani, påsto mamma. Hva var det i så fall han rømte fra? Hadde det noe med oppveksten å gjøre? Savnet etter mora som døde da han var så ung? Barna han aldri fikk? Var syklinga sånn for meg? Hva flyktet jeg fra? Kjedsomhet, sikkert, og sorgen etter Line. Lå det alltid noe vondt bak om et menneske gikk inn for noe?

Thea

Dyna fikk et kraftig spark så den kjølige siden igjen vendte mot huden – hadde jeg lagt meg *for* tidlig? Morgenkåpa lyste opp fra en sprekk i gardina. Bestemor påsto at både søstera mi og jeg hadde arvet pappas kjappe hode og impulsivitet. Hun sa det en kveld vi spiste stekt makrell, og Per hadde rømt til uthuset etter en kommentar fra Kine. Vi hadde tøyset fælt den kvelden, og bestemor hadde sett gammel ut.

Klasseforstanderen på videregående mente at jeg hadde sansen for sarkasme også. Et lite sjarmerende trekk, hadde han sagt, i sterk kontrast til mitt yndige ytre. Minnene fikk meg til å snøfte. Opplevelsen var kanskje grunnen til at jeg sendte dem jeg oppfattet som læreren – som sleske eller arrogante – en småslem kommentar. Jeg snudde meg rundt og rundt i senga. Kom på kallenavnet mitt fra ungdomsskolen, Tornerose. Det ble forbudt av lærerne, men kanskje så de også poenget. Ofte angret jeg imidlertid spydighetene etterpå, særlig de til søstera mi, og nå gjaldt det også Snorre.

Hvilket råd ville foreldrene mine ha gitt meg? De var fornuftige folk, hadde spart lenge til den avdanka redningsskøyta, brukte den til alt mulig, varetransport, guidede turer og taxi for turistene. Kine og jeg kunne trolig blitt boende om de hadde fått fortsette å bygge opp det de så for seg.

Livet på øya bestod av tette bånd, hvorfor gjorde jeg alt for å rive sånt ned – tilværelsen som jeg lengtet tilbake til? Møtet med fastlandet ble brutal for en som meg, trolig så jeg annerledes ut da jeg begynte på skolen – brød meg ikke om klærne, brukte det som fungerte. Kine hadde forsøkt å kle meg opp. Var det for å holde folk på avstand at jeg utviklet torner, akkurat som hos rosene – som et forsvar mot angrep utenifra?

Ville Kine ha slått seg til ro der ute? Sannsynligvis ikke. Hun var den som hadde jublet når isbryteren buldret seg fram og åpnet skoleruta, mens jeg hadde grått. Foreldrene mine hadde kanskje forstått meg, men bestemor gjorde det ikke, selv om hun hadde hatt rett – det *var* ingenting å leve av om man ikke godtok å være enten fattig eller pendle med båt hver dag. Dyna var for varm. Jeg hatet å skatte til Oslo, pengene burde gått til øya og helst vært øremerket bevaring av naturen der. Tåa verket igjen, og eimen av sopp gjorde meg kvalm. «Ta med deg hodet», hørte jeg bestemor si. En ren kunstnertilværelse var utelukket.

KAPITTEL 27

Snorre

«Tjena, grabben», Anders veivet med armene. Jeg dro på smilebåndet; det var lett å få øye på ham der inne. Den knøttlille pizzarestauranten ved Fyrstikktorget, et stykke øst for sentrum, var fast møtested etter at jeg, midtveis i studiene, flyttet hjemover, og Anders ble boende mer sentralt, i ettromsen ovenfor Carl Berners plass.

En kar på min egen alder snudde i døra idet jeg gikk inn. Nærmest vinduet dannet en ungdomsgjeng en imponerende stor sirkel rundt et tomannsbord fullt av colabokser. Innerst i lokalet satt en ung familie – to voksne og et barn i en barnestol. Med Anders og meg ble det fullt der inne.

«Sykler ikke?» Anders betraktet meg. «Niks.» Jeg antok at han savnet hjelmen. «Noe gæli?» «Hel og pen, jeg», repliserte jeg. Anders måtte ha vært der en stund, for nivået av øl var minst to tredeler under skumranden på glasset. «Ikke akkurat lagt på deg», kommenterte han og himlet med øynene. Vi hadde ikke sett hverandre siden før sommeren. Jeg manøvrerte meg fram til stolen langs veggen og det ventende ølglasset. Samtidig som jeg hevet det, kom jeg på hvor lite jeg hadde spist. «Fått orden på systemene?» spurte han etter en slurk. Jeg nikket.

Anders plystret da han hørte om Lexus-en og den utenlandske kontoen. «Ugler i mosen», konstaterte han og hvisket: «Onkel involvert?» Jeg ristet på hodet, flirte. «Han må ha blingset på kontonummeret – ingenting annet gir mening», sa jeg. Anders smilte liksom skadefro. «Artig når vi skal på kontroll hos dere, da.» Jeg klarte ikke le med. «Hva er oddsen?» spurte jeg. Anders blunket. «Større enn du tror.»

«Damene, da?» spurte Anders slapt. «Ingenting å klage på der», flirte jeg og forbannet meg selv for å ha nevnt Thea sist. «Over femti interiørbutikker fra Kristiansand til Bodø – og nittifem prosent er av riktig sort.» Anders hadde skum på leppa, han gliste. «Og så seilte du inn der som direktør», han løftet glasset. «Skål for onkel.»

«Lønna grei?» Spørsmålet kom dempet. Jeg dro på det. «Tipper at den er lavere enn din.» Jeg latet som om jeg ikke husket hans. Anders kastet et blikk ut i lokalet og nevnte hva han hadde fått – det var tjue lapper mer enn sist vi snakket om det. Enten husket han feil, eller så la han på litt.

Jeg tok en slurk til. Ølen smakte, men jeg måtte kjempe for å holde tankene unna Thea. «IT-ansvarlig har tre ganger det jeg får», innrømmet jeg. Anders så megetsigende på meg og sa: «Andre tjenester?» «Nei, nei», avkreftet jeg, og måtte smile av hvor usannsynlig det var at Thea skulle ha noe på gang med noen av gamlisene i ledergruppa. *Begavet kollega*, drev han på og hevet øyenbrynene.

Den unge jenta som hadde sittet bak disken, kom mot bordet vårt med en blokk i hånda. Jeg rettet meg. Matlyst fantes ikke, men jeg antok det var lurt å spise noe. «Pizzabit», sa jeg, «den med pepperoni.» Hun rablet noe ned. «Til meg også», blunket Anders.

Var han på slanker'n igjen? Jeg så på jenta. Singel, slo jeg fast, eller i det minste på utkikk etter oppmerksomhet. Blikket hvilte lenger enn normalt på meg før hun snudde seg. Hun var søt, det rødlige håret skinte. «Grei lønn, det», sa jeg mer opptatt av buksa til jenta, der forkleet ikke dekket.

Thea

Følelsen av at dagene bare forsvant gjorde meg klam. Hvor mange timer hadde jeg ikke lagt ned på kontoret i Asker fra jeg startet der? Den gangen hadde jeg vært tjuetre og takknemlig for at Trond tok sjansen på meg. Kjeden hadde vært i sin spede begynnelse med bare seks butikker på det sentrale Østlandet. Vi var som partnere på den tida, og jeg nøt friheten til å utføre jobben på min måte, var først både regnskapsfører og controller, og ville gi noe tilbake. Jeg begravde ansiktet i puta – for et idiotisk mehe jeg var. «Et godt team», pleide Trond å si, men det var han som eide firmaet, han og kona. Om alt gikk i dass, forsvant lønna, og retten min til aksjer der ble verdiløs.

Den graverte pennen var en tid mitt kjæreste eie. Det var plassert to safirer i den. En dum glede hadde dukket opp da jeg ga den bort, foran snuten på Trond på det første møte etter nyttår. Han hadde kommet tilbake med den like etterpå. Søtt, hadde jeg tenkt da. Nå fikk jeg lyst til å flerre puta, se ærfuglduna fly igjen. Var lønna og gavene belønning? Jeg så for meg hvordan duna ville fare ut som en snøstorm i natten og forsvinne ned i dypet av kanalen under soveromsvinduet. Hendene skalv da jeg fiklet med knappene i morgenkåpa.

Oppe på taket kjølte en frisk vind meg langsomt ned. Da Trond og jeg møttes på jobben etter jul, var det som om ingenting var skjedd. Jeg hadde forstått null og niks, og ble bare fylt av sinne. Hvordan var det mulig at han hadde stått nede på brygga i timevis kvelden før? Tryglet om å få komme opp. Jeg hadde nektet å slippe ham inn fordi han ble borte en hel uke etter vår siste, herlige natt. Og ikke bare fysisk, men han hadde nektet å snakke om det også. Det var sånn han var – snakket aldri om *oss*. Jeg burde ha gjort som jeg fantaserte om, dratt til det jålete huset deres i Vollen, stilt meg opp i hagen, naken, og skreket et eller annet. Akkurat hva, visste jeg ikke, men jeg hadde trodd, eller i hvert fall ønsket, at det var meg han elsket.

Fra den andre siden av havnebassenget funklet tusenvis av små lys. Hva gjorde folk oppe på denne tida? Drakk de vin i stuene sine, eller kom lysene fra restaurantene og barene? Jeg hadde ingen venner i Oslo, hadde heller ikke råd til å gå ut, også vin fra polet var dyrt nok til å måtte begrenses, kunne ikke miste planen av syne.

Å forlate firmaet var fjernt for meg, selv *etter* at jeg bestemte meg for å gjøre det slutt med Trond. Jeg var nødt til å holde ut en stund til, og firmaet måtte bestå. Men hadde Trond selv gitt opp livsverket sitt?

Den siste gangen vi lå sammen var en megatabbe. Idioten meg hadde begynt å drømme om oss to igjen. Det hadde skjedd før også, lange pauser og så tilbakefall. Han hadde virket så ute av seg før jul, snakket om å flytte til byen, ta ut utbytte og kjøpe leilighet på Frogner, drikke vin på Gimle kino og gå sammen på teater. Hvor kom alt dette fra? Var det kona som drømte om sånt? Det burde vært åpenbart for lenge siden – det var kona han prioriterte, det var henne han ville ha.

KAPITTEL 28

Snorre

Jeg følte for et toalettbesøk og lirket meg opp fra stolen. Tankene på Thea fylte meg så snart jeg ble alene, det trykket i brystet. Kaldt vann i ansiktet hjalp lite.

«Gjort noe kult i helga?» spurte jeg. Måtte forsøke å holde tankene på Anders. Han nikket og fortalte at sjefen oppmuntret til å jobbe ned restansene. «Hauger av klager», opplyste han, «og ingen ber om så mange som meg.» Han satt rak i ryggen. «Enhver arbeidsgivers drøm, altså?» ertet jeg. Han løftet på glasset og så en annen vei, samtidig som han hevet haka, liksom fornærma. «Bruker dere nyansatte til sånt?» spurte jeg og lagde prikker i dugget på glasset. Det velkjente suget kom i magen. Jenta bak disken studerte mobilen. Sulten gnog.

Da han også forsvant inn på toalettet like etterpå, signaliserte han noe med fingrene til henne, noe som fikk henne til å glo skeptisk på den lukkede døra før blikket søkte mitt igjen. Så inviterende, tenkte jeg, så befriende.

Pizzabitene kom omsider på bordet. Anders slang seg ned. «Fattet interesse for pynteting?» Jeg ristet på hodet. «Men skal henge opp noen kule fly, Alexander digger alt som durer.» Han lo falskt. «Du var ikke mye hjemme i fjor.» Jeg gadd ikke svare, løftet bare på tallerkenen til jenta, som ga meg en tommel opp – mat var det jeg trengte. Samtidig hatet jeg Anders for igjen å nevne oppførselen min sist høst.

«Energinivået etter onkel», slo han fast mens jeg nærmest mekanisk tygde i meg den tredje pizzabiten. Blikket hans var blitt sløvere. Typisk ham å glemme at Trond var adoptert, og ikke min onkel i blodet. «Blir jo litt rastløs foran skjermen», sa jeg. «Er nok yndlingen, du – fyker rundt.» Han hevet brynene og liksom strøk seg over skjegget. Han var vel den av kompisene mine som faktisk *var* litt jålete, det trimmede skjegget, sveisen og den pene snakkemåten han hadde lagt seg til. Hva var vitsen med å gå med klokke om ikke det var for å vise seg fram? Det gikk rykter på jussen om at han var homofil, men jeg trodde ikke på det, brydde meg heller ikke.

«Nerden på kroken ennå?» spurte Anders i et liksom likegyldig tonefall. «Ingenting nytt, opptatt med kodinga», svarte jeg så uengasjert jeg klarte. Anders himlet megetsigende med øynene. Faktisk var hun litt av en kode selv, men jeg orket ikke å snakke om det, kom istedenfor på at siste bane mot Mortensrud snart ville gå, så jeg spratt opp og tilbød meg å ta regninga. Vi som pleide å trives sammen, nå var jeg blitt merkelig hårsår.

Utenfor var det tomt ved bordene, selv om varmelampene fortsatt glødet. Jeg trakk inn kjølig luft. Sommeren var definitivt på hell, og med nattefrosten ville nok også padlinga opphøre. Vi ga hverandre en halvveis klem som traff meg midt på øret. «Hold meg oppdatert», sa Anders og slo meg jovialt på venstre overarm. «Noe muffens med det firmaet.» Han blunket, forsøksvis jovialt, kanskje – men fortsatt var det undring i blikket før han forsvant rundt rekka med bygninger. Stolte jeg for mye på ham?

Å gå føltes som bortkastet tid, så jeg småløp forbi høyblokkene. Det skal gå, sa jeg til meg selv. Andpusten låste jeg meg inn, for-nøyd med en normal kveld ute. «Klarer meg», hvisket jeg da jeg krøp under dyna. Ansiktet til servitrisen dukket opp, og det interesserte uttrykket da jeg sneia hånda hennes for å betale. Søv-nen ville ikke komme. Til slutt slang jeg dyna på gulvet og dro på meg buksene igjen. På badet skvettet jeg vann og såpe under armene. Et bilde av Thea i taxien dukket opp. Ga hun blaffen? Noe stakk i brystet. Var det sorg? Smerten gjorde meg provosert, jeg skulle også gi faen. Snart suste jeg nedover bakkene i mørket, det ville bare ta meg et kvarter om jeg tråkket på.

Like før ett nådde jeg restauranten, hun var i ferd med å stenge og bøyde seg over bordene med kluten. Det kriblet. Så banket jeg forsiktig på. Hun snudde seg, virket forundret, men så brøt smilet fram. Vi fikk en artig tur hjem til henne, begge på min sykkel. Hybelen hennes lå like nedenfor restauranten i en blindgate med utsikt mot et treningssenter. Hun var myk å ta på, blid, og snakket om alt vi kunne gjøre sammen.

Var fra Nittedal, fortalte hun, og hadde sett lite av Oslo. Skulle ta opp fag denne høsten. Virket like klar som meg da vi snublet inn i den trange entreen. En stund senere lå vi langflate på hver vår side av senga. Pusten hennes gikk stadig tyngre, og neonlysene lagde striper i sengetøyet. Jeg forsøkte å snike meg ut.

Thea

Det måtte være hundrevis av små hytter ute i fjorden. Vannet lå stille mellom øyene, og det grønne dominerte fortsatt på land. Alt virket så idyllisk der når sola tæret på morgendisen. Jeg likte å ta trappene til takterrassen og speide utover før jobb.

Jorda i kassene med urter var fuktig, jeg trengte ikke å vanne når det led mot høst. Rosestiklingene fra Trond hadde jeg for lengst gitt opp. De spede buskene var tørre etter sommeren, og selv om tornene stakk, knuste jeg restene i hånda. Deretter strakte jeg meg i en solhilsen.

Jeg tenkte på den siste padleturen med Snorre, fram til jeg friket ut. Nå var dette hyggelige kanskje over, takket være meg. Sjansen til noe ekte måtte kanskje få seile. Tida sammen ute på fjorden hadde vært som å være på øya igjen. Jeg hadde levd, og alt rundt hadde vært meg uvedkommende for noen timer. Yogaøvelsene, som for tida minnet om meditasjon, roet meg sakte. Til slutt lå jeg på matta og kikket mot himmelen. Sola hadde forsvunnet bak en stor sky mens jeg holdt på. Jeg måtte ikke stå i veien dersom han kunne bli lykkelig med en annen, sånt måtte jeg tåle når jeg hadde vært så dum. Fortida mi ødela for vår framtid sammen. Det med Snorre var bare en tåpelig drøm. Eller?

Det var minimalt jeg merket til tåa da jeg løp langs kaia, hadde fått i meg lite av det som sto på unngå-lista, så jeg var temmelig sikker på at det var et forstadium til urinsyregikt jeg hadde. Den ble gjerne kalt «kongenes sykdom», fordi det som i gamle dager ble regnet som ren luksusmat: kjøtt, fugl og fisk, ble antatt å være årsaken. I tillegg var tilstanden så vond at den også ble kalt «kongen av alle sykdommer». Likevel lurte jeg på om det kunne ha dypere årsaker, noe mer enn at fryseren stadig hadde blitt etterfylt med viltkjøtt av Trond. Nå, når jeg i større grad erkjente problemene mine og kanskje øynet en vei ut, så mildnet da faktisk smertene.

Jeg hadde fortsatt jakka på da e-posten lyste mot meg inne på kontoret: *Går rykter på huset – hvor lurt er dette? Alt har konsekvenser.* Jeg stirret på ordene mens halsen snørte seg sammen.

KAPITTEL 29

Snorre

Det sårede blikket til jenta i restauranten trengte seg på, angeren kom kastende. Hun er perfekt, hadde jeg tenkt da hun vinglet foran meg på sykkelstyret. Men det lurte vel i bakhodet hele tida – hun var ikke den jeg lengtet etter. Jeg hadde stått opp, kledd på meg – forsiktig, så hun ikke skulle våkne. Men hun hørte det og forsto tegninga med en gang. Først da jeg slo øynene opp og så det rødlige bakhodet, skjønte jeg hvor fullstendig på villspor jeg var. Det var stille da jeg gikk derfra. Jeg burde ha vært voksen nok til å respektere henne, det hadde vært tydelig at hun ville ha en kjæreste, en å gjøre ting med, ikke en som lusket vekk i morgentimene. Fandenivoldskheten som hadde ridd meg den kvelden var ikke hennes skyld. Jeg måtte ringe og forklare.

Hjemme lå en gul lapp på trammen. *Hvor faen er du?* sto det, og det traff meg hardt. Line skulle til behandling hos fysioterapeuten, kraftig overtråkk etter innebandy på jobben, og jeg skulle ha levert i barnehagen. Hun brukte aldri sånne ord. Jeg løp opp, men til en mørk leilighet. Fingeren min ble værende på ringeklokka, men alle var dratt. Så fullstendig ute å kjøre jeg var, så helt i vilske. Samvittigheten pisket meg. Jeg tekstet at jeg skulle skjerpe meg. Line svarte at jeg måtte det.

En annen melding tikket samtidig inn, fra Thea. *Vil du være med på en tur igjen på fjorden lørdag?* Jeg vurderte hva jeg skulle svare, kom på lappen fra Line og trykket tommel opp. Jeg måtte rydde opp, få en avklaring.

Kvelden før vi skulle padle igjen ble jeg sittende på kontoret til Trond. Han hentet øl fra lageret og fant fram peanøttene etter sommerfesten. Han sa også at han kunne kjøre meg hjem, og det passet bra – mamma skulle hente Alexander. Etter en stund forsøkte jeg å pense samtalen inn på tante Sigrid. Han mente det var hennes tur til å gå opp i noe, og at hun var flink – det var flest mulig følgere som gjaldt. Han reiste seg brått etter å ha sagt det. «Du da?» kom det innstendig. Jeg ble stum selv om jeg ønsket å si noe, han hadde jo delt fra sitt innerste. Men jeg forble taus, selv om han vandret rundt i rommet uten å si noe. Det ble for nært, jeg klarte ikke å si noe, og han kjente henne jo.

«Line, da?» spurte han så. Jeg ristet på hodet. «Så å si samboer med Olav», forklarte jeg, «tannbørster side om side.» Han studerte hendene sine en stund, nikket. «Litt tidlig å gi opp?» sa han så. Jeg endte med å ta sykkelen på bussen, fikset ikke sånt. Ikke fra ham.

Da lørdagen kom, var det anspent mellom oss, og det var min feil. Hun sto der usikker, prøvde å smile, mens jeg hentet meg en kajakk, hadde ikke en gang orket å hilse. Jeg var ikke der for å kose meg, hadde noe jeg måtte få gjort. Vi tok samme rute, men jeg fikset ikke småpraten, padla bare etter henne, hadde lagt igjen badeshortsen også – ingen flere oppvisninger i år. Hun så lenge på meg da vi hvilte på Lindøya, og jeg så ikke bort. Men det ble ikke noe ut av det, det var det vanlige.

«Hva skjedde i taxien?» datt det ut av meg da vi gikk om bord i kajakkene, «og hvorfor invitere meg opp?» Ingenting var planlagt, men jeg var kald innvendig, ønsket egentlig at vi skulle prate. Den følelsesmessige berg-og-dal-banen hadde vel omsider gått meg på nervene.

Hun lente seg bakover og lot kajakken gli. Det gjorde meg irritert. Hvorfor skulle hun være så forbaska hemmelighetsfull? «Fordi du var nærmest», kom det så, og det var da det svartnet. Jeg la ikke skjul på hva jeg følte, tok et kraftig tak med åra, vendte. Ville bort. «Et forhold på jobben», ropte hun etter meg, men jeg gjøv på hardere. Det var et under at ikke kajakken kantret.

Det ble fort avstand mellom oss. Måtte gjennomføre, markere at det ikke var greit det hun holdt på med. Sinnet blandet seg med tanker om hvem hun hadde vært sammen med. Kanskje var det en jeg kjente. Jeg fortsatte med kraftige åretak mot byen. Om firmaet gikk konkurs ville vi ikke møtes mer. Antakelig var det best sånn. Nå fikk det være opp til henne, jeg skulle ikke oppsøke henne mer – ikke tekste, ikke bli med på flere padleturer. Jeg tok en pause i padlinga. Måtte tøffe meg opp. Det ynkelige hos jenta fra restauranten dukket opp igjen, men jeg skjøv det unna. Hva var galt med meg? Jeg hadde taklet det før, blitt med jenter hjem. Hvorfor plaget det meg nå?

Kaia ble synlig, men noe var fremmed. En lengsel dukket samtidig opp, det var savnet etter Alexander og Line og de lange frokostene vi hadde hatt i helgene. Så ukomplisert livet hadde vært, og hvor fortvila måtte ikke Line ha blitt da jeg ikke stilte opp, hun måtte ha følt seg som mor til to. Det sved med tredobbel styrke. Jeg ville ikke være den personen, ikke overfor noen.

Thea

Kajakken drev innover Bunnefjorden. Musklene ville ikke lystre. Omsider hadde jeg forseglet min skjebne, jeg ville forbli alene. Alltid. Var uansett håpløs med mennesker, taklet ikke nærheten. Han burde finne seg en annen, en som faktisk levde, som ham selv. Det kom en innskytelse om å velte meg rundt, synke. Men jeg visste at jeg ikke ville dø, at jeg kom til å mobilisere, kjempe imot.

Snorre

Først ved brygga kikket jeg bakover, men hun var ikke å se. Kanskje var det sinnet som hadde gitt meg følelsen av et reelt valg. Jeg gikk i land og dro av meg klærne. Så snart sola forsvant, rømte folk. Jeg stupte uti og ble liggende i vannet. Kulda var brutal. Vel oppe speidet jeg utover igjen.

Klærne klistret seg til den våte kroppen og tennene hakket. Fortsatt var det ingen kajakker å se, og ingen Thea. Hvem hadde hun vært sammen med? Det gjorde akutt vondt. Jeg tenkte på butikklederne, de butikkansvarlige, de på hovedkontoret, sjåførene. Noen av de yngre ute på lageret var kule, men ingen der passet for Thea – jeg hadde rett og slett ingen idé. Lagersjefen så bra ut, men for en eksentrisk type. Om hun likte en som var så annerledes enn meg, var det vel knapt noen vits i å prøve?

Bakkene opp mot Ekeberg fristet ikke, jeg fikk ta det med ro for en gangs skyld. Skulle jeg sykle innom Ensjø? Foreslå en prat, forklare at jeg var interessert i en annen, og at jeg hadde vært det lenge. Si at det ikke ville fungere mellom oss. Men hva om vi begynte å ta på hverandre igjen, hadde sex? Herregud, som jeg hadde smurt på, hadde sagt at hun var herlig, at vi passet sammen og hadde ment det der og da. Nei. Jeg fikk droppe det – folk gjorde ikke sånt, de hadde engangsaffærer, og ingen forklarte noe. Det hadde vært godt, jeg hadde trukket inn duftene, smakt. Jeg lengtet sånn, men det var ikke etter henne.

Hjemme fikk jeg øye på en papirlapp delvis skjult av en joggesko. *Kom hjem*, sto det med skjev håndskrift. Var det de første bokstavene hans? Jeg låste meg inn med klump i magen, innså tabben – jeg som bedyret at jeg skulle skjerpe meg hadde glemt det igjen, skulle ha vært sammen med ham så hun slapp å hinke, men nå var det for sent. Jeg hang lappen på kjøleskapet og gikk opp. Olav åpnet med et sukk.

Etter å ha gått i skogen med Alexander en stund, funnet pinner og spikket litt, fulgte jeg ham tilbake. Det var Olav og Line han ville til. Jeg skrev en beklagende SMS, fortalte om den elendige forfatningen og lovet bot og bedring. Slettet det siste igjen. Idet jeg la mobilen tilbake i lomma, dirret den. Hastig fisket jeg den fram og merket hvor skuffet jeg ble. Håpet det var Line som sa at det var greit, eller en angrende Thea. Men det var fra Kornelia. Hun hadde riktignok nevnt at om hun var i Oslo med venninner en lørdag formiddag, så ville hun kontakte meg. Det hørtes hyggelig ut da hun sa det, så jeg svarte nettopp det, selv om jeg ikke egentlig var interessert.

Flytteeskene opptok en halv vegg i stua, men jeg ristet det av meg. Slang en genser over skuldra, i tilfelle. Så kippet jeg på meg de nye fritidsskoa innkjøpt til jobben – fortsatt hadde jeg ikke gitt tilbake onkels sko. Jeg kom på pilleesken, måtte sjekke navnet på medisinen, men hadde helt glemt det. Surregjøk, det var det jeg var. Men det var riktig å stikke, jeg måtte ut og treffe noen før jeg ble gal.

Lavblokker og rekkehushager for forbi vinduet på T-banevogna mens jeg forsøkte å se for meg Kornelia idet vi møttes i gangene på jobben, de blide øynene, smilet. Jeg lette fram telefonnummeret for å høre hvor hun befant seg. Så enkelt å ringe istedenfor å tekste, slo det meg – så fikk vi avklart alt med en gang. Det var snodig hvordan jeg kviet meg for å ringe Thea. Ofte sendte vi bare meldinger til hverandre, så det å plutselig skulle prate på telefon virket rart. Kunne det være Åke? Jeg slo det bort.

KAPITTEL 30

Thea

Rompa og lårene var fortsatt kjølige. Ikke før det skumret klarte jeg å skyve meg hjemover. Sjøen hadde hjulpet meg av gårde, og jeg kom etter hvert på at jeg måtte fullføre, bli fri så jeg kunne fortsette livet på øya, om enn som en zombie.

Hjemme åpnet jeg boksen med sopp på kjøkkenbenken. Mirakelet hadde gjentatt seg – den søkte mot lyset der inne, så jeg dro av en flik. Soppen smakte som sjampinjong, bare kraftigere. Jeg fikk i meg noen nøtter også, tygde sakte, én etter én, mens det forundret meg igjen hvor raskt soppen hadde klart å vokse. Her fikk det holde med en boks, men på øya kunne vi få i gang noe større. Faktisk var det noe jeg ville vurdere når jeg flyttet dit, og kanskje Per kunne hjelpe til. Eiendommen var stor nok, det var plass til en produksjonshall.

Alt var ukomfortabelt ved meg da jeg beveget meg oppover mot Tøyen. Jeg gadd ikke ta bussen, som Kine alltid ba meg gjøre. Fortsatt frøs jeg, og tåa verket. E-posten hadde plaget meg siden den kom. Hva om han sa oss opp eller fortalte om meg til Snorre? Skulle jeg true tilbake? Si at jeg ville avsløre det for kona? Eller gå til Økokrim? Hvor lojal ville Snorre være overfor onkelen om vi fant ut at det var ham? Ville han dekke over? De var jo familie.

Jens leste avisa samtidig som sportssendingen sto på. Det luktet mat og klær som ble tørket inne. Jeg tusla etter Kine. «Åssen går det?» Hun betraktet meg mens jeg skled ned i hjørnet av den gamle sofaen, og plasserte en tekopp foran meg. Krydderduften roet meg noe. Nevøene kom inn som en sammenfiltret enhet, jeg forsøkte å virke blidere.

Simen hadde skutt i været de siste månedene og blitt langt høyere enn broren. Jacob var fremdeles den sjarmerende tøysekoppen. Den rolige storebroren hilste høflig og ga meg en klem. Var han blitt mer sjenert? Jacob jumpet opp på fanget og presset kinnet mot mitt. Og så, før jeg visste ordet av det, var de ute av kjøkkenet igjen. «Vokser til», sa Kine før hun forsvant ut til Jens med en kopp. Jeg savnet de lange kosestundene med bok eller en tegnefilm.

Kunne et barn trives på Sørenga? Det bodde noen der, og det fantes en barnehage, men hvordan kunne et barn leke ute på kanten av en brygge? Skulle barnet gå med redningsvest konstant? Den lille gutten jeg så for meg, hadde krøller. Inne i leiligheten min var alt på sin faste plass, ingen av tingene mine syntes. Ville gutten kjedet seg i de sterile omgivelsene? Jeg reiste meg for å gå på toalettet, men et smertestikk fra tåa fikk meg til å halte. Det luktet svakt av vedfyring. Hos meg var det mer kjemisk, bortsett fra sopplukta. Museet i hjemkommunen dukket opp i minnet – ryddig, men med lukt av støv og mugg. Vi hadde vært der med klassen flere år på rad, og jeg var blitt dårlig av sanseinntrykkene.

Det var en viss orden hos Kine, men mengder av ting var stablet i hyller på vei mot kjøkkenet. Alt rotet viste livet deres, som på kjøkkenet der det lå fargerike matbokser, tegnesaker og andre småting. Hos meg var det rene flater overalt, bortsett fra på benken der soppen måtte få lys i spiringstida. Beboeren hadde imidlertid vært død en stund.

«Alt bra mellom deg og denne Snorre?» forsøkte Kine. «Ingenting mellom oss», svarte jeg. «Treffes dere ikke mer?» fortsatte hun. «Trolig ikke», sa jeg og holdt pusten. «Hva har skjedd?» De opptegnede brynene hennes trakk seg sammen. «Usikker», blåste jeg ut. Kine begynte å rydde ting opp i skapet foran seg. «Tviler, på alt», innrømmet jeg og sank sammen over bordet, «i dag, da vi padla, spurte han om masse greier.» Jeg så at bevegelsene hennes stanset. «Da jeg ikke svarte, ble han dritsint og padla som en gal.» Hun snudde seg med hånda for munnen. Måtte hun le? «Så angret jeg, og *ville* fortelle, men da var han borte.» Øynene hennes hadde sperret seg opp. «Alt er *så* usikkert», ynket jeg meg og veltet sideveis på den harde sofaen, lukket øynene, ventet.

«Alltid er det noe som ikke stemmer», sa Kine bryskt, «trodde du hadde skutt gullfuglen, jeg.» Jeg rødmet, bebreidet henne ikke, men det var urettferdig, jeg hadde knapt vært sammen med noen, og ingen som *hun* visste om. Kine tok plass ved siden av meg. «Vil deg bare vel – han er vel ikke så erfaren, han heller.» Stemmen mildnet. Hånda la seg på skuldra mi. Det var noe trygt over lydene i stua og fra etasjen over, guttene lekte, og det dunket i gulvet.

«Hva er det med meg?» Jeg satte meg opp, og synet ble uklart. Å se ryggen til Snorre bli mindre hadde virkelig gjort vondt. «Du er nok bare forsiktig», sa Kine. Jeg ble lettet over ordene hun valgte. «Overforsiktig også?» foreslo jeg. Kine smilte svakt. «Noen ganger», bekreftet hun. Jeg krympet meg.

Så pratet hun om foreldrene våre, om tida etter at de døde, at jeg var bitteliten og bare gråt. Det jeg hadde hørt så mange ganger. Hun fortalte om ulykken også, at de hadde vært flere fra øya som forsøkte å redde folk fra det forliste skipet, og at båten med mamma, pappa og søstera til pappa selv hadde kantret. Bestemor hadde mistet to barn og en svigerdatter i ulykken. Presten hadde kommet, og bestemor hadde gått ut i det voldsomme regnet som fulgte. Og hver gang det ble lavt vann, dukket revene fram igjen, en stadig påminnelse. Fjære er sørgetid, pleide naboene å si. Alle følte at de hadde mistet noen, de var sammen i sorgen.

Bestemor pleide å kalle oss englebarn, selv om vi slett ikke var sånn. Etter hvert forsto jeg mer av det. «Du gråt alltid når isrosene forsvant.» Jeg nikket, husket at jeg tegnet dem og trodde det var englevinger. Fra baklomma dro jeg fram konvolutten igjen. Tårene hadde dryppet på den. Plussiden var full av ord. Kine leste de tre korte på minussiden: *barn, eks, perfekt.* «Hva mener du?» spurte hun. «Kan jo ikke vite om jeg liker sønnen hans – eller om han liker meg.» Noe inni meg hardnet. «Har jo ikke gutten med på jobb, og det er farlig å padle for en treåring, dessuten vil jeg jo ikke binde meg til Oslo.» Kine slo i bordet. «Hva? Du er jo glad i Simen og Jacob.» Jeg så på henne. «Vil være fri, dra dit jeg vil, forstår du ingenting?» Hun vendte blikket mot skyvedøra, ble faretruende stille. Jeg hadde gått langt.

«Simen og Jacob er gode gutter, jeg vil være her med dere, men jeg vil til øya også. Jeg *må* til øya.» Kine stirret på meg. «Det er ikke hyggelig der, det er ingen der om vinteren lenger, bortsett fra …» «Per», fylte jeg inn. Hun overhørte det, studerte heller konvolutten. «Hva mener du med *eks*? Han kan vel ikke lastes for det? Er han ikke like gammel som deg?» «Yngre», svarte jeg kort. «Og hvem vet», fortsatte jeg, tverr, «plutselig kan kjærligheten blomstre opp igjen – du vet hva de sier om gamle glør.»

Det kjentes som en triumf å si det, men hun var oppsiktsvekkende rolig. «Sånt kan vi aldri gardere oss mot – der er alle i samme båt, men om dere får det fint sammen, er det liten sjanse for at det skjer noe alvorlig. Jobben som kjærester går ut på å få det så bra sammen at ingen har lyst til å være med andre.» Hun fikk det til å høres ufarlig ut. Nesten. «Hvor tar du det fra?» hvisket jeg. «Sissel Gran», kom det.

«Perfekt?» Hun holdt arket opp foran meg. «Det føles som en trussel», forklarte jeg. Kine så ikke ut til å forstå. «Som regel tåler han alt, fra alle, og uansett regn, snø, vind, så sykler han til jobben og klarer kunststykket å være blid etterpå. Han er så perfekt.»

«Skulle tro det var noe han syklet *fra*», kommenterte hun. «Poenget er at *jeg* ikke er blid», klaget jeg og la til med tilgjort stemme: «Thea er født i moll, hun.» Hun lo høyt, for det var hennes replikk fra en krangel i ungdomstida. «Han kjenner deg og er fortsatt interessert, og jeg forstår han – du er herlig, morsom og klok.» Hun lot hånda hvile på armen min. Det var lenge siden noen hadde tatt på meg, jeg konstruerte et smil. «Snorre er nok en du trenger – en som kan gi deg mye oppmerksomhet.» Hun beveget seg mot døråpningen mens jeg geipet til ryggen hennes. «Du», hørte jeg henne si lokkende, «kan du komme?» Jeg tørket tårene. Tv-en stilnet før Jens dukket opp i døråpningen.

Kine stilte seg ved kjøkkenbenken. «Hvorfor liker du meg?» utfordret hun. Jeg ble flau, og han virket rådvill. «Liker at du baker», prøvde han og sveipet kjøkkenet med blikket. «Okay», svarte Kine alvorlig og viftet overbærende med hånda. «Liker humøret ditt», sa han så. «Beholder troen, selv på håpløse meg.» Ansiktet fikk et forpint uttrykk, før Kine tok de få skrittene bort og omfavnet ham. Jens blunket til meg bak ryggen hennes, som om han bare spilte stakkarslig for å få oppmerksomhet. Jeg studerte neglene mine, forsøkte å ikke misunne dem.

Forhøret fortsatte. «Synes du jeg prater mye?» Han kikket opp, liksom forfjamset. «Bare hyggelig det, så slipper folk å høre sytinga mi.» Hun ga ham et klaps på bakhodet idet han forsvant ut. Da tv-en igjen durte i vei, lente hun seg over bordet mot meg. «Verken pratsom eller blid, men du vet hvor glad jeg er i han – alle kjærestene mine har vært litt sånn: sindige, rolige og realistiske.» Hun lagde hermetegn med fingrene til det siste. «Så du liker pessimistiske, negative mennesker?» sa jeg surt. Sammenliknet med henne var både Jens og jeg det. Hun lot seg ikke merke med kveruleringen min. «*Elsker* å muntre han opp», og så bleknet smilet, «om han bare kunne se mer positivt på seg selv.»

Jens fikk Kine til å stråle, uten at han kunne sies å være noen supermann, akkurat. Kine, så energisk og til tider selvsentrert, hvor sårt trengte hun ikke Jens for å roe ned og kjenne gleden ved det hun allerede hadde? Jeg var så langt fra perfekt, ville Snorre synes jeg var kjedelig? Jeg var jo det – gjorde det samme hver dag, og ikke bare var jeg kjedelig og lat, men ofte nedstemt også. Visst kunne jeg jobbe for å unngå det, men det måtte være lov å surmule litt; det var tross alt mange korttenkte mennesker rundt meg.

«Jeg kan være naiv, sikkert – for eksempel får jeg lyst til å flytte hver gang jeg ser en finere leilighet enn denne», hun så seg rundt, «hvor som helst i verden.» Jeg ristet på hodet. Ofte falt hun for fristelsen til å kjøpe ting til huset eller seg selv, for bare å angre etterpå. Deretter lettet hun samvittigheten ved å stikke feil-kjøpene til meg. Mye klær og sko endte opp i Fretex-containeren på Sørenga. Mulig jeg var impulsiv, men jeg holdt meg langt unna klesbutikkene. Jeg mislikte virkelig shoppingen hennes, det var nesten så jeg ville ta pengene og forvalte dem som en verge. Det presset på i brystet. Var jeg like håpløs som henne og Per, bare på kjærlighetsfronten?

«Snorre har en onkel», sa jeg og skjøv kinnet bortover det ru spisebordet. «Som jeg har vært sammen med, lenge.» Det ble stille først. «Hva sier du?» nærmest ropte hun. «Utrolig, men …» begynte jeg. «Er du rusk? Åssen er det mulig?» Hun liknet plut-selig bestemor. «Sjefen vår», svarte jeg. «Sjefen din», kom det sakte, «men i himmelens navn, hvorfor har du ikke fortalt det før?» Saltsmaken satte seg i munnen, paradoksalt nok trøstet det, for det minnet om bading i barneårene, men hodet hadde begynt å verke. «Kleint og feil – alt på en gang. Og fint», mumlet jeg.

«Jeg skjønner ikke bæret. Er han gift?» spurte hun. «Var, og er», nikket jeg. De oppspilte øynene lukket seg og store vannperler piplet fram. «Forstår det ikke», sa hun og ristet på hodet. «Nå maser han», slang jeg ut. Tårene hennes ble bryskt tørket bort. «Den jævla lurepikken», hveste hun og slo i bordet. Jeg ble matt, ynket meg. Øynene hennes lynte. Hodet verket enda mer, nesa var tett – jeg ønsket meg bare hjem.

Lysene fra leiligheten deres flommet ut mot de mørke trærne på utsiden. «Ja, ja», hadde hun sukket da vi sto i døra, «eneste måten å finne ut om han takler dette på, er å være ærlig.» Hun klappet meg på ryggen før jeg hastet nedover trappene. «Ta bussen», ropte hun etter meg.

Det tikket inn en SMS, og skuffelsen over at det ikke var Snorre gikk over til åndenød da jeg så at det var *ham,* igjen. Fortsatt hadde jeg ikke svart på den truende e-posten. *Hvorfor akkurat han?* sto det. Og så: *Vet han?* Jeg hadde gått av gårde, nå var jeg kommet til vannspeilet i Middelalderparken. Noen råkjørte på veien ved siden av vannet. Lyden var påtrengende.

Innerst, forbi ruinene, svingte plutselig en enslig horndykker opp i lyset foran meg, hadde vel søkt ro for natta, og så kom jeg og forstyrret. Den var et sjeldent syn. Lyset fra gatelyktene ga fjærene et ekstra gyllent skjær. Gullfuglen. Så ble den borte i det høye gresset.

KAPITTEL 31

Snorre

Hun så fin ut, enda finere enn vanlig. Holdt langt bedre styr på krøllene sine enn det jeg klarte. Den utringa blusen skled idet jeg klemte skuldrene hennes, og deler av brystet kom til syne. Hun ble brydd og beklaget.

Et venninnetreff på en lørdag var ikke så uvanlig – de kunne ha kikket i butikkene. Og hvilken rolle spilte det hva hun hadde gjort? T-banen hadde brukt tjuefem lange minutter til sentrum. Musklene i låra var blitt sure på vei opp trappene fra Stortinget stasjon.

«Tenkt på sted?» spurte jeg. Hun ristet på hodet, men smilte igjen. Følte hun seg like keitete og dum som meg? «Pizzabula nedi her?» Jeg pekte mot Peppes i Stortingsgata. Ikke kreativt, men hun nikket. Hun var dessuten for pyntet til å gå dit. Mest trolig kom hun hjemmefra og bare fant på det med venninnene.

Kornelia pludret likevel om alt som falt henne inn. Humøret hennes løftet meg sakte, og da pizzalukta nådde nesa, kom til og med lysten på mat. Hun snakket om firmaet og om netthandel, hadde fått jobben med å beskrive varene. Jeg nikket til alt hun sa.

Vi fant et ledig tomannsbord innerst i den fulle restauranten. En servitør dukket opp, og vi bestilte to øl og en pizza på deling. Hun pratet videre, om sommerferien, hvor varmt det hadde vært og hva hun hadde gjort. «Toget til Stockholm en helg», fortalte jeg omsider, «han likte duene best.» Hun lo, også da jeg brukte ordet «flisespikkeri» om jobben med å lage gode gåstokker. Likte hun barn? Pizzaen drøyde. Jeg flyttet meg nærmere. Hevet brystet hennes seg?

«Du, burde overnatte i et slott en gang», skrålte hun og fortalte om venninnen som hadde vært med til Aberdeen, og om de store sengene de delte. Kikket hun lenger på meg etterpå? Jeg følte ingenting. Hun skravlet i vei mens hårlokkene duvet rundt det rødlige ansiktet. Det var ikke noe galt med henne, tvert imot – hun var sjarmerende og artig. Jeg fikk lyst til å lene meg inntil den bare skuldra hennes, men holdt igjen. Det sårede blikket på Ensjø dukket opp. Hva var det med meg?

Etter at vi hadde spist et par biter til av pizzaen, fikk jeg akutt mageknip. Det var lenge siden siste måltid. Jeg la tilbake en bit, forsøkte å roe spisinga, samtidig som det dirret i bukselomma. «Toalettet», stotret jeg og stanget i taklampa. Magesmertene ble mer sviende da det sto *Thea* i displayet. Jeg fikset ikke mer tvetydighet fra henne.

På toalettlokket like etterpå satt jeg og samlet mot. Trykket til slutt på mobilen og stirret på de korte ordene hennes. En dyp takknemlighet spredde seg sammen med en eiendommelig prikkefølelse nederst i nakken. Håret ble som løftet av en usynlig kraft, og prikkingen fortsatte mot toppen av hodet. Et stønn løsnet i meg. Den korte setningen kunne ikke bety noe annet. Knyttneven traff murveggen, og smerten ilte gjennom hånda. Jeg sendte en takk oppover et sted, til høyere makter, kanskje. *Noen* måtte ha kommet meg til unnsetning.

Mobilskjermen fikk noen harde kyss som jeg liksom feide av gårde med håndflata, ut fra restauranten så de fløy gjennom rette gater i Kvadraturen, høyt over vannet i havnebassenget der de traff Thea midt i panna mens hun mediterte i en slags lotusstilling oppe på takterrassen. Hun ramlet bakover, men forsto straks hva som hadde skjedd, og smilte lykkelig. Jeg klemte hodet mellom hendene. Det var som tida fra vi møttes skrumpet inn, de vonde følelsene ble visket ut og kun glede var igjen. Halsen tetnet, jeg kunne grått av lykke.

Kornelia smilte stort da jeg var tilbake ved bordet, og hånda

med de røde neglene la seg elegant over mi. Jeg klappet henne
lett med den ledige hånda, men snappet vekk min andre. Så fort-
satte jeg å spise, kikket bare på maten, ville gi henne tid til å
summe seg. Unnskyldte meg litt senere, sa jeg skulle pakke ut av
noen flytteesker. Så vandret jeg nedover Karl Johan.

Ikke gi meg opp.

KAPITTEL 32

Snorre

Magen knyttet seg, og jeg speidet oppover. Ettersom jeg holdt meg i mørket, var jeg trygg på å ikke bli sett. En silhuett kom til syne. Det liknet Thea. Jeg ville vinke. Noen hoppet i sjøen ved siden av meg, huiet og bar seg. Jeg smilte fjernt til dem. Da jeg kikket mot vinduene igjen, var skikkelsen borte. Jeg reiste meg og satte kurs mot inngangspartiet.

Det tok ikke lang tid før en nabo låste seg inn. Jeg snudde ryggen til og lot som jeg ventet på noen. Likevel var jeg raskt framme med foten så døra unngikk å smekke igjen. Mannen var allerede forsvunnet inn i trappegangen. Hva gjorde jeg her? Uvarsla besøk. Hun hadde ikke bedt meg om å komme. For en dårlig idé. Jeg føyste det bort og tok et par trinn oppover trappa – selvsagt ville hun treffe meg. Så var jeg på ritt, farta var høy, spurten gikk tidlig og mållinja var Thea som sa: *Ikke gi meg opp.* Jeg kom meg oppover med lange skritt.

Døra. Jeg forsøkte å se for meg uttrykket når hun oppdaget meg på vei til jobben. Fornøyd, takknemlig. Det var sånn hun var, og nå ville hun treffe meg. Helt naturlig etter en sånn melding, det var riktig at jeg kom. Uten å gi meg selv mer tid, trykket jeg inn knappen og rygget bakover.

Døra for opp, men stanset med et klirr. Sikkerhetslenken strammet. «Noen der?» kom det fra sprekken. Jeg gikk nærmere, så henne for meg når hun smilte fra kontorstolen. «Thea?» fikk jeg fram, kremtet. «Var i byen og … vil du bli med ut? Ut for å gå, altså?»

Det var uutholdelig stille før hun omsider løsnet lenken. «Kommer», sa hun og dro døra igjen. Jeg fikk lyst til å spurte bortover gangen, løpe oppover veggene som i korridorene på Østensjø barneskole. Neglene skar i håndflatene, men jeg klarte å stå stille, måtte være voksen. Døra gikk opp igjen, og det raslet i et nøkkelknippe. «Rask til å være jente», datt det ut av meg. Hun kikket tilbake. Lysten til å ta hånda ble merkbar da vi vandret nedover trappene, men jeg skulle vente, la *henne* ta neste initiativ.

Badebrygga var som en kjempeplatting utover fjorden. Klukkingen kom fra alle kanter. Jeg anstrengte meg for ikke å buse ut med noe, men bråstoppet da jeg oppdaget tårene. Hun ristet på hodet, gjemte ansiktet i hendene og snufset. «Jeg er nok bare redd», mumlet hun. «Redd?» utbrøt jeg. Det var fælt å se henne gråte. «For at du ikke skal like meg», svarte hun lavt og tok noen skritt videre. Jeg ble stående og sa nærmest til meg selv: «Like deg? Skulle jeg ikke like deg?»

Jeg tok henne igjen og kjempet mot lysten til å ta rundt henne. «Du som er så herlig, nydelig og god – og spennende», sa jeg og la til, «jeg er fullstendig sprø etter deg.» Kom samtidig på at jeg aldri hadde sagt noe sånt til henne, bare forsøkt å vise det.

Vi var ved enden av brygga da hun vendte seg mot meg og la ei håndflate på hvert av kinnene mine. Jeg klarte ikke å vente lenger, la forsiktig armene rundt henne, berørte bare det ytterste i tøyet. Armene kom rundt skuldrene mine, og jeg tok sjansen på å holde henne tettere. Heldigvis lente hun hodet mot brystet mitt, og nå turte jeg å klemme henne inntil meg. Jeg håpet inderlig at omfavnelsen ville vare. Den gjorde uendelig godt.

Hun viser mer av seg selv, trøstet jeg meg med. Hver bit av kroppen liksom sugde jeg til meg, men så kom det snufselyder igjen. Jeg slakket taket og så det fortvilte ansiktet, men som likevel smilte svakt. Den lyse huden og de mørke øynene, jeg nøt å ha henne nær. Så strakte hun seg opp og kysset meg mykt først, og så mer ivrig. Det ilte fra føttene og helt opp til hårrøttene idet jeg gjengjeldte kysset. Jeg tok et bedre tak og løftet henne opp, til hun klamret seg til meg. «Du må ikke tvile – jeg elsker deg», hvisket jeg og la armen om skuldrene hennes.

Det var fortsatt liv på utestedene. Jeg fikk en innskytelse om å gå innom en av barene vi passerte, så jeg sa liksom lett ut i luften: «Lyst på noe å drikke?» Snart hadde vi tomannsbordet i hjørnet og hver vår halvliter foran oss. Det var rimelig fullt der inne, med flere høyrøstede gjester. Hun holdt blikket mot halvliteren, mens jeg med vilje skumpet borti knærne hennes. Det triste i øynene hennes ble svakere, det varmet og ga meg pågangsmot. «Hva gjør at du tar sjansen på dette, da?» spurte jeg. «Du river jo i», svarte hun og smilte skjevt. «Jeg har …» begynte hun og stanset igjen. Så tok hun liksom fart. «Har gått med noen forestillinger som ble brutt ned i dag.» Jeg nikket, forsøkte å smile oppmuntrende. «Har vel tenkt at man må være litt like for at et forhold skal fungere, og vi er ikke akkurat som to dråper vann.» Hun lo litt og nippet til ølen. Jeg fant hånda hennes under bordet og klemte den. «Liker alt ved deg og håper dette vil vare til jeg blir gammel og grå», sa jeg og fant den andre hånda hennes også, «eller påkjørt av en trailer.» Smilehullene dukket opp, men så var det igjen smerte i øynene.

«Var på besøk hos søstera mi i dag», røpet hun, «er alltid der på lørdager.» Jeg nikket. «Kine og Jens har det så fint sammen, og jeg er litt misunnelig.» Hun trakk til seg hendene sine, så ut til å være i dype tanker da hun sa: «Jeg innså, først i dag, faktisk, at det er forskjellene de setter høyest ved hverandre – alt kom liksom i et nytt lys.» Hun tok en pause. «Det er ting hos henne jeg setter pris på også: blid, gjestfri, energisk, ja, egentlig alt det jeg ikke er», avsluttet hun med et nesten lidende uttrykk.

«Det er mye jeg liker ved deg», begynte jeg. «Uendelig glad for at du holder ut med meg, og ikke bare holder ut – du husker alt jeg sier, også, og forteller ting jeg ikke har tenkt på selv engang.

Om meg, altså.» Hun smilte. «Og det stemmer ikke at du ikke er energisk, for når vi padler er du som en radio, og kan piske rundt i timevis.» Hun lo før hun ble alvorlig igjen. «Beklager så mye det som skjedde på fjorden i dag.»

Jeg ristet på hodet. «Når man liker noen, da sårer sånt ekstra.» Ettersom hun var stille, fortsatte jeg. «Hatt det ganske jævlig i det siste, jeg også, lurt på om du i det hele tatt liker meg. Lov meg å ikke tvile på at *jeg* liker deg.»

Hun så på meg da jeg fortsatte. «Setter også pris på noe du har, som ikke jeg har, en slags ro – du er ikke full av innfall som meg. Det gjør godt, det roer meg ned og sånn er det på jobben også, du tar deg tid til å tenke, legge planer, mens jeg flakser rundt. Og så imponerer du meg med alt du har gjort for onkel.» Hun forble stille.

Thea

Den siste slanten i glasset tok jeg i en svelg. Snorre sitt var allerede tomt. «Vært her før?» spurte han og kikket rundt seg. Jeg ristet på hodet. «Koster skjorta», sa jeg og tok hånda hans, ville vi skulle gå hjem til meg. Noe var forandret, jeg merket det – ting var falt på plass, tåka hadde letnet og skyggene bleknet. Nå var jeg sikker; jeg skulle fortelle alt, så fikk det stå til. Han kunne si «nei, takk», og takke for seg, og det måtte jeg tåle sånn som jeg holdt på, men jeg var bare nødt til å få praten overstått, få sagt det jeg hadde brent inne med så lenge.

Snorre

Brått enset hun meg ikke. Varheten hennes var borte, og nå fortsatte hun bare utover brygga med meg luntende ved siden av seg. Det var et uventet skifte, ble hun pussa etter kun en halvliter?

Like ved oppgangen til leiligheten hennes stanset hun. Jeg strøk henne over håret og halsen. Kjærtegnene gjorde meg varm, men tanken på et samleie der oppe skremte meg. Plutselig var det som om hun forsto at jeg ikke ville bli med opp. Det skulle så lite til før hun misforsto, kanskje ville alt gå på tverke igjen. Flere måneder hadde jeg ventet, lengtet – noen dager til skulle jeg klare, om vi bare kunne unngå en ny scene hvor hun ropte eller dyttet meg ut.

«Ikke lyst?» Øynene hennes virket uendelig triste. «Selvfølgelig», forsikret jeg lavt, «ville hatt deg første dagen», ansiktet hennes endret seg ikke, «da du så ned på meg fordi jeg lånte skoa til onkel.» Spøken traff visst ikke. «Kanskje du får hetta», buste jeg ut.

Hun ristet på hodet. Neste kyss gjorde meg sløv, og viljeløst ga jeg etter, men for hver avsats i trappa drøyde jeg tida med å kysse henne, småprate.

KAPITTEL 33

«Kan vi ta vann eller noe?» spurte han. Plutselig angret jeg på å ha vært så pågående, det var jo et mirakel at han i det hele tatt var hos meg.

I gangen trakk han meg inntil seg igjen. Når vi sto så nært, ble det lettere å prate. «Jeg gikk nesten opp i liminga da du ikke svarte», sa jeg og befridde meg fra omfavnelsen, tok av meg skoa og jakka. Så gikk jeg inntil ham igjen, hvisket inn i øret hans: «Etter at du sto utenfor døra, har jeg bare hatt lyst til å …» Plutselig ble jeg flau og gjemte ansiktet i genseren hans, trakk inn lukta mens han kysset hodet mitt. «Hva ville du fortelle?» spurte han.

Jeg lente meg bakover, ble varm og lukket øynene. Han la håndflatene om kinnene mine mens leppene først traff nesa mi mykt, og så haka og munnen. «Bare si det», hvisket han og smilte. Jeg måtte ut med det snart, men det ble verre. Jeg åpnet munnen, men Snorre holdt pekefingeren foran meg. «Ikke snakk når jeg avbryter», spøkte han og strøk meg over håret. Jeg elsket smilet hans – elsket å ha ham rundt meg. Følelsene overveldet meg, jeg ville dra ham mot senga, bore ansiktet mot brystet hans og kjenne huden inntil min, glemme alt det vonde.

Det jeg skulle fortelle var sårt for meg, men hvordan ville det bli for ham? De siste månedene hadde jeg sett oss for meg i alle mulige og umulige posisjoner, på alle slags steder. Tiltrekning hadde jeg kjent allerede på hjemveien annen januar, da jeg dels fantaserte om ham i dusjen og dels håpet at han ble påkjørt. Tida var inne, men jeg klarte ikke å si noe – orket ikke å såre den gode gutten som smilte så ømt mot meg.

Han slapp taket, forsto vel at jeg ikke greide det og gikk mot stua og de store vinduene. Røde og grønne lys blinket ute på fjorden. Var han fortsatt betenkt på å være hos meg? Innimellom var det som om han studerte noe nede på brygga. Jeg ordnet to glass med vann til oss. Han var vakker der han sto, tiltrekkende, fortsatt med ryggen til. Sjøen hadde fått krusninger der lysene traff, det måtte ha blåst opp. Snorre var moloen som smulnet sjøen, fast grunn under føttene, mens jeg var jolla i urolig sjø, skipbrudden og langt til havs. Den skjebnesvangre testen gjensto.

Jeg fant ølboksene innerst i kjøleskapet. «Ble igjen etter et besøk fra Kine og Jens i sommer», forklarte jeg. «Skal vi rydde opp etter dem?» Han satte vannglasset fra seg og tok imot. Smilte. Blikket ble værende til siden for meg. «Lever du av sånt?» spurte han og nikket mot kjøkkenbenken. «Eneste som lever her», svarte jeg og fulgte blikket hans mot soppen, «og de igjen spiser kaffegrut.» Ansiktet hans lyste opp.

Vi deiset ned i sofaen. De myke leppene traff mine, men uro kom krypende. Jeg snudde meg bort. Varme fingre løftet haka mi, og vi kysset igjen. De berusende følelsene tok behagelig nok all plass. Grønne lys blinket ute mellom øyene. Han kysset nesa, haka og så munnen min igjen, dro meg mot seg. Jeg kravlet opp i fanget hans. Det føltes ikke nok, ikke nært nok, så jeg satt meg over skrevs. Sterke hender la seg rundt hoftene mine, og jeg kastet genseren. Skjeggstubbene raspet huden på brystene. Fortsatt var det ikke nok, jeg ønsket meg tettere, så jeg reiste meg, tok hendene hans og dro ham langsomt opp fra sofaen. Skritt for skritt førte jeg oss baklengs mot et enda mer behagelig sted. Han ble med, var roen selv, og gleden i meg strømmet, varmet meg opp. Foran speilet i gangen skjøv han meg framfor seg. Det var ikke noe nytt syn, jeg hadde sett oss for meg, sånn også. Leppene hans beveget seg sakte over skulderen mot brystene. Jeg inhalerte bildet av oss i speilet, overga meg. Alt som truet, fjernet seg.

«Bare dytt meg ut – jeg er uansett blant stjernene», mumlet han og knelte. Jeg ristet på hodet, stengte tankene ute, dro av ham t-skjorta og strøk den varme huden. «Bli hos meg», ba jeg. Det var et annet utrykk i de nesten svarte øynene da han kom seg på beina igjen, intenst, nesten kaldt. Leppene var myke, fristende – jeg så kun Snorre, kjente bare ham. Tett vagget vi mot senga der jeg presset meg inntil, gjorde alt for å glemme, nøt ham, nøt oss. Endelig.

KAPITTEL 34

Den dårlige samvittigheten spente bein på meg så snart jeg våkna. Tåa verket, vannet steg og steg rundt meg. Jeg dro litt i lokkene, men han snorket rolig, selv fikk jeg nesten ikke puste. Visste hva det var, angsten, forsmedelsen, jeg hadde forledet ham, ført ham bak lyset – et monster var jeg. Flørtet med ham allerede på Mangenfjellet, bare få uker etter at det ble slutt med Trond. Snorre, godheten selv, en jeg kastet blår i øynene på. Alle utsettelsene mine gnog, ødela livet.

Å sitte i et familieselskap og bære på en sånn hemmelighet, med Snorre og tanta i samme rom – det var utenkelig, jeg *kunne ikke annet* enn å fortelle. Måtte dessuten komme Trond i forkjøpet, en observant kollega eller en nysgjerrig nabo kunne også ha fått det med seg. Jeg måtte ut av senga for å puste.

I stua drakk jeg opp de dovne restene fra ølboksene før jeg hentet telefonen i gangen. En melding lyste mot meg. Jeg begynte å skjelve, det banket i tåa. Åndenøden gjorde meg svimmel. *Nødt til å prate, Thea. Kommer ikke til å godta dette.* Det flimret. Jeg måtte vekke Snorre. Trond ville komme til å røpe oss uansett, fordi han var sjalu, eiesyk eller hva det var som red ham.

Den siste gangen Trond og jeg lå sammen var i midten av desember. Han hadde oppsøkt leiligheten på randen av noe som liknet et sammenbrudd. Det hadde vært fælt å se ham sånn, som om han ikke fant fred. Han hadde overøst meg med komplimenter og bedyret at han elsket meg. Jeg hadde imidlertid bestemt meg – det *måtte* være over. Egentlig hadde jeg bare villet lindre smerten med en vennskapelig klem, ønske ham god jul, men det ble så mye mer.

Før innbilte jeg meg at jeg når som helst kunne avslutte forholdet, og at det var enkelt å gå tilbake til livet mitt sånn det var før Trond, men det utviklet seg til en avhengighet, noe jeg måtte kjempe for å slippe unna, og etter hvert ble det bare vondt. Nå hadde han begynt å mase igjen. Var han redd for å miste meg eller for å bli avslørt? Overfor Snorre? Kona? Eller begge?

Krøllene hans lå utover puta og øyevippene beveget seg lett, den energiske kroppen hvilte. Han var fristende, jeg ville drukne meg i ham, men tårene presset på. Idet jeg hang morgenkåpen på plass, våknet han. «Hva er det?» spurte han og heiste seg opp på albuene. Så sperret han øynene opp. «Ble så oppslukt av deg», beklaget han. Huden hans var glovarm da jeg krøp under dyna. «Vet hva du tenker», sa han og strøk meg over håret. Jeg spente meg før han smilte bredt. «Utrolig flaks om det skjer etter bare en natt», la han til og blåste vekk håret fra panna. Halsen min kjentes tykk.

«En lykke å få barn med deg.» Han sa det med inderlighet. Den varme hånda hans strøk meg oppover armen, og jeg forsøkte å finne lindring. «Du som vet hva det vil si å ha ansvaret for et lite menneske», hvisket jeg. Det var brått noe bedende i blikket hans. «Barn er herlige.» Han blunket og kysset meg på magen. «Så hva tror du?»

Jeg vendte ham ryggen, men han la seg foran meg, lagde sirkler med pekefingeren rundt tinningen. «Du mistenkte at jeg ikke hadde noe mannlig kjønnsorgan? Og nå, når du vet at jeg har det, er alt i sin skjønneste orden, og det er bare å gifte seg og få barn på flekken?» Jeg klarte å smile og falt for fristelsen: «Har jo observert deg i den kalde fjorden.» Han var raskt framme med puta. Støvet virvlet da den traff skulderen min. Jeg skjøv ham unna. De vonde tankene overveldet meg og tåa var en sann pine, smertebølgene skylte langs foten. «Da ser vi an, da?» Han var blitt alvorlig. Jeg nikket, antok han snakket om graviditet.

«Noe du skulle fortelle?» Haka gled varsomt over huden min forbi navlen. Så rykket han til, og med oppspilte øyne kravlet han over meg – som en sulten løve på jakt, han frydet seg, var i sitt ess. «Du er min, bare min.» Ordene hans fikk skammen til å brenne. Kroppen ble til bly – jeg klarte ikke lenger å smile av ablegøyene hans. «Hva er det?» hvisket han og falt på dyna ved siden av meg. Et bilde dukket opp av at jeg tygde i meg en angrepille.

Tårene strømmet varmt. Jeg la meg inntil ham så brystet hans ble vått. Fortvilelsen tok over, jeg krøp sammen.

KAPITTEL 35

Snorre

«Tok nesten livet av meg, vet du. Vært dehydrert *hver* lørdag.» Jeg bøyde meg over henne – hadde klart det før – spøkt henne over i et bedre humør, men hulkingen stanset ikke. Noe alvorlig galt måtte ha skjedd. Det var nok ikke tanken på en graviditet som plaget henne. Jeg ålte meg tettere inntil den myke ryggen hennes, hun måtte ikke forsvinne i et mørke. Var hun engstelig for det med fyren på jobben? Det skulle gå bra, jeg skulle klare det. Så lenge hun ville være sammen med meg, skulle jeg tåle alt.

Kunne det være noe annet? En dødelig sykdom som hun ikke hadde klart å fortelle om? Psykisk sykdom? At hun kunne bekymre seg, visste jeg jo. Var det angst eller noe som liknet? Jeg forsøkte å forberede meg på alle mulige ting, uhelbredelig kreft, hjertefeil, prostitusjon – jeg skulle takle hva det skulle være. Forsiktig gned jeg kinnet mot toppen av hodet hennes. «Elsker deg», hvisket jeg.

Det var da hun fortalte det.

Jeg rykket fram armen som var i klem under henne. Føttene klasket i gulvet før jeg kom meg ustøtt ut i gangen og inn gjennom nærmeste dør. I speilet på badet fikk jeg se et blekt ansikt. Jeg subba videre mot det ene store vinduet, måtte ha luft. Et svakt gjenskinn av øynene som stirret på meg fra baderomsspeilet kom til syne her også. Vinduet lot seg bare åpne til ei smal glipe, det var for lite. «Snorre», sa noen lavt. Det kom en kulde over meg, så jeg fant klærne, stusset over jentetrusa som lå slengt, fant skoa i gangen og styrtet ut.

Thea

Det ble jævligere enn fryktet. Hvordan *kunne* jeg såre ham sånn? Burde holdt avstand fra starten, latt være å flørte. Soverommet var blitt kaldt, et vindu måtte være åpent et sted. Det var ikke sånn jeg trodde han ville ta det, jeg så for meg at han ville snakke om det, kanskje til og med vise forståelse. Så naiv jeg hadde vært. Skammelig, det også.

Han måtte ha fått sjokk, og det var som å bli overkjørt hadde jeg lest. Og det var bare min feil. Jeg som hadde forsøkt å få ham til å ta mindre risiko både i trafikken og ute på fjorden. Nå var *jeg* hans aller verste, den som påførte smerte. Mobilen pep, jeg løp fra senga uten klær, håpet det var Snorre, men det var fra *ham*. Enkle, men grufulle ord: *Tro ikke at jeg ikke vet!*

Snorre

Nede på kaikanten traff en iskald vind meg. Jeg hutret meg inn i en bakgård der jeg pissa, lenge. Var det vinter allerede? Det var slitsomt å gå, men jeg kom meg av gårde innover mot sentrum, skritt for skritt, kvartal for kvartal, tok etter hvert østover, hjem-over.

Sakte, sakte falt brikkene på plass. En av de første klare tankene, var at jeg skulle ringe mamma og si at broren hennes var en jævel. Jeg ville ringe Trond også og fortelle hvilken faen han var. Så skulle jeg gå innover i Østmarka, bli der, sove der – være der lenge, alene.

Snille tante, var hun klar over at mannen hadde hatt et forhold til ei på jobben? Ei herlig jente som var mange år yngre. Faen, faen, smalt det i hodet. Thea sammen med den gamle tosken, han var jo ikke ordentlig på nett en gang, hang ikke med. Hva skulle hun med ham? Thea som var så opplyst, så ung. Intelligent. Jeg kunne ikke fatte det.

Var det derfor hun hadde spurt meg ut om tante på Mangen-fjellet? Innbilske meg trodde alt dreide seg om meg. «Hatt et forhold til», hadde hun sagt da vi padla ved Langøyene. Kvalmen bølget på. Så blind jeg hadde vært, skylapper store som Dumbo-ører. Gåten Thea framsto som så åpenbar, forholdet til Trond som elefanten i rommet nå når jeg visste det. Jeg måtte spy og løp til en busk. De kryptiske tekstmeldingene, e-postene, alt hang plutselig på greip – og det var forferdelig. Bitter øl var det eneste som kom opp da jeg brakk meg.

De hadde vært elskere. Jeg skulle sende oppsigelsen i dag, skrive at jeg ikke ville jobbe for en jævla falsk drittsekk. Hvordan var det mulig å være så blind? Hadde jeg ikke *villet* se? Jeg fant en benk mellom de høye løvtrærne halvveis oppi lia, gjemte ansiktet i hendene. Nå som det endelig hadde ordnet seg – vi skulle være sammen, og så ble alt kaos.

Thea

Ei diger flue summet iltert. For få timer siden hadde Snorre ledd og pludret ved siden av meg, spilt sulten løve. Det var kaldt i rommet, men jeg måtte få ut flua og åpnet vinduet. Gjemte meg under dyna etterpå og strakte meg mot telefonen. Kine svarte etter få ring. Flua hadde unnsluppet, den fløy rundt i rommet, angrep meg. Jeg stønnet og dro dyna over hodet.

«Alt er dritt, alt har havarert – igjen», vrælte jeg. «Hva sier du?» Kine lød redd. Jeg trykket på høyttalersymbolet, måtte snyte meg. Slo samtidig etter flua, hulket. «Stakkars deg», sa hun ømt, «du kan alltid komme hjem til oss, eller skal jeg komme ned til deg?» Jeg skrek mot mobilen. «Nei!»

Sinnet bygget seg opp og fikk meg videre oppover stien. Hadde Trond vært i senga jeg nettopp kom fra? Selvsagt hadde han det, *de* hadde vært der. Herregud. Thea med gubbesatan. Jeg jaget videre forbi idiotiske og malplasserte statuer. Hadde han presset seg på henne? Hun sa ikke noe om *det*. «Klarte ikke å slite meg fri», hadde hun sagt. Men hvorfor varte det så lenge? Truet han med noe?

Og når ble det slutt? Etter turen til Mangenfjellet? Eller etter sommerfesten da jeg så at hun trakk seg unna ham? Visste de andre om det? For et jævlig rot. Hun kunne vel ha nevnt noe om et forhold når hun skjønte hvor forelska jeg var? Det *måtte* hun ha skjønt, jeg hadde jo vært rundt henne hele tida, siklende som en sankt bernhardshund.

Kunne de ha vært sammen i sommerferien også, mens vi flørtet ute på fjorden? Kanskje det ikke var slutt? De to hadde knapt vekslet et ord siden jeg startet i firmaet. Ofte hilste de ikke når de traff hverandre på morgenen. Var det fordi de kom fra samme seng? Halsen tetnet. «Blindvei», hadde hun ropt i taxien. Enkle, blåøyde meg – alt ga mening nå, det var *hun* som var blindveien.

Da jeg endelig så Nøklevann, sank jeg sammen i en bortgjemt furulund. Skogbunnen var tørr, men den brune, barnålkledte bakken stakk meg i ryggen. Jeg var klissvåt etter løpinga, rullet meg over på magen og gjemte ansiktet mot bakken. Genseren lå igjen i leiligheten. Kulda kom og spredde seg raskt, til slutt var jeg frossen til det innerste.

Ordene hennes var en granat, den splintret og ødela alt. Trond hadde vært som en pappa i mangel av en egen – en å beundre da jeg var liten, og en å se opp til da jeg ble eldre. Og hva med tante? De to hadde virket glade i hverandre, hadde aldri hørt dem krangle. Var alt bare et narrespill? Eller var Trond en som sviktet?

En motbydelig tanke slo ned i meg. Pengene som manglet,

lønna hennes … Jeg rullet over på siden, brakk meg igjen. Hadde Thea fått lønna si fordi hun lå med onkel? Det kunne forklare den dyre boligen også. Onkel hadde snakket mye om «IT-direktøren» opp igjennom årene. Hva var det mamma pleide å si? Det hjertet er fullt av, renner munnen over med. Jeg var en idiot.

KAPITTEL 36

Thea

Hun trøstet meg, holdt meg, mente vi burde svare Trond – at det ville hjelpe å skrive at Snorre allerede visste det. «Vi skal fjerne den verkebyllen», sa hun hardt. Ekkelt bilde, men det passet. Jeg lot meg styre, det var uansett for mye å hanskes med, så jeg ga fra meg mobilen. Etter å ha sendt SMS til Trond, fant hun fram sangen «Jeg er en by!», og det var som om Anne Grete Preus hadde skrevet den til meg, særlig linjene: *å lete kjærlighet, i ensomhetens borg.*

«Kampsangen din», foreslo Kine og strøk meg over armen.

Snorre

Trekronene vaiet. Jeg var meg selv igjen, men likevel en annen. Innvendig var jeg tom, og kald. Var det sent eller kom mørket på grunn av skyene? Jeg slo på mobilen. Det var to, kanskje tre timer siden jeg flyktet fra Sørenga.

Hjemme gikk jeg rett til sengs. Minnene fra da vi lå i senga kom, men det som var godt der føltes bare vondt nå. Jeg krøllet meg sammen og svarte ikke da Alexander og Line skrålte på utsida, de ringte på flere ganger.

Thea

Hylet kom fra kjøkkenet. Jeg skvatt og løp. Ryggen var i helspenn foran benken. «Jævla nasty», utbrøt hun. «Trenger stell», forsøkte jeg. «Hater sopp – og hemmelige forhold», kom det fra Kine. Siden Fredrikstad hadde hun aldri spist sopp, ville heller ikke se dem, tydeligvis.

Østerssoppen hadde vokst enormt, den var neglisjert og sted-vis slapp, kanskje råtnende også, for den hadde mørke partier. Hun hadde rett, den så ikke ut. Jeg skar av det stygge, kastet det meste, mens hun roet seg og fikset kaffe. Hodepinen letnet da vi var tilbake i sofaen.

Lukta hans kunne fortsatt anes på huden min, jeg trakk den inn. «Vet ikke hva jeg ville gjort», mumlet hun, «om Jens hadde vært på tanta vår.» Blikket var rettet mot sjøen. Vi hadde ingen tante lenger. Moren til Per hadde ikke fortalt noen hvem som var faren hans før hun døde. Jeg tenkte istedenfor på kona til Trond. Var det løgn det han fortalte? Levde de ikke separate liv? Seil-turen og bloggbildene tydet på noe annet. At jeg skulle holdt meg unna, var åpenbart. Hadde jeg visst hvor mye det skulle koste meg, ville jeg aldri ha invitert ham inn på hotellrommet den første natta. Vi satt oppe med vin altfor lenge etter noen møter med nye leverandører. Trehyllene fra Toscana ble en suk-sess, men turen dit skulle koste meg en normal voksentilværelse.

«Ville reist min vei», fortsatte Kine, «eller skreket et eller annet, muligens hoppet i sjøen, særlig om det var før vi fikk barn, eller da jeg var som mest forelska.»

Plutselig var angsten der. Hva hadde Kine skrevet? Jeg plukket opp mobilen, leste. *Hold deg unna – Snorre vet om deg, vi er sammen nå.* Jeg fikk akutt magevondt. Hva hadde hun stelt i stand? Hun satt fortsatt ved siden av meg, men i egne tanker. Hva var det *jeg* hadde stelt i stand?

Jeg trykket på ringesymbolet, ville snakke med Snorre, men vi hørte begge standardbeskjeden. Jeg gjemte ansiktet i sofaputene, håpet bare ikke Snorre oppsøkte Trond. Det var kanskje min største frykt. «Du gjorde rett», trøstet Kine, «så får vi se om de roer seg.» Hun samlet kaffekoppene og tørkepapiret, bar alt mot kjøkkenet. Det kom et grøss der ute fra.

«Så fri, fri», sang jeg tonløst mot utgangsdøra da hun var gått.

Nakken var øm og stiv. Refrenget satt på hjernen, men fri var det siste jeg følte meg som. Da det ble slutt med Trond, hadde jeg ikke følt noen rett til å sørge, hadde bare vært sint på meg selv. Ble alt forsterket nå? En slags dobbel sorg?

Jeg så for meg Trond sammen med kona fra bloggen. Hun liknet Kine, sminket og pyntet, men var hun likevel varm, som søstera mi? Elsket han henne, selv om han svek?

KAPITTEL 37

Jeg lå på sofaen og glodde i taket. Klokka ni tekstet jeg Trond, skrev at jeg var syk og ble hjemme. Slo av mobilen etterpå. Det var ikke ren løgn, jeg *kjente* meg syk. I ettida fant jeg telefonen igjen, måtte fortelle Line at jeg hentet Alexander. Det lette i stemmen ble borte da jeg sa at jeg ikke var i form.

En melding hadde dukket opp fra Thea. Jeg la fra meg mobilen, men klarte ikke å tenke på annet, så jeg åpnet den. *Informerte Trond, han vet om det nå.* Jeg stusset. Hadde Thea virkelig fortalt om oss? Sinnet mot Trond hadde minsket de siste timene, men nå kom noe som liknet medfølelse. Trolig var han forbanna, eller i det minste skuffet og flau. Så merkelig av henne å fortelle det til ham så snart, uten tanke for meg.

Ville ting vært bedre om jeg ikke visste hvem det var? Jeg ville garantert forsøkt å finne det ut – og om jeg ikke klarte det, ville jeg trolig mistenkt alle rundt henne. Og jeg hadde vært på god vei. Et hvilket som helst seminar ville vekke mistanke om at det hemmelige forholdet fortsatte. Til slutt ville jeg vel framstått som paranoid eller syklig sjalu. Onkel ville ironisk nok vært utenfor mistanke. Volvo-mannen derimot, irrasjonelt nok kjente jeg fremdeles mer sjalusi overfor den Odd Nordstoga-lignende figuren enn onkel. Jeg krympet meg ved tanken på at tante Sigrid ville være den eneste som ikke kjente sannheten.

Skulle jeg fortelle det til henne? Jeg føyste bort tanken, ville jo ikke at hun skulle få det like fælt som meg, eller kanskje til og med verre. Trond hadde vel hatt de samme følelsene for Thea som de jeg hadde, det hjalp å tenke på det på den måten. Det ble mer forståelig da enn om onkel skulle hatt sex med en yngre medarbeider, bare for spenningen skyld. Det var kanskje ikke så uvanlig å innlede et forhold med atten års aldersforskjell, men om Thea var nyutdannet og tjuefire, og Trond sjef og nesten førti, da var det ikke greit, ikke greit i det hele tatt.

Brødet var blitt muggent, jeg smalt igjen kjøleskapsdøra så flaskene klirret. Hadde Trond vært villig til å skille seg? Så vidt jeg visste, eide tante fortsatt størstedelen av firmaet, så rent økonomisk var det ikke smart av ham, i den grad firmaet fortsatt hadde verdi. Jeg travet videre inn på badet, grep hårbørsten. Hadde det vært like heftig mellom dem som mellom oss? Håret var bare knuter, jeg rev i børsten så tårene spratt. Hadde Thea forvandlet seg til en annen også i hans armer? Jeg måtte bøye meg, det svimlet.

Hva med mamma? Hun hadde aldri snakket om faren min. Kunne han også ha vært gift? Jeg slo på telefonen – onkel ville garantert ikke ringe nå, men den kimte umiddelbart. På displayet lyste navnet, *Thea*. Lyden plaget meg. Hun var i armene til Trond, det var det jeg så for meg.

Jeg svarte ikke, hørte bare på pusten. «Kan vi prate?» spurte hun. «Vet ikke», fikk jeg omsider fram. «Forstår det», hvisket hun med anstrengt stemme.

«Jeg tror ikke …» sa jeg og mistenkte at hun var på gråten. «Har jo en eks i blokka her. Og sønnen min, det er ikke sikkert at det ville blitt så lett.» Irritasjonen kom – hvorfor hadde hun aldri spurt etter Alexander?

«Jeg valgte feil tidspunkt. Det tok overhånd, ville fortalt deg det mye før.» Stemmen var spak.

«Ja», kom det fra meg.

«Tror ikke noen på jobben vet om Trond og meg.» En pause oppsto, jeg gadd ikke hjelpe til. «Forstår om du ikke orker meg.» Det siste kom forpint. Jeg trykket avslutt.

Alt var annerledes, jeg følte ikke det samme lenger.

Jeg fikk på meg joggesko og løp mot Nøklevann, men ble utslitt allerede før jeg så vannspeilet. Det var ubehagelig å løpe i olabukser, men hadde ikke giddet å skifte. Det var ingen vits i å løpe, jeg gikk rett til barnehagen istedenfor.

Idet Alexander kastet seg i armene mine, til latter fra førskolelæreren, kjente jeg hvor godt det var å ha folk rundt meg igjen. Alexanders småprat var medisin mot tankene.

KAPITTEL 38

Thea

Nølende trykket jeg. Da den lille svarskjermen kom til syne, gikk det et støkk i meg – SMS-en til Kine virket ikke. Sterkere skyts måtte til. «Hold deg unna», sa jeg skarpt i dørtelefonen. «Må prate», peste han på før jeg rakk å trykke av-knappen. Som jeg hatet når han var sånn, måtte ikke gi meg denne gangen, uansett hvilken forfatning han var i. Men synet av de blodskutte øynene gjorde meg svak, og til slutt gikk jeg ned til ham.

«Slipp meg inn», glefset han irritert, men jeg ristet på hodet og tviholdt i døra, skulle ikke slippe han inn. «Det er deg», sa jeg mens to vantro øyne stirret på meg. Han fortsatte å glo. «Noen tapper firmaet», la jeg til, noe mer avventende, for det var jo en sjanse for at jeg tok feil, personaldirektøren kunne for eksempel ha fått med seg Ivar eller Nancy. «Aner ikke hva du snakker om», sa han og rygget. «Vent», ropte jeg skarpt, kom på at neste gang jeg så ham, kunne det være på skjermen til dørtelefonen igjen. «Mener det, Trond, jeg er ikke redd for å fortelle, alt …» Han snudde seg, blikket var hatefullt. «Jeg jobber livet av meg for å redde oss, og hva får jeg? Mistro, mistro fra ende til annen. Hva tror du aksjene dine blir verdt?» Kinnene mine brant lenge etter at han var forsvunnet.

Snorre

Jeg smurte en brødskive ved kjøkkenbenken. Mandag. Fortsatt hjemmekontor. Hadde ikke vært tilbake på over en uke, hadde ikke hørt fra onkel heller. Mamma hadde prøvd å ringe. Jeg subba bort til kjøkkenbordet og tegnet det enkle mønsteret som åpnet meldingen. Den var som ventet, fra Thea. *Jernbanetorget*, skrev hun. Jeg fortsatte å tygge.

Det ville ikke gå mange minuttene før T-banen ankom Bogerud, så jeg dro på meg en jakke og smalt igjen døra. Gadd ikke låse, kom ikke til å bli lenge borte. Det var en varm dag, vindstille. Det føltes som måneder siden jeg hadde vært på Sørenga, men det hadde bare gått en uke.

Før hadde jeg tenkt at det ville bli flaut å vise henne Bogerud, det var tagging på slitne fasader, og stasjonen var et begredelig syn. Så dum jeg hadde vært, jeg fnøs og sparket til noen ugresstuster.

Thea og jeg skulle møtes og liksom snakke om det. Jeg fikk lyst til å rope høyt. Etter å ha kikket bakover, tok jeg sats: «HATER SØRENGA!» Det gjallet mellom høyblokkene. Herregud, hva om vi ble foreldre sammen? To barn med forskjellige mødre, jeg fortsatt singel.

Samtidig var jeg jo uendelig takknemlig for Alexander. Uka hadde jeg fylt med sønnen min, hans aktiviteter og rutiner. Han var syk onsdag og torsdag, Line var glad for å gå på jobben, og plutselig var hun blid mot meg igjen. Helga hadde i grunnen gått overraskende greit. Lørdag kveld satt jeg utenfor blokka i en hammock som noen hadde plassert på lekeplassen og grilla med folk fra naboblokka. Betrodde meg til en sykepleier utpå natta.

Hun påsto at hun ville filleriste meg, mens samboeren, som bare hørte bruddstykker av historien, mente jeg hadde vært tafatt og lite til mann. «Kan ikke ligge bakerst i feltet så lenge, du som er syklist?» Han hadde skrattet. Hva burde jeg ha gjort? Sykepleieren mente det kunne hjulpet å late som jeg mistet interessen. Men det var jeg som kjente henne. Usikre Thea, kanskje hadde det vært greit å sitte stille i båten.

T-banestasjonen var få meter unna. Fremdeles lyste det rødt i enden av perrongen. Hadde det vært en påkjenning for meg,

sånn som sykepleieren antydet? Selv om jeg hadde sovet lite, stått
på som en helt og konstant vært på tå hev for å gi henne opp-
merksomhet, kjentes det verdt det da vi var i leiligheten hennes.
Lysene skiftet fra rødt til grønt. Det siste året hadde mest av alt
vært spennende.

Hvinende lyder kom fra vogner i det fjerne. Himmelen var
klar og blå. Jeg kikket mot skogen. Skulle jeg likevel foreslå en
tur? Orket jeg det? Jeg hadde lagt opp ruta vi kunne gå i Øst-
marka, mange ganger. Det var de fineste stedene jeg ville vise
henne, hadde drømt om å lage bål og bo i telt. Nå, når jeg ende-
lig sto på perrongen og ventet på henne, hadde jeg ikke engang
sørget for en vannflaske til oss. Hadde hun takket nei til tur fordi
hun var sammen med *ham*?

Før jeg traff Thea, hadde Alexander og jeg vært i svømme-
hallen eller på biblioteket på Bøler hver lørdag, og ofte gikk vi i
marka om ettermiddagen, noen ganger sammen med mamma,
andre ganger med Line og foreldrene hennes. Alexander hadde
elsket det. Idet jeg tok de siste skrittene, var låta der igjen, runget
i ørene – *her kommer dumme dumme dumme dum*. Jeg hadde
valgt *henne* foran *ham*. Aldri mer det refrenget der. Aldri.

Thea

Snorre ville ikke vi skulle møtes, likevel presset jeg meg på. Hvor
smart var det? Det kriblet nervøst mens T-banen rykket nær-
mere. Jeg holdt genseren mot ansiktet, snuste inn lukta av ham.
Bare vær hos ham, sa jeg til meg selv, glem deg selv til en forand-
ring. Han hadde ikke vært innom kontoret, han heller, kunne
Eve opplyse om.

Trond fløy sannsynligvis fra butikk til butikk, giret dem opp
før halloween, sesongen før jula som virkelig skulle løfte oss. Ivar
hadde forsøkt å innkalle alle til et ledermøte, han var tydelig

desperat. *Alle kluter til*, skrev han, men det kom aldri noen respons fra Trond. Uten et godt salg de neste månedene var det over og ut med oss. Fakturaene ble ikke nevnt, kanskje var det overilte handlinger fra Trond han dekket over.

Snorre

T-banen dundret inn på stasjonsområdet, og snart sto rekka med vogner i ro. Dørene drøyde, men så smalt de opp, alle sammen samtidig. Hun bar genseren min og kikket seg rundt. Tok det tid å gjenkjenne meg med joggebukse, hestehale og det ukelange skjegget?

Fingrene berørte kinnet mitt og håret som var samlet i nakken – jeg antok det var forandringen hun smilte av, men øynene hennes var triste. Hun kom nærmere, boret ansiktet mot brystet mitt. Jeg tok imot, og det gjorde godt. Skulle jeg begynne å grine? Ikke nå, ba jeg. Måtte tenke på andre ting. T-banen. Var det syv eller ni minutter til den kom tilbake fra Mortensrud? Øynene ble med ett oversvømte, jeg tørket meg raskt med genseren som hun rakte meg, ledet henne så til nærmeste benk.

Jeg bøyde meg fram og støttet hodet i hendene. Hånda hennes gled over ryggen min. T-banen kom tilbake, bremset og kjørte videre. Fortsatt lukket jeg øynene da jeg rettet meg opp. «Skal jeg dra igjen?» hvisket hun. Jeg ristet på hodet, fant hånda hennes og klemte den. «Bli her», sa jeg før ansiktet trakk seg sammen til en hard grimase, utenfor min kontroll.

Varmen kjentes mot kinnet før leppene traff meg. Også hennes øyne var våte. Jeg sank i knestående, hvilte hodet i fanget hennes, ville bare forsvinne i henne. Et bilde av Trond dukket opp. Jeg ville slå det, men grep heller hånda hennes og trakk henne med meg oppover bakken og ut fra stasjonen. «Skal vi gå litt?» spurte jeg, hadde forsøkt å si det rolig. Hun nikket usikkert, småløp for å holde følge. Bildekavalkaden av henne og onkel lot seg ikke stagge, jeg dro henne med videre.

Like før blokka tok jeg inn på stien som førte oss videre oppover lia. Lenger oppe saktnet jeg farta, og der stien ble bredere, stanset vi. Hun pustet tungt og bøyde seg. Jeg skammet meg. «Beklager», sa jeg, men hun ristet på hodet. «Forstår deg», hvisket hun før vi omfavnet hverandre.

Nøklevann dukket opp mellom trærne, og høstfargene speilte seg. Jeg syntes jeg burde si noe og fortalte at mamma og Trond ikke var søsken. «Ikke?» Hun vendte seg raskt mot meg. «Adoptert», forklarte jeg. Ville det gjøre ting lettere for henne? «Dere likner sånn», kom det før hun slo blikket ned. «Noen ganger er det tilfeldig – ta Kjell Elvis for eksempel», sa jeg. Hun stirret uforstående på meg. Mamma var Elvis-fan så for meg var dobbeltgjengeren hans en velkjent karakter. «Bare glem det», sa jeg og ristet på hodet.

Vi trådte langs bredden fram til vindfallet jeg hadde oppdaget på en fisketur med Alexander. Den kraftige furustammen lå bikket ned mot vannet. «Vakkert», hvisket hun og satte seg. Jeg la panna mot hodet hennes idet jeg satte meg ved siden av henne. Varmen spredde seg og duften av huden hennes blandet seg med lukta fra skogen. Hånda hennes fant bar hud på ryggen min. «Jenta mi», hvisket jeg og strøk håret bort fra nakken, smakte på huden og kjente hvordan jeg lengtet.

Hun mumlet noe, men jeg ble usikker på hva hun hadde sagt. Øynene var lukkede og tårene piplet fram. «Kan du tilgi meg?» hvisket hun igjen. Kroppen hennes ristet. Jeg kysset øyelokkene etter tur og holdt henne fastere. «Skal gå bra», sa jeg lavt inn i håret og rugget litt fram og tilbake med henne. Ordene var sanne. Hun besvarte kysset mitt med salt munn.

Like ovenfor trestammen bredte jeg jakka og genseren på den barnålkledte bakken. Hun gjorde det samme med jakka si, før vi tumlet oppå. Alt hun gjorde, måtte jeg bevare. Jeg nøt måten hun klamret seg til meg på, den myke huden. Lukta og synet av henne – alt gjorde meg berusa. Den tynne bomullstoppen var enkel å dra opp. Pusten gikk tungt, barnålene var overalt, uten at jeg merket dem.

Oktober

KAPITTEL 39

Thea

Jeg ble værende på kontoret utover kvelden for å se gjennom brevet til Per. Snorre hadde hjulpet til. «Skulle tro det var skrevet av en advokat», hadde jeg ertet og antydet at han leste for mye lovdata. Til det lo han merkelig nok ikke.

Det var kanskje dårlig gjort overfor Per å gi inntrykk av å ha oppsøkt en advokat, men jeg så det som en fordel om han innså alvoret, og jo før jo heller, for hans egen skyld. Å kaste ham ut hjemmefra var noe jeg ville unngå, men i Pers tilfelle innså jeg at det kunne være det beste. «Om miljøet trekker deg ned, er det bra å flytte», var noe Kine ville ha med.

Vi truet med å gå til sak for å løse ut Per som deleier, og foreslo samtidig å bygge om uthuset til en leilighet for ham, et nytt bosted på femti kvadrat, fast eller som fritidsbolig – det var opp til ham. På den måten kunne vi bevare eiendommen og komme i gang med vedlikeholdet av huset. Ombyggingen ville ikke koste ham noe, mot at han oppsøkte hjelp mot rusproblemene. Vi ville i så fall dekke gjelda hans som en del av oppgjøret. «Vi vil deg bare vel», tilføyde jeg, før jeg limte igjen konvolutten. Det var i bestemors ånd, rettferdig, strengt, men med gode hensikter.

Idet jeg kom meg ut, fikk jeg se Audi-en til Trond hensatt som i en sving, rett på utsida. Lyset strømmet fra kontoret hans. Det måtte være første gang på flere uker at han var innom, trodde vel at han var alene der.

Han vendte seg brått. «Thea.» Det var et salig rot på pulten. Jeg gjentok at han måtte la meg være i fred. Han virket ukomfortabel. «Vil jo bare ...» sa han og så ned. «Hva vil du?» spurte jeg høyt, «du har ingen rett til å holde på sånn.» Jeg klarte ikke dy meg, nikket mot bunkene. «Gitt opp?» Han stirret først uforstående på meg, ble rød og klemte nevene. «Jeg gjør alt jeg kan, og det finnes ikke svindel, sier jeg, la det ligge, hører du?» Han styrtet ned trappa, og bilen hans brølte utenfor gjerdet da jeg dro i utgangsdøra.

Jeg foreslo skogstur, det var noe vi alle tre likte, og kanskje en fin anledning til å bli kjent med Alexander. Snorre og jeg hadde diskutert det flere kvelder. Lørdagen etter gjenforeningen vår i Østmarka, troppet jeg derfor opp med sekk utenfor blokka deres. Hadde brukt mer sukker enn jeg pleide, usikker på hvor søt kakao et barn foretrakk.

Da jeg så dem sammen, var det noe som lammet meg, jeg slet med å puste fritt, strakte ut hånda, men han gjemte seg bak beinet til faren. Det gjorde ikke saken bedre – jeg ble så klønete når noe sto på spill for meg – alt ble en mare og jeg ville snu. Snorre lot bare som ingenting.

Jeg forsøkte å tenke på stien, hvor myk den var å tråkke på, og ikke på de undersøkende blikkene til gutten. Vi brukte lang tid innover. Først gikk vi på hver vår side av Snorre. Heldigvis klemte Snorre på et tidspunkt hånda mi, det ga trøst, og sakte tødde også gutten opp. «Gåstokk», var det første han sa til meg. Det var det han kalte pinnen han holdt i været. En rund ende var spikket til hånda. Før vi var framme ved Nøklevann, hadde han skravlet om alt fra maur til fly og kjeks med sjokolade – og jeg slappet endelig av.

Da han forsto at jeg bodde i byen, fikk han store øyne. «Anders», sa han og studerte lommene mine mens han svelget. «Sjokolade i sekken?» blunket Snorre før han forklarte at Anders pleide å ha med godteri. Heldigvis ble han glad for kakaoen, og etter noen slurker fortalte jeg at blokka mi lå ved et vann, et som var enda større enn Nøklevann. «Kan vi besøke deg?» spurte han og så på Snorre. Jeg nikket lettet, sa vi kunne se på båtene. Han reiste seg og begynte å piske kraftig med pinnen i vannet. «Sjokojade», hoiet han og lo.

Skogen sto tett med høye, rette stammer. Det var eksotisk og annerledes enn de krokete furuene jeg var vant til fra øya, og jeg fikk lyst til å ta med staffeliet en dag. På vei tilbake hang gåstokken på slep, og skrittene til gutten ble stadig kortere. Snorre løftet ham til slutt opp på ryggen, og da livnet han til igjen. Den klukkende latteren smittet over på meg.

I et skogholt rett ved blokka hang vi opp den doble hengekøya, og oppi den planla vi neste tur. Snorre foreslo såkalt pølsebål, noe Alexander lot seg begeistre av. Jeg nøt suset fra trærne, varmen og praten fra de to.

Snorre

Vi møttes hver uke på et møterom under påskudd av å se gjennom regnskapet. Det dro seg til, faktisk så onkel ut til å ligge tynt an. De andre var forsinket, men det gjorde meg ingenting, for jeg ble sittende og mimre fra gjenforeningen med Thea i Østmarka. «Det gjorde godt», hadde hun sagt med et varmt smil da vi gikk hjemover etter seansen på jakkene. Faktisk virket hun så fornøyd den dagen at jeg kunne grått og ledd samtidig, men akkurat da anstrengte jeg meg og sa alvorstungt: «Har du inntrykk av at noen er bekymret for deg?» Latteren hennes hadde runget mellom trærne. Det var ordene hun så freidig hadde slengt til meg en av de første dagene mine i firmaet.

Ivar kom først inn på møterommet, med svetteperler i panna. Han ble stående med hevede bryn helt til Thea dukket opp bak ham. Hun fortalte at hun hadde røpet seg for Trond, og at han ba om at det måtte ligge. Jeg ble overrasket og irritert. «Er det ikke en fare for at han sletter spor?» spurte jeg. De andre ristet på hodet. Ivar fulgte på. «Så hvordan reagerte han?» Thea heiste på skuldrene. «Virket sint, fortvila.»

Hun kikket i bordplata og det rykket i kinnet, men så kom det: «Ikke sikker på om det er han.» At de kjente hverandre så godt fikk meg til å ville legge meg på gulvet og grine. På *en* måte håpet jeg hun hadde rett, men jeg var urolig for at hun bare ville beskytte ham, eller egentlig – at hun fortsatt elsket ham. Ivar så strengt på oss over brillene. «Virkelig i ei knipe nå. Vi hadde trengt de pengene, og det er snakk om uker, ikke måneder. Thea, også du har jo aksjer.» Jeg ble perpleks, ante ikke noe om det og kjente at varmen steg.

«Det er alvorlige saker», fikk jeg til slutt fram og så hardt på Thea. «Dokumentforfalskning, svindel, kanskje hvitvasking også – om pengene er borte.» En dyp rynke dukket opp i panna hennes.

Thea

Etter praten banket jeg forsiktig i veggen bak pulten til Ivar. Han svingte rundt, virket forundret. «Skal ikke prate om fakturaer denne gangen», sa jeg lavt og vinket ham med til nærmeste møterom, «jeg vil be om permisjon.» Øynene hans ble større. «Og ikke involver Snorre, eller Trond.»

Neseborene hans utvidet seg. «Det er som regel de som godkjenner», sa han tenksomt, «men hva ser du for deg?» «Et år», sa jeg fort, «trenger du betenkningstid?» Han ristet på hodet, holdt blikket mitt. «Ikke om du mener *uten* lønn.» Jeg ristet på hodet. «Trenger lønna», sa jeg fort, «synes jeg fortjener den også, med tanke på innsatsen. Helt fra jeg startet har timelistene mine vært langt på utsiden av arbeidsmiljøloven. Jeg var ung, visste ikke bedre.»

«Og jeg *har* meldt bedrageriet til Økokrim, vi er raka fant,

Ivar.» Det var så vidt jeg klarte å framføre det, men så var det sagt, og jeg kunne puste igjen. Han derimot, krympet seg som om jeg hadde bokset ham i magen. Jeg gjentok bare ordene hans: «virkelig i en knipe nå.»

KAPITTEL 40

Snorre

Tog og skinnedeler, kosebamser og biler – alt havnet i lekekassa når jeg passerte den. Etter at vi ble kvitt flytteeskene, hadde det vært ganske ryddig hos meg, og særlig når Thea skulle komme. Hun sa at hun likte rotet vårt, men jeg tok ikke sjansen. Lot også kjøkkenvinduene stå åpne på baksiden så duften av våt skogbunn kunne fortrenge støvsugelukta. Hjemmekontor var fint, gjorde det enklere å holde orden; mer tid i marka hadde det også blitt, og jeg hentet tidlig hver dag.

I all hast slang jeg over sengeteppet jeg hadde oppdaget på besøk i en av butikkene våre. Thea ble med ut på lageret en sen ettermiddag, der jeg nærmest presset henne til å velge farge ettersom jeg hadde kjøpt det med tanke på henne. Hun sa at jeg måtte velge siden det var min leilighet. Sånn holdt vi på, og til slutt hadde vi ledd av diskusjonene og endt opp med å ha sex i halvmørket mellom hyllene. Jeg strøk håndflata over det silkemyke stoffet – det minnet om huden under brystene hennes.

Det var fristende å skli ned i sofaen, men hun kunne være hos meg når som helst, og frysevarene burde komme på plass. Før frokost hadde jeg vært nede på senteret og fylt opp sekken, i tilfelle hun ble noen dager. Hadde kjøpt sjokoladekjeks til Alexander også; han skulle komme senere når Line og Olav dro på kino.

De siste ukene hadde det vært svært ryddig hos Thea, og om en ikke visste bedre, kunne en tro at hun var på flyttefot. Bare i rommet hvor hun malte, tillot hun uorden – der hadde parketten til og med malingsflekker. Det var kun når familien fra Tøyen kom innom, eller når Alexander skulle overnatte, at hun satt lerretene og staffeliet til siden. Forunderlig hvordan den rare gutten min godtok å sove alle andre steder enn hos meg.

Endelig ringte det på døra. Overraskelsen sto nok å lese i ansiktet mitt, for onkel var utenfor. «Bare tid til en rask kopp kaffe», sa han og lot jakka bli værende på, vandret deretter rundt til han ble stående i stua og betrakte utsikten ned mot senteret. «Akkurat som på Oppsal», nikket han og spurte om å få låne toalettet. Tilfeldigvis var jeg innom soverommet og skvatt da døra ble lukket opp fra baderomsiden, før den forsiktig ble lukket igjen. Et raskt blikk var kanskje det han var ute etter for å se om hun var hos meg?

Da han kom ut fra badet igjen, virket han urolig. I lyset fra kjøkkenlampa la jeg merke til at skjegget var blitt uvanlig langt. «Blir du med opp og sier hei til Alexander?» foreslo jeg. Han ristet på hodet. Det var pussig, han nærmest forgudet Alexander. Selv om det bare ville blitt et kort stopp, ville det vært verdt det før. Kanskje hadde han problemer? Buksa var flekkete, så jeg i lyset fra vinduet, og skjorta krøllete – jeg ble i stuss på om han i det hele tatt hadde vært hjemom i det siste. Han fortsatte å snuse litt rundt med koppen i hånda, men så måtte han videre og satte den fra seg på benken, halvfull. «Drar seg til mot jul, viktigste sesongen står for døra», opplyste han, og takket ja til en brødskive som jeg smurte mens han tok på skoa.

«Mye på farta?» spurte jeg. «Må det», svarte han hastig, «skruene i pyntegresskarene fra Sverige faller ut, noen må følge med.» Jeg rygget automatisk et skritt bakover. Like etterpå fikk jeg lyst til å rope hva i himmelens navn han holdt på med, men med tanke på at *hun* snart ville dukke opp, var det greit å få ham av gårde. Måtte bare huske å ringe tante snart, spørre hvor landet lå.

Thea kneppet sakte opp jakka bare noen få minutter etterpå og fulgte etter meg inn på kjøkkenet. Mens jeg la matvarene i kjøleskapet ble hun stående midt på gulvet. «Tørst?» spurte jeg og holdt fram vannkaraffelen jeg hadde stående i kjøleskapet. «Ikke tenkt til å bli så lenge», kom det. Jeg stoppet opp. Ansiktet var så alvorlig at jeg var nær ved å glippe karaffelen. Hadde hun sett onkel? Først da innså jeg at kurven hennes manglet.

Hun satte seg på kanten av sofaen. Ansiktet var blekt, og det ulykksalige uttrykket skremte meg. «Kan vi ta en pause?» hvisket hun før jeg rakk å tenke mer. Brystet strammet seg vondt, og jeg snudde meg bort. Hadde de sittet i den samme bilen oppover? Måten hun snakket på, og det at hun snart skulle gå, fikk meg til å innse alvoret. Magen verket, men jeg fikk trukket pusten igjen og fylte lungene. Deretter var det som om jeg ble alene i rommet. Alt jeg ønsket var tid med henne, gjerne hver dag, hele døgnet, mens hun … Sofaskinnet ved siden av meg sprakte, men den rare følelsen av å være alene vedvarte.

«Tenkte vi kunne ha pause fram til høstferien», fortsatte hun. Høstferien? Den var fortsatt noen uker unna. Vi hadde snakket om å reise, hadde til og med varslet jobben, men ikke samtidig – det var fortsatt hemmelig at vi var sammen. Thea hadde mumlet noe om «best å holde det skjult, for min skyld». Og jeg hadde godtatt det, uten spørsmål. Onkel hadde ikke nevnt noe så jeg antok han aksepterte forholdet, selv om han sikkert ikke likte det. Besøket hans hadde vært bisart, men det var vel hans måte å takle problemene på, enten det var kjærlighetssorg på grunn av Thea, problemer i ekteskapet eller redsel for å bli avslørt som bedrager.

Sofaen ga fra seg en lyd igjen, og kort tid etterpå smekket utgangsdøra igjen. Hadde hun virkelig gått fra meg? En pause? Var ikke det noe vi hadde på barneskolen, da det ble for vanskelig å gjøre slutt? Jeg hadde hatt det fantastisk de siste ukene og skjønte ingenting. Burde reist meg, forsøkt å finne ut om onkel sin bil sto utenfor, men jeg orket ikke, kreftene var borte.

Jeg tvang meg til å gjenskape øyeblikket da hun forsikret meg om at det var over, og jeg hadde trodd henne til slutt, men hun brukte aldri e-ordet. *Elsker deg* lå alltid fremst på tunga mi når vi var sammen.

Omsider kom jeg meg ut av håpløsheten. Ark og pensler lå strødd på kjøkkenbordet hos Line. Alexander sendte meg et lurt smil gjennom ruta, før han nennsomt strøk penselen over arket igjen. Døra var ulåst. Line kom haltende mot meg i gangen, men stoppet da hun så ansiktet mitt. Deretter la hun armene rundt halsen min, men klemmen føltes kunstig etter så mange måneder. «Jeg òg», ropte Alexander iltert bak henne. Jeg løftet ham opp så det myke kinnet kom mot mitt.

«Vil du male?» Han gransket meg. Line skuffet kaffe i presskanna. «Styrkedrikk?» tilbød hun. «Det trengs», nikket jeg mens de sorte penselstrøkene mine blandet seg med Lines rosa-røde hjerte. Snart sto et overfylt krus og brune sukkerbiter foran meg. Fire biter lot jeg synke ned i skummet – kunne trenge noen ekstra kalorier. Sjokoladepulveret som var strødd på toppen, gjorde kaffe til noe godt. Å se Alexander male roet meg sakte.

Line fant krykkene og kom seg til stua. Jeg fulgte etter med museskritt og en kopp i hver hånd. Alt var så rent der oppe, mye koseligere enn hos meg. Lenestolen ble min, mens hun trakk beina oppunder seg i toseteren. Den lille stua var ikke forandret stort. «Vi har pause», begynte jeg, usikker på om jeg orket å si mer. Ansiktet hennes ble skjøvet fram, de lyse, nesten turkise øynene videt seg ut. «Nå som det hadde ordnet seg», jamret hun. Trolig antok hun at det var slutt. Jeg nikket og tvang fram et smil, ville ikke ned i den dype kjelleren igjen.

«Er jeg pågående?» spurte jeg oppriktig. Hun skiftet uttrykk og så undersøkende på meg. «Synes du ikke jeg presser viljen min fram?» De lyse øyenbrynene hennes rynket seg. «Gi deg nå», sa hun og slo i lufta mellom oss. «Hensynsfull er du – det var ikke derfor det ble slutt, det vet du.» Hun stirret på meg igjen. «Ja», sa jeg, «vet det.» Men jeg visste slett ikke, hun sa sånt for å trøste meg. Eller – kanskje hadde jeg forandret meg, jeg håpet det.

«Det er for sent», hadde Line klagd, «kjærligheten mellom oss er død.» Så fælt det hadde vært å høre henne si sånt, jeg foreslo drastiske ting som å reise et år, gå i terapi, ta samlivskurs. Ting hun hadde foreslått før, men som Severin Suveren hadde avslått, til og med hevdet at det ikke trengtes. Da det ble slutt meldte jeg meg frivillig til å gå i terapi resten av livet, dersom vi bare kunne fortsette å prøve.

«Det er over», hadde hun svart. Det var vondt i lang tid, men omsider hadde det hjulpet på, eller slidd mer over. Line hadde forsvunnet inn i forelskelsen i Olav. Plutselig innså jeg hvorfor; han var en mann, mens jeg var en gutt. Jeg så på henne, krympet meg. Hun hadde også lidd, og skyldfølelsen over at Alexander måtte ha to hjem, kjente vi begge, fortsatt. Barnesenga nede hos meg var såret som ikke ville gro.

Alexander sto lent inntil Line sine knær. Den lyse stemmen sa langtrukkent og ekstra barnslig: «Du vij at jeg skaj sove nede, men det vij ikke jeg.» Huden i panna trakk seg sammen så to ørsmå søkk kom til syne over øyenbrynene. Line la ei hånd på ryggen hans. «Vil du ikke?» forsøkte jeg mildt. Alexander snudde seg og gjemte ansiktet i fanget til mora.

«Snakker jeg for mye om det?» Spørsmålet fikk Alexander til å nikke med hele kroppen. «Alexander?» sa jeg med høytidelig stemme. «Lover at jeg ikke skal snakke så mye om det, ok?» Alexander så ikke opp på meg, men like etterpå kikket han mot bilene. Jeg satte meg på huk og strøk den silkemyke nakken med fingertuppene. «Vil bare at du skal ha det bra», sa jeg. En lav dur fra nedi halsen steg opp idet han krabbet støyende mot kjøkkenet med en bil i hver hånd.

Kort tid etterpå hørte vi en nøkkel bli vridd om i utgangsdøra. Jeg antok det var Olav, så jeg ga Alexander et kyss på kinnet, ville forberede ham på avskjeden. Like etterpå kom Olav og Line pratende inn på kjøkkenet. Jeg smøg meg rundt den lange kroppen hans. «Kommer dere ned i hula mi før kinoen, da?» spurte jeg. Line nikket fraværende.

Mens jeg tok på skoa hørte jeg Alexander lalle taktfast på en strofe fra stua: «Mamma og pappa har kosa, mamma og pappa har kosa.» Jeg himlet med øynene til speilveggen i gangen. Så komisk. Jeg antok Olav ville bære over med det, selv om Line påsto at han var sjalu, Alexander var jo så liten. Det første som skjedde, var at Line irettesatte ham mildt. «Ertekroken, var det ikke greit at pappa fikk en klem, kanskje?» Og så hørte jeg henne hviske: «Thea har bedt om pause.»

Olav strenet forbi meg i gangen like etterpå, men forsvant inn på badet. «Alexander», ropte jeg halvhøyt mot kjøkkenet og så at Line tok tak i armen hans. Hun trakk ham lattermildt mot stua. Olav var likblek da han kom ut fra badet igjen. Jeg spratt til siden da han nappet til seg regnjakka.

Utgangsdøra smalt igjen med et imponerende høyt drønn. Det grønne jakkestoffet flagret forbi kjøkkenvinduene. Line kom trippende fra stua, rask til å ha vondt i foten. «Ta Alexander», hveste hun dempet. Så smalt døra igjen etter henne også.

«Mamma er forejska, mamma er forejska.» Alexander messet på en ny strofe bak meg. Så idiotisk å se andre bli sjalu, slo det meg, men i Olavs ansikt hadde jeg gjenkjent smerten hos meg selv. «Skal vi se om jeg har en saftis?» sa jeg entusiastisk. Alexander strakte gledesstrålende armene opp mot meg, og lyset var tent i øynene hans da han utbrøt: «Yojjipop!» Jeg tok den ene hånda hans, og vi var klare til å løpe om kapp mot fryseren min.

KAPITTEL 41

Thea

En uke og en dag siden jeg ba om pause, og søndagen lå foran meg, men ingenting hadde jeg lyst til – selv ikke å male. Jeg savnet padleturene og aktiviteten som tydet på at jeg kunne leve og faktisk ha et liv. Den moderne solskjermingen gled sakte nedover vinduet mens jeg holdt inne den lille knappen ved siden av vinduet i stua. Den var nede i all slags vær. Veien til Snorre hadde blitt lengre for hver gang. Jeg hadde trodd at en pause ville letne ting, men nå var alt tyngre – det var et ork å henge med.

Nancy drev netthandelsprosjektet med en veldig fart. Krevende, men det *kunne* redde oss. Min del av jobben var nær ferdig og kanskje berget vi skuta. Men at Trond ikke kunne slutte å tekste meg var skremmende. Hadde han mistet grepet? Tida gikk uten at jeg hørte noe fra Økokrim, det var fare for at saken ble sendt til det lokale politikammeret, eller henlagt. Burde jeg gjøre et forsøk på en ny prat? Ta den vennlige tonen? Mobilen var ingen venn, den var avslått det meste av tida, det ble for utmattende å se meldingene hans. Å si ifra til kona var siste utvei om han ikke ga seg.

Savnet etter Snorre var blitt sterkere for hver dag. Men jeg orket ingenting utenom jobben lenger, satt bare innendørs. Snorre foreslo at vi skulle dra på overnattingstur med Alexander, besøke mora, gå ut og spise – det var bare ikke mulig for meg, jeg måtte hente meg inn, og jeg trengte virkelig pausen. Trond gjorde meg i tillegg urolig. Hvordan kunne jeg forklare Snorre at jeg var kommet inn i en altomfattende mørketid – ikke en gang de enkleste yogavariantene fikset jeg. Var jeg i ferd med å bli deprimert igjen? Kunne det snu?

KAPITTEL 42

Snorre

Det var Theas bursdag. Jeg ringte tante for å høre om hun hadde noen tips om gave, og for å sjekke om det sto bra til med onkel. «Blomster, hun liker vel *det* sånn som hun holder på», sa hun. Forhåpentligvis var det drivhuset hun siktet til. Onkel hadde nok ikke sagt noe, da ville jeg vel ha merket det i stemmen hennes. Jeg sa at onkel hadde behov for mer fri. «Gått over styr», innrømmet hun. Det var vondt å tenke på at ekteskapet lot til å kollapse, firmaet også. Hva slags familierelasjoner ville vi få om alt kom for en dag?

Utenfor den lille blomsterbutikken i Bjørvika, der Thea ofte stanset for å kikke, låste jeg sykkelen. Tante pludret videre om å vente med langstilkede roser. Hun kunne umulig vite noe om Trond og Thea. Jeg sa «ha det» og pekte ut en spraglete orkidé. Den ville vare – hun var så fornuftig når det kom til penger, liknet på mamma. «Lys og luft til føttene», ble det hintet fra bak disken, som om hun kjente til Theas vonde tå. Så fant damen fram en glasspotte.

Jeg tippet at Thea var hjemme og malte. Det hadde tatt av i tiden fram mot pausen, og hun var flink – flere av maleriene hadde sett ferdige ut. «Du fanger noe bra, får fram stemninger», sa jeg en dag vi betraktet dem sammen, «stikk innom noen gallerier, da vel, sjekk interessen.» «Er de ferdige, da?» spurte hun mens hun holdt seg på haka si.

Alexander hadde selvsagt likt Thea med en gang, selv om hun var stiv i starten. Men gutten var fin sånn, godtok alle han ble kjent med. Idet jeg trilla mot den innerste delen av den underjordiske garasjen, fikk jeg øye på bilen. Jeg klemte inn bremsene,

bråstoppet. Den var ikke til å ta feil av, til og med nummer-
skiltene gjenkjente jeg. Tronds lysegrå Audi, parkert på en av
gjesteplassene. Ansiktet mitt kokte. Hvorfor var han hos Thea?
Var han ikke velkommen hjemme lenger?

Skulle jeg bli i garasjen, se hvor lenge besøket varte? Jeg ante
ikke når han var kommet, hadde ikke sett ham på kontoret etter
at han stakk innom meg i tretida, svett under armene. Ville han
sjekke om kysten var klar? Jeg kom på Line som hadde styrtet
etter Olav, det imponerte meg at hun tok affære så raskt. Syk-
kelen slang jeg bak en vegg og tok sats opp trappene. Var jeg i
stand til å slå om jeg så dem sammen? Skulle Alexander ha en far
i fengsel for vold mot sin egen onkel? Samtidig var det som å trå
over en grense, vi hadde jo fortsatt pause. Jeg løp forbi Thea sin
etasje, fikk bli der oppe, roe meg. Heisen ville jeg høre, døra inn
til trappegangen likeså. Rundt og rundt marsjerte jeg der oppe.

Thea

Trond liknet ikke seg selv, han gikk rett inn selv om jeg ropte at
han skulle stanse. «Et forhold på jobben, du vet hva jeg mener.»
Han fektet med armene. Det var absurd, forsto han ikke det? Jeg
ble stående i gangen. «Alt er håpløst», fortvilte han med vidåpne
øyne da han kom tilbake fra stua. «Noen er ute etter meg, Øko-
krim har ringt og hjemme er det …» Godt, tenkte jeg, endelig
hull på byllen.

Snorre

Skulle jeg ringe henne? Om hun påsto at hun var alene, kunne
jeg gå ned og avsløre løgnen. Ville jeg vite det, om de fortsatt var
elskere? Hva om de hadde seg for siste gang der nede, og at hun
resten av livet var min? Jeg hamret knyttneven mot panna. Nei.
Jeg ville ha sannheten.

Svetten dryppet i ansiktet da jeg dro opp døra til trappe-
gangen, og fra et sted under meg hørte jeg stemmer og en dør
som smalt igjen. Heisen ga lyd like etter. Var det Trond? Jeg tok
doble trinn nedover, helt ned til garasjen. Røde lys forsvant mot
utgangen. Jeg ville gå opp og snakke med henne, men det beste
var vel å vente litt, late som om jeg ikke hadde sett bilen. Så jaget
jeg opp og ned trappene til jeg ikke husket hva poenget var med
å vente.

«Kom inn», sa hun lett og lot blikket falle til siden for meg,
sånn som mamma når jeg kom alene. «Gratulerer», fikk jeg fram
og gjemte meg i det mørke håret hennes, klemte henne og snuste
etter nye lukter. Idet hun la armene rundt meg, speidet jeg inn-
over – senga hennes var sirlig oppredd, som vanlig. Vi slapp
omfavnelsen samtidig. Hun var fullt påkledd, men da hun
snudde seg, så jeg det – håret var bustete.

«Vært alene her i dag?» sa jeg høyt og la merke til boka på gul-
vet under sofaen. Hadde hun ligget der og lest? Var det forklarin-
gen på vasen i bakhodet? «Vært her», kom det fra kjøkkenet.
Sinnet vokste i meg. Onkel kunne ha stått i gangen, men hun
burde nevne besøket. Jeg for opp og med blikket stakk jeg henne
i ryggen før jeg observerte at det ikke sto noen ekstra glass eller
kopper på kjøkkenet, bare det enorme norgesglasset som hun
drakk smoothie fra.

«Har noe til deg», ropte jeg litt senere fra der sekken lå slengt i
gangen. Det var ingen blomster eller planter hos henne, og trolig
var det sant som hun sa – kun soppen levde der. «Første i dag?»
fisket jeg og forsøkte å slappe av. Hun så på den store grå pakken,
tok imot. Jeg liksom gjespet og strakte meg. «Tusen takk», hvisket
hun spakt og løsnet de rosa båndene rundt toppen. Var hun fort-
satt glad i den drittstøvelen? Jeg tok imot vannglasset hun ga
meg, drakk det i en vending og skulle til å buse ut med noe.
«Trond var her», innrømmet hun.

Jeg var en elendig skuespiller, burde virket forskrekket, men ble sint. Hostet. Det var ikke behov for å late som, kinna lyste trolig som modne tomater. «Han hadde med noe, en stor eske, men jeg ville ikke ha den, ba han bare om å gå.»

Lettelsen skylte over meg, brannen sluknet – hun hadde gitt ham på båten, sagt nei. Jeg satte meg nærmere, la armen om skuldrene hennes. «Går det bra?» Hun svettet ved neseroten, brystet steg og sank hurtig. «Redd du skulle ha sett bilen, trodd vi var sammen igjen.» Hun tørket seg raskt over nesa med papir fra lomma. «Nei, nei», bedyret jeg, «maser han?»

Noe som liknet et knurr for ut av meg idet hun nikket. Så naiv jeg hadde vært, så helt bak mål. «Komme hit nå», fnøs jeg og travet rundt i leiligheten, «eske fra firmaet», drev jeg på. Så kom jeg på pennen – en typisk firmagave. Den demonstrative måten hun rakte den over bordet på i det første møtet, hadde den også vært en gave? Fra ham? Jeg flyktet ut i gangen.

Thea hadde brukt pennen mye, ofte strøket den over kinnet og leppene. Så sur hun hadde vært på det første møtet, hadde klasket manualen i bordet. Hadde det vært et show? En slags forestilling? For ham? Se på meg, mente hun kanskje å si, jeg er såra og forbanna. Onkel måtte ha levert den tilbake like etter at jeg stakk den i brystlomma hans. Jeg bøyde hodet, sank mot gulvet foran utgangsdøra. For en blåøyd tosk jeg hadde vært, sinnet hennes hadde vært på grunn av *ham*.

En impuls om å krype ut døra kom over meg. Men så tenkte jeg på Line, hun som så ut til å lykkes med alt. Hva ville hun ha gjort?

«Må snakke med Trond, få han til å roe seg», sa hun idet jeg kom ut i stua. «Sto der nede i går», hun pekte mot brygga. «Og han har vært der endel.» En langstrakt fordypning i huden over nesa kom til syne. «Åpnet i dag, tenkte det var deg som kom fra garasjen», sa hun. Jeg lukket øynene. «Tar meg av dette», snerret jeg så. «Nei», sa hun og for opp, hendene var utstrakte. «Han gjorde ikke noe galt, ville bare gi meg gaven.» Øynene hennes beklaget før hun sa det. «Det var nok en valp, det klynket og pep».

«Pep», spyttet jeg og moste en sofapute før jeg kastet den i gulvet. Raseriet kokte. Kom så på at vi ikke var sammen, at vi hadde pause og at forholdet vårt fortsatt var hemmelig på jobben. Ble forbannet på det også, forsto så lite av det. Beskyttet hun *ham*? Jeg stirret olmt på henne, klarte ikke å la være. Skjulte hun sannheten for *hans* skyld? Thea dumpet ned i sofaen, holdt hendene for ansiktet.

Patetisk, patetisk, smalt det i hodet mitt. Så vanvittig av ham – å gi bort en valp. Hadde vel sett henne med Trym, ville forsøke å innynde seg. Hun ristet på hodet. «Aner ikke hva han vil», sa hun omsider. «Han babla bare tull, hevdet at noen var ute etter han – tror han var redd, også noe om problemer hjemme.»

Hun gikk på badet, og da jeg hørte dusjen komme på, var jeg raskt inne på soverommet, ville se om jeg fant noe. Om hun løy om bursdagspresangen, ville jeg vite det. Bak senga var det stablet bananesker – jeg ble i stuss; skulle hun flytte? Når? På badet rant vannet.

Smykkeskrinet sto oppå kommoden. Jeg åpnet det. Pennen. Jeg knipset og forstørret bildet. Den sammenhengende skriften som lyste fra skjermen fikk meg kvalm. *Min herlige edelsten.* Trond sine ord. Jeg tvang meg til å se i skrinet igjen. Det meste var i gull med blå steiner, og alt lå i plastlommer, som om de var på oppbevaring. Gullet virket ekte, men jeg var blank – hadde ingen forutsetninger for å skille skitt fra kanel på dette området. Var det yndlingssteinen hennes, denne blå? Var dette også gaver fra Trond eller det såkalte *firmaet*?

Jeg slettet bildet og kom på at smykkene var i samme fargetoner som maleriene, gyllent med blått. Svaberg med sol og himmel? Eller hav? Kanskje var det tilfeldig. Jeg slo bort tankene – for hva spilte det for rolle? Men Onkel måtte ha vært rimelig opptatt av henne om han hadde gitt henne så mye. Hun derimot så ut til å behandle smykkene mer som varer, bortsett fra pennen. Eller var det *etter* at det ble slutt, at hun begynte å oppbevare alt i plast?

Hun kremtet så jeg skvatt rundt. «Fortsatt her?» spurte hun med en alvorlig mine. Jeg tok igjen med samme mynt, nevnte flytteeskene og spurte hva hun holdt på med. Den rosa morgenkåpa hang rett ned, håret var klissvått og øynene virket redde. Jeg måtte roe meg, for henne.

«Han er ustabil.» Hun sto helt stille. Prøvde hun å avlede meg fra flytteeskene? «Hvordan?» spurte jeg. «Virker desperat. Han har …» fortsatte hun, men stanset. Så trakk hun pusten dypt. «Han har vist seg å tippe over når det blir for mye å gjøre, har bare ikke sett mønsteret før.» Jeg gikk nærmere henne. «Kona hentet han på jobb før jul, og da ble han borte, lenge.» «Mønsteret?» spurte jeg.

«Skjedd før.» Hun så ut til å forsvinne i egne tanker. «Hva da?» spurte jeg og forsøkte å møte blikket. «Overstressa. Syk, kanskje? Som regel er han rolig, til stede, men så kommer det til et punkt og da forsømmer han ting, blir overveldet, fortvila – og da kommer han hit.» Ansiktet ble fordreid, men så var det som om hun tok seg sammen, stirret i brystet mitt.

«En annen ting», la hun til, «tror jeg vet hvem faren din er.» Jeg slapp hånda hennes. Håper ikke fyren er død, var det siste jeg tenkte før hun virkelig ga meg bakoversveis. «Trond», kom det.

Thea

«Han kalte deg sønn, ikke nevø, og det har skjedd før.» Snorre strøk meg over foten og ble stille. Forsto han det ikke? Jeg ynket meg. «Såpass?» utbrøt han og slapp taket. Jeg ristet på hodet. «Mest murring», forklarte jeg og trakk beinet til meg. «Friske tær er viktig», slo han fast. «Hjelper til med balansen.» Jeg måtte smile, balanse var noe jeg ønsket meg.

Han fikk et pussig uttrykk i ansiktet. «Kunne blitt stemora mi, du da, og stebestemora til Alexander.» Jeg ristet på hodet igjen, sa at det ikke behøvde å være sant, og håpet at Snorre forsto at det var gjetning med i bildet, Trond kunne innbille seg ting, eller lyve.

Ansiktet hans forandret seg igjen, og smilet kom. «Er han ikke bare en snill onkel som deler ut julegaver?» Jeg måtte le. Tok han det ikke inn over seg? Han la seg i sofaen igjen og ba meg fortelle hvordan jeg hadde det rundt jul. Jeg fortalte om sinne og frustrasjon, og at forholdet alltid hadde kjentes feil og upassende, samtidig lurte jeg på om Snorre forsto det jeg nettopp hadde fortalt.

«Hva driver han med, tror du?» spurte jeg. Snorre kikket i gulvet. «Om noen skjønner ham, så er det vel meg», kom det sakte. Jeg ristet på hodet. «Det er noe annet.» Han klødde seg i krøllene. «Som hva?» spurte han. «Vet ikke, men … har lurt på om han ikke drar hjem, kanskje vandrer han bare rundt.» Snorre nikket før han sa: «Han var innom meg også.» Brystet mitt snørte seg i redsel.

Snorre

«Må sjekke noe», sa jeg før jeg reiste meg fra sofaen. Hun holdt meg fast i armen. «Elsker deg», hvisket jeg før jeg befridde meg og gikk mot gangen.

«Burde ikke Ivar ha oppdaget det?» spurte hun mens jeg knyttet lissene. Jeg sa at jeg ikke visste, men at om Trond var skyldig, ville Ivar trolig holde tett en stund – til Trond forhåpentligvis kom på bedre tanker. Hun trakk morgenkåpa tettere om seg da jeg gjentok at hun måtte låse. Hadde hun dårlig samvittighet for noe? For var det ei som hadde evner, alle muligheter og motiv, var det vår egen IT-ansvarlige. Kanskje leste hun tankene mine, for like etter kom det. «Jeg meldte det til politiet.»

KAPITTEL 43

Snorre

Jeg skulte opp mot det mørklagte kontoret til Trond da jeg rullet inn på gårdsplassen neste morgen, hadde knapt fått blund på øynene før alarmen ringte. Feriene med tante og onkel hadde dukket opp i tankene da jeg grublet som verst. Turene til Mangenfjellet og med båten fra huset deres hadde vært høydepunktene. Det hadde vært stort og annerledes, ikke som det trygge, men tidvis kjedelige livet hjemme på Oppsal. Trond var ansvarlig selv om han ikke hadde utført handlingene – han ville uansett få skylda ettersom det var hans passord som var brukt. Men om det var han selv, måtte jeg gi ham en sjanse til å rette opp, og til å begrense konsekvensene også, og det hastet.

Thea hadde imidlertid insistert på å prate med ham først, håpet vel at det var noe vi kunne gjøre for ham, at han ville tilstå for eksempel, så hun kunne trekke anmeldelsen. Jeg skulle oppholde meg i kantina under praten deres, bare være der, i tilfelle. Enn så lenge hadde jeg ikke sett snurten av ham.

Anders hadde vært grei og sjekket folkeregisteret, men det sto bare *ukjent far*. Han kunne like fullt være faren min, og det provoserte om han hadde holdt tett om det i alle år. Hvorfor hadde i så fall mamma og Trond valgt å kalle ham onkel, ikke pappa? Var det skammen, eller forsøkte de å skåne meg? Jeg hadde ikke hatt noe kontakt med besteforeldrene mine. Det mamma hadde fortalt, var at hun ble gravid på en ferietur til Danmark da hun var nitten, og at det *ikke* hadde vært populært hjemme. Kanskje var jeg et resultat av en flørt med en danske eller en hasjrøykende backpacker fra New Zealand eller Australia. Det var det jeg hadde tenkt. Jeg planla å sykle innom mamma etter praten med onkel – der ville jeg få sannheten.

Før jeg leverte medisinen til Trond, hadde jeg notert navnet. Grunnen til at jeg glemte hele greia, var vel at han virket så energisk og alt annet enn syk. Bakerst i skuffen i pulten fant jeg den gule lappen med kråketærne mine. Jeg googlet navnet. Det var beroligende tabletter, brukt mot overraskende mye, til og med avrusning.

Mobilen ringte – det var et oslonummer. Jeg så for meg en av butikklederne, men det var fra barnehagen. Førskolelæreren pleide å være så rolig, selv når Alexander skadet seg. Nå fortalte hun heseblesende om utelek, at de ikke kunne finne Alexander. De hadde lett, både inni og på utsida av gjerdet, i snart et kvarter. Et par av de ansatte var gått for å lete i et større område, men ingen hadde sett ham, og nå måtte hun varsle.

«Drar fra jobben straks», fikk jeg fram, og deretter styrtet jeg ut.

Dawid på lageret kastet et par nøkler til meg mens han pekte ut bilen. I det samme kom Thea løpende over plassen. Jeg rev opp døra og vred om nøkkelen. Hun rakk så vidt inn før jeg tråkket på gassen. «Alexander har rømt fra barnehagen», sa jeg. Hun nikket, hadde fått info fra Eve. «Trond hadde avtale i Gøteborg i dag», sa hun forsiktig da vi var ute på veien, «noe om halloweenpynt, gresskar.»

Idet vi nærmet oss Asker sentrum, fikk jeg dratt mobilen opp fra lomma. Trafikken tetnet seg, og jeg var tvunget til å kjøre saktere. Hendene skalv mens jeg forsøkte å tegne mønsteret. Idet jeg lyktes, slapp jeg den i fanget hennes. «Ringer du Line?» spurte jeg og holdt øye med trafikken. Barnehagen skulle kontakte oss begge, men jeg tok ingen sjanser. Etter kort tid fortalte Thea at Line var på vei med taxi fra Sundvollen. Jeg nikket, burde ha husket jobbseminaret.

I et kryss like før påkjøringen til E18 fikk vi rødt lys. Jeg bremset ned, dro i håndbrekket og satte bilen i fri, så byttet vi side.

Hadde aldri sett henne kjøre før, men jeg ville kontakte folk. Mamma tok telefonen med en gang. «Drar så snart jeg kan», sa hun. «Prøv å ta det pent, sånt ordner seg.» Jeg hørte barnestemmer i bakgrunnen og antok at hun var i klasserommet.

Deretter ringte jeg Anders. «Adam og jeg kommer med en gang», lovte han og ble stille. Hvem var Adam? På Facebook og Instagram la jeg så ut en kort melding om hvor Alexander var forsvunnet, at vi var glade for all hjelp. Noen måtte vel snart treffe på ham, sånn som mamma antydet. Ringte ikke folk umiddelbart til politiet når de så en liten gutt alene? Jeg så på trailerne foran meg og kjente på panikken.

En nabo jeg hadde nummeret til, fordi sønnen hans lekte med Alexander, la jeg igjen beskjed hos. Det var foruroligende at ingen hadde ringt fra barnehagen ennå. Vi hadde matet fuglene ved Østensjøvannet mange ganger. Kunne han ha nådd helt dit? Jeg la hodet i hendene. Tanker om hvor og hvordan vi kunne lete, ble stadig forstyrret av skrekkscenarioer om hva som kunne ha hendt.

Bortover General Ruges vei speidet jeg til begge sider, så liten som han var, kunne han lett forsvinne, spesielt om han gikk inn for det. Nå var det over en time siden uteleken hadde startet.

Bilen skrenset inn på parkeringsplassen. Jeg åpnet døra så Thea måtte bråbremse. En gruppe barn møtte meg i garderoben, de spurte alle etter Alexander. Jeg ristet bare på hodet, banet meg vei. Gjennom vinduet fikk jeg se to politibiler. Alvoret skylte inn over meg – jeg måtte ut, lete.

En av de unge assistentene kom mot meg og sa at noen hadde sett en kar hente en guttunge. «Det kan ha vært Alexander», prøvde hun og holdt håndflata langs kinnet sitt, «de kjente hverandre», fortsatte hun og håpet nok jeg hadde glemt et eller annet. Men det var *jeg* som skulle hente ham.

Jeg forsøkte likevel å tenke. Faren til Line? Olav? «Kan du

ringe Line?» ba jeg. «Jeg må ut.» Førskolelæreren kom inn i rommet, øynene flakket. «Mange som leter», trøstet hun. Det var som om hun fulgte med på dem fra innsiden av barnehagen. Så ga hun meg en hard klem. «Bra», kom det fra meg.

«Har noen kontaktet Olav?» spurte jeg så. Assistenten og førskolelæreren vekslet blikk. En høy politimann avbrøt oss. Han så oppmerksomt på meg. «Far?» spurte han, men jeg svarte bare: «Må lete.» Politimannen ba om et bilde av Alexander først. «Snakker med personalet om resten», sa han og håndhilste raskt på de to andre. Jeg lette fram et bilde av Alexander og sendte det til nummeret han oppga. «Så liten, ja», mumlet han og rynket de buskete brynene, «flere biler er på vei, bikkjer også.» Han så på meg. «Ha på mobilen, Snorre.» Han tok hånda vekk fra skulderen min idet Thea trådte inn i rommet.

Jeg rakk et blikk mot plassen til Alexander før vi styrtet ut. Parkdressen var borte, men en hvit pose lå på hylla, trolig inneholdt den skittentøy etter et uhell. En vond klump vokste i brystet. De ansatte ute, de ville sett det om han ble hentet. At han hadde kommet seg ut selv virket mer sannsynlig. Alexander tenkte mye på kiosken, og en katt kunne fått ham av gårde.

Vi ropte så snart vi var på utsida. Om han var i nærheten, ville han høre oss. At en fremmed mann skulle ha hentet ham, kunne jeg ikke tenke på – jeg måtte konsentrere meg om å lete. Etter å ha søkt i skogholtet rundt barnehagen, så vi Line komme halsende med kåpa åpen og veska slengende. Jeg løp henne i møte og holdt henne fast noen sekunder. «Mange som leter», sa jeg. «Politiet er her, Røde kors er på vei.» Hun stønnet og skjøv meg unna.

«Går bra, jeg vet det», forsøkte jeg. Hun stirret bare på meg gjennom hårtjafsene og marsjerte videre. «Kommer Olav?» spurte jeg høyt. Hun fortsatte å småløpe, men snudde seg halvveis og nikket. Jeg håpet det var sant at Olav var på vei, og at han ikke var en pedofil som hadde oppsøkt henne kun på grunn av sønnen vår. Jeg ble uvel – måtte slutte å tenke, bare lete.

Thea lå et stykke foran meg på veien. Jeg tok henne raskt igjen og fortsatte å rope. Vi løp i hager, så under verandaer og ropte mot garasjer og uteboder – jeg skulle lete til vi fant ham. Så splittet vi lag og søkte på hver vår side av veien, bak blokker og inn i rekkehushager. Innimellom traff vi på ansatte fra barnehagen eller helt ukjente, som også lette.

Thea fikk en telefon fra Anne som fortalte at hun, Åke, Anne og Kornelia var på vei, og at de skulle fylle opp flere biler. To timer var gått siden de ringte fra barnehagen. Jeg spurte noen skolebarn om de fikk lov til å sykle ned til Østensjøvannet og et par av de største rant nedover dit. «Sikkert lov i dag», ropte en av dem. Kanskje var han alt funnet av en turgåer. Hver gang jeg passerte en blokk, trykket jeg på alle ringeklokkene samtidig, fortalte hva som hadde skjedd, eller dro opp dørene og skrek navnet hans så det gjallet oppover trappene.

Stadig oftere dukket den ukjente mannen opp i bevisstheten og det knyttet seg i magen. Jeg *måtte* konsentrere meg. Til slutt løp vi som villmenn, desperate, og forsøkte å dekke et så stort område som mulig. Da vi kom opp mot senteret for andre gang, var plassen fylt av folk som ropte. Thea strøk meg over skuldra, men jeg orket ikke møte blikket hennes, ville bare ha ham funnet.

Hun løp mot T-banen, mens jeg spurtet inn på senteret. Snart sprang jeg mellom hylleradene i matbutikken. Tanken på at jeg kanskje aldri skulle få gå der med Alexander mer fikk meg til å knekke sammen. Var det dette Anders plaget meg sånn med? Hadde gutten min hatt det *sånn* når jeg var ute sist høst? Jeg måtte slutte, tvang meg opp ved å tenke på en gang jeg fant ham kravlende foran godtehylla.

Thea kom andpusten mot meg idet jeg var på vei ut av senteret. «Jeg ringte Ruter», peste hun. «De ber folk kontakte politiet om de ser en liten en.» Hun så lenge på meg, ante hun at jeg var i ferd med å bryte sammen?

Mobilen kimte. Jeg skalv på hendene og Thea tilbød seg å holde den. Politimannen sa det var sannsynlig at Alexander var hentet. Jeg krøket meg. «Flere opplysninger her nå», opplyste han. «Bilen var en lys stasjonsvogn.» Han gjentok at de trodde Alexander var kjent med mannen. Kvalmen var tilbake, jeg fikk knapt puste. Hvem kunne ha kommet og ikke vite at skittentøyet skulle med? Alle som kjente ham visste jo det. «Aner ikke noe om det», sa jeg høyt og kom på at Line hadde terpet på at han ikke måtte snakke med fremmede. Stakkars Line, hun hadde forsøkt.

Jeg ble stående bøyd mot asfalten med Thea inntil meg. Ønsket så inderlig at det ikke var sant. Om Alexander var hentet i bil, kunne han være hvor som helst, innover i Sverige eller nedover mot Tyskland, Polen. Jeg fikk lyst til å skrike av raseri. Thea ba meg sette meg, men jeg ville heller løpe og riste tak i politimannen, si at det ikke stemte, at det ikke *kunne* stemme. Om bare Alexander ble funnet av mamma snart, sittende fredfullt på en stubbe i skogkanten.

Olav var kommet, han holdt Line tett inntil seg på det store personalrommet. Ellers var avdelingen full av politifolk, det summet hektisk av stemmene deres. Barna var borte. Jeg ville spørre hvor Olav hadde vært, men besinnet meg. Kjente meg slapp også, en mørk maktesløshet truet med å ta all plass.

Den som hadde sett mannen måtte ha gitt et signalement, for en eller annen hadde forsøkt å tegne ham. Et dårlig portrett, jeg gjenkjente i hvert fall ikke Alexander, han var bare et lite fyrstikkmenneske. Mannen måtte ha vært et merksnodig skue om en skulle dømme ut ifra klærne. Jeg maktet ikke å se mer, typen liknet en cowboy eller en oppstasa fyr i bunad, en merkelig og fargerik påkledning. Tanken på om Olav nettopp hadde hoppet ut av et halloween-kostyme gjorde meg igjen uvel. Jeg kastet stjålne blikk mot ham før jeg kom på at han trolig ville blitt gjenkjent – flere ganger hadde han vært i barnehagen med Line.

En politimann sa det var en drone over området, og i tillegg politifolk med sporhunder. Det skumret ute. Mødre og fedre fortsatte å haste inn på området. De myste mot vinduene med en blanding av vaktsomhet og skuelyst. Thea trakk mot garderoben for å ringe jobben. Om Trond var faren min, var han bestefaren til Alexander. Jeg forsøkte å unngå å tenke på det.

Skogen på utsida av lekeplassen fyltes med folk. Jeg skrev en kort beskjed til mamma om at han ennå ikke var funnet. Det var et ras av andre meldinger også, men jeg la mobilen bort, forsøkte heller å konsentrere meg om hva politiet snakket om. En kar som var minst et hode høyere enn meg koordinerte alt og ga beskjeder. Noen fulgte med på trafikken, og nettet ble overvåket. «Får du noe ut av tegningen», var det en som spurte. Jeg ristet på hodet. «Det er visst en slags signalvest», forklarte han og satte pekefingeren på det oransje hos mannen. «Og hatten er i et kamuflasjemønster.» Jeg ristet på hodet, det virket bare sprøtt.

Thea kom tilbake og klemte hånda mi. «De fra jobben leter nede ved Østensjøvannet, det er folk overalt, sier de.» Hun sa det med tårer i øynene og et svakt smil. «De leter etter bilen», sa jeg og nikket mot politifolkene, og jeg klarte på forunderlig vis å akseptere at jeg ikke lette selv. Jeg pekte på tegningen, og Thea gransket den inngående. Innimellom kom en person med Røde kors-jakke innom. Han forsøkte å organisere alle som samlet seg, og jeg så at det ble delt ut refleksvester.

Alt jeg hørte og alt jeg så gjorde meg dårlig. Skulle de fortsette å lete utover kvelden? «Dør til dør-aksjon», var det noen som sa. Jeg ville melde meg til tjeneste, men for sammen av et bjeff bak meg – Alexander var redd for store, skjellende hunder. Jeg forsøkte å stjele varme fra Thea sin panne da hun satte seg igjen.

Hendene hennes var revet opp etter letingen, og håret var flokete og fullt av bøss. Jeg ønsket jeg kunne bli borte i henne, slutte helt å tenke.

Innimellom kom folk og spurte om vi ville ha noe å drikke, og flere klappet oss på skulderen eller ga bort klemmer. Vi fikk spørsmål som vi svarte på så godt vi kunne. Olav holdt fortsatt rundt Line. Jeg var glad jeg ikke hadde sagt noe til ham. En av de eldste politimennene sa det var bra at de hadde fått beskjed så raskt, at det ikke alltid var sånn, selv når små barn forsvant. Jeg forsøkte å ikke tenke på det han sa, gled heller inn i en slags tåke der Line trolig også befant seg.

Thea hadde fått tak i noen brødskiver fra kjøkkenet, men gulosten oppå ble bare mer og mer svett uten at jeg maktet å spise noe. Hun pratet raskt og dempet med politikvinnen ved siden av seg, gestikulerte og viste fram Google Maps. Ville hun fortelle hvor vi hadde lett? Hun fikk oppmerksomhet fra flere, og jeg ville spørre hvorfor, men så grep hun armen min, og sa at vi skulle løpe. Line og Olav ble også ført ut av politiet. Da vi jogga over plassen, så vi horder av mennesker som var samlet utenfor gjerdene. De ansatte i barnehagen glodde på oss gjennom et vindu. «De skal møte kriseteamet», forklarte Thea.

Snart raste vi langs Østensjøvannet med sirener og blålys, og i en voldsom fart kom vi oss ut på Ringveien. Bilene vek unna så vi fikk fritt leide gjennom tunellen ved Brynssenteret. Trafikken var tett, vi var visst midt i rushet. Ved Teisen tok vi av oppover Trondheimsveien og jaget videre forbi Alnabru og Furuset.

Etter hvert kjørte vi av E6-en og tok inn mot Lillestrøm. Trodde de virkelig at Alexander var så langt unna? Synet mitt ble uklart. Ønsket bare at han ikke var redd, den fine Alexander-gutten min – var det virkelig noen som ville ham vondt? Jeg forsøkte å høre ham puste og le, surkle fordi han var så forkjøla for tida. Likevel var det noe som slo lufta ut av meg hver gang det myke ansiktet dukket opp på netthinna.

Fremst i bilen snakket de fort og dempet. Jeg ante ikke hva de sa. Thea satt framoverlent, men snudde seg ofte bakover mot meg, studerte ansiktet mitt. Ved rundkjøringene, like ved Varemessa, føk vi sideveis. Alt går bra, gutten min, formante jeg stille, men ble stadig dårligere. Visste de hvor mannen var? Plutselig var det som om bobla jeg befant meg i brast. Kvalmen kom i voldsomme kast, og jeg dro i ermet til Thea, lagde grimaser. Underlig nok forsto hun det og stakk til meg en pose fra foran i bilen. «Prøv å slapp av», sa hun og strøk meg over panna. «Skal finne ham», hvisket hun, «ha hodet bakover, sånn, ja, pust inn og ut.» Det var godt å bli pratet til, jeg prøvde å tenke på de gode øynene hennes.

Alexander, gutten min. Jeg brakk meg flere ganger og på et tidspunkt gikk det over til hyperventilering. Thea kysset og strøk meg over kinnet. Plutselig vrælte politimannen et eller annet og snudde seg mot oss. Øynene var oppspilte og panna rynkete som et trekkspill. «Yes, vi har lokasjonen, vi vet hvor gutten deres er.» Tårene spratt hos Thea, og hodet kom deisende mot meg. «Takk, gode Gud», hvisket hun inn mot brystet mitt.

«Vet Line?» fikk jeg fram og dyttet i henne. Hun strakte seg og speidet gjennom bakruta. «Ja, de er fortsatt bak oss.» Blikket sa imidlertid noe annet. Var hun redd? Jeg ble kvalm igjen. Visste hun noe? Brått flimret bildene. Den lyse stasjonsvogna, de merkelige klærne, hatten. Jeg ble iskald – kamuflasje, var det jaktklærne hans?

Vi var på vei til Mangenfjellet.

KAPITTEL 44

Thea

I svingene oppover det som liknet fjellpartier, ble det liv i Snorre. «Mangen?» Det var det første han sa på en evighet. «Skal finne han», gjentok jeg og forsøkte å holde fast hendene hans. «Stopp her», befalte han etter å ha fulgt med på veien en stund, «jeg vet om en snarvei, så bare kjør videre, dere. Bruk GPS-en. Husker du veien, Thea?» Han så på meg mens sjåføren bremset hardt.

Døra braste opp, og Snorre bykset ut. Fanget mitt ble kaldt og rart etterpå. Bare de hvite skosålene hans glimtet til mellom tette graner før sjåføren tråkket klampen i bånn.

Snorre

Jeg var lommekjent, visste hvilke stier og skogsbilveier som fantes og hvilke snarveier jeg kunne ta. Gjøv bare på innover, sprintet. Om det kunne redde gutten min, skulle jeg ikke spare på noe. Snart ville det være stupmørkt, jeg måtte nå dit før det ble umulig å se stiene.

At jeg ikke hadde koblet sammen forsvinningen med onkels sjalusi var utilgivelig. Men jeg kunne ikke tenke på det nå, måtte bare løpe. Thea hadde skjønt det, lagt to og to sammen, hadde vel kjent igjen jaktklærne. Men jeg måtte glemme det nå, gi det jeg hadde, være skjerpet og konsentrert. Fant jeg Alexander i live, skulle jeg ikke be om noe mer i livet. Mens jeg sprang langs skogsbilveien der Thea og jeg hadde vandret i februar, kom jeg på at jeg snart måtte senke tempoet, ta det pent de siste meterne, ikke lage lyder og se an situasjonen før jeg styrtet fram. Om gutten var skadet, skulle onkel få svi. Var han død … Nei, jeg måtte holde opp, bare jage videre.

Siste biten var en snarvei gjennom tette grantrær, bunnen var myk av mose, oppoverbakke. Harde grener rev i ansiktet, jeg hev etter pusten. Samtidig som beina verket, var jeg lynende klar i toppen, hadde vært spill våken siden jeg forsto hvor vi var på vei. Tretti meter fra hytta begynte jeg å gå, beina verket og ristet, bar meg knapt. Jeg huket meg ned, nærmest krøp framover. Mørket hadde seget på, det lyste fra vinduene, både i stua og på kjøkkenet. Måtte nærme meg uten en lyd, unngå å trå på kvister i tilfelle de var ute. En tanke slo meg, hva om døra var låst?

Nærmere hytteveggen var hørselen min i helspenn, men ikke en lyd kom innenfra. Blikket var rettet mot vinduene, jeg så etter bevegelser i lyset, skygger som kunne avsløre hvor de befant seg. Jeg stålsatte meg for hva jeg kunne få øye på der inne. Det var onkel jeg var ute etter, måtte sette ham ut av spill, ikke nøle et sekund.

Lette dunkelyder kom fra stua, og det var endringer i lyset. Jeg listet meg mot vinduene. Der var lyden igjen. Kunne det være Alexander? Jeg smøg meg mot det midterste vinduet, strakte meg og fikk et glimt. Av begge. Onkel oljet rifla, og Alexander var bak ham. Jeg måtte inn i stua. Sluttstykket lå på bordet, jeg hadde noe tid. Men jeg måtte overrumple ham – om døra var åpen, kunne det gå. Hva om døra var låst? Hva gjorde jeg da? Knuste ruta? Det kunne bety slutten.

Jeg styrtet mot trammen, fikk en ny titt inn på stua gjennom kjøkkenvinduet. Alexander forsvant inn mot soverommene, det var et perfekt tidspunkt, jeg måtte slå til nå. Fikk raskt bekreftet at døra var åpen før jeg raste inn. Nå gjaldt det – jeg ville overmanne ham, legge ham i gulvet – hensynsløst om nødvendig. Raskt, før Alexander kom tilbake. Når det var over skulle jeg trøste, forklare. Jeg kastet meg fram. Og illskrek.

Smerten var uutholdelig, det banket og skar i leggen. Så jog det kraftig til i det andre beinet også. Jeg kikket ned, redd for hva som ventet. Revefeller var spent på innsiden av døra, den gamle typen med mothaker av jern. Piggene satt i meg. Men jeg måtte videre. Et voldsomt spetakkel hørtes da jeg tråkket ned. Smerten var total, som om beina ville sprenges, men jeg fikk dyttet dem foran meg og åpnet døra fra gangen mot stua der onkel glodde på meg. Jeg hadde tapt noen sekunder, men det var fortsatt mulig – børsa måtte lades, det ville ta tid. Klarte imidlertid ikke å gå lenger, beina var lammet, så jeg slang meg på gulvet og kravlet med spetakkelet på slep.

Onkel fortsatte å stirre, nå mot beina mine. Som en krokodille fosset jeg fram. «Hva i alle …» utbrøt han. Kobbelet bak meg skrapte opp tregulvet og lagde et voldsomt leven. Jeg fikk reist meg, grep etter børsa, men han var rask, og jeg landa på ryggen på gulvet. Alexander kom løpende og bråstoppet. «Revesaks», ropte han og pekte mot leggene mine der blodet trakk gjennom buksa. De mørke rosene utvidet seg. «Du bjøj, pappa.» Baby-språket var tilbake for fullt. Trond løftet ham varsomt opp, og jeg så at de hadde tatt ned modellbåten, den jeg også hadde fått leke med en sjelden gang.

Sammen med survingen til Alexander hørtes nå sirener.

Thea

Den ene politimannen hadde løpt i forveien mot hytta, mens sjåføren nettopp hadde ramlet i buskaset idet han trådte ut av bilen. Jeg åpnet døra nølende. Redselen banket i ørene. Det hadde vært vanskelig å konsentrere seg om de sprakete lydene på politiradioen. I lyset fra hyttevinduene fikk jeg se Trond holde rundt henne jeg antok var kona. Politifolk og ambulansepersonell pratet sammen på tunet. Egentlig ville jeg stikke, men jeg fryktet for hva som hadde skjedd.

Jeg ble stående i lyset fra frontlyktene, nølte, kjente fjernt hvordan musklene i øverste del av ryggen spente seg. Bilen med Line og Olav hadde kommet foran oss da vi slapp ut Snorre, de var ikke å se. Politimannen som hadde løpt mot hytta kom tilbake og klappet de vonde skuldrene mine. «Skal finne pledd til deg», sa han.

Idet han traff på kollegaen sin, hørte jeg ham ironisk legge ut: «Bestefaren, altså. Skikkelig Columbi egg, det der.» Jeg antok han bare *trodde* det var Trond ut i fra alderen, og ikke at han faktisk visste det. En tynn barnestemme trengte gjennom til meg idet jeg tok noen skritt mot hytta. Alexander kom styrtende på ujevnt underlag. Jeg løp ham i møte for å unngå et fall. «Hæjjææ», hvinte han idet jeg løftet ham opp, sprell levende og tilsynelatende i fin form. Jeg måtte smile og klemte ham inntil meg.

«Alexander!» Lines skjærende rop fikk ham til å snurre hundre og åtti grader i favnen min. Bilen deres kom kjørende med mora hengende ut av vinduet, de hadde brukt tid på å finne veien. Tårene presset på da jeg fikk se hvordan hun gråtende falt på kne og omfavnet sønnen. Olav hadde også kommet ut, de lange armene hans la seg rundt dem begge. Blikket mitt møtte Snorres like etterpå, han sto i døråpningen og fulgte med. Jeg vinket tilbake. Gleden over å se ham fikk meg til å gråte, og deretter le.

Anne ringte mens jeg fortsatt var i barnehagen, og fortalte at Trond var etterlyst fra en leverandør i Gøteborg fordi han ikke dukket opp til avtalt tid. «Ikke første gangen», hadde hun snurt lagt til. Jeg ringte derfor kona mens Snorre var opptatt foran fantomtegningen. Hun virket oppbrakt da hun tok telefonen, hadde nettopp varslet hovedkontoret, bedyret hun, og nå var hun på vei til hytta. Stemmen hadde gått i fistel. «Har *du* sett ham? Han var innom grytidlig i morges, før fem, og nå er jaktstøvlene borte.»

Trond og kona sto fortsatt foran hytta, hun i en lang skjorte og med moteriktige gummistøvler. Jeg ønsket meg tusen mil unna, men var nødt til å passere henne, hun som jeg hadde fryktet, nesten hatet. Da hun fikk øye på meg, nikket hun, forsto kanskje hvem jeg var. Trond sto lut i ryggen ved siden av henne og studerte bakken foran en politikvinne. Jeg klarte ikke å gå forbi, tok heller en drøy omvei rundt stabburet i mørket. Måtte komme meg til Snorre. Idet jeg nærmet meg i lyngen fra den andre kanten, hørte jeg stemmen til Trond. «Vi skulle jakte sammen, jeg hadde lovet gutten det, mente ikke noe vondt …» Han ble ført mot en politibil like etterpå, kanskje til et avhør. Kona fulgte hakk i hæl. Jeg ble stående i mørket noen minutter og lytte.

Noen grep armen min da jeg kom i lyset. Jeg ville synke i skogbunnen, for det var *henne*. «Er så forvirra, nå kaller han Snorre for sønn igjen, og Alexander for barnebarn.» Jeg nikket bare. «Bilnøklene ligger i hytta et sted, dere kan ta bilen hans tilbake.» Hun sa det uten å vente på svar, hastet bare forbi Snorre inn i hytta.

Buksene til Snorre var revnet til knærne, leggene bandasjerte. Blikkene våre møttes, og jeg ville spørre, men han trakk meg inntil seg. «Hva skjedde?» fikk jeg fram, ønsket å være til hjelp. «Revesakser», svarte han og satte seg akkende i trappa. «Onkel forberedte jakta.» Magen min veltet seg. «Så for seg å havne i fengsel», fortsatte han, «han var redd for å miste Sigrid, Redet og alle oss andre, ville visst bare ha tid med gutten, oppfylle noe han hadde lovet.»

Snorre

«Alexander», ropte jeg. Thea holdt opp håndflata. «Alt er bra», forsikret hun før hun kysset panna mi. Den velkjente lyden av trippende føtter steg i styrke. «Pappa våken», sang han og klatret på dyna. Panikken slapp, for nå husket jeg. De lubne armene rundt halsen gjorde uendelig godt. Thea forsøkte å få øyekontakt med gutten. «Vi har lekt og hatt det fint, ikke sant?» Hun satte seg på sengekanten med oss. Å se ham så livlig og fornøyd ga meg tårer i øynene. Thea strøk meg over ryggen. «Alt er i orden», hvisket jeg.

Jeg fortalte henne for første gang om medisinene etterpå. «Ting faller på plass», mumlet hun. «Som at det var sykt å ansette meg?» blunket jeg og latet som om jeg ble sur. Hun smilte bare, mens jeg snudde meg liksom fornærmet bort. «Sykt og sykt», svarte hun omsider, «beroligende kan vel alle trenge iblant.»

November

KAPITTEL 45

Snorre

Tante ringte på døra mi tidlig dagen etterpå. Jeg hadde fri og visste at hun skulle komme. Hun satte seg forsiktig ved kjøkkenbordet og klemte vekselsvis høyre og venstre hånd om bilnøkkelen jeg hadde overlevert henne. «Er nok stresset», sa hun. «Om han ikke roer seg, kan han bli rastløs, fortvila.» Hun kastet et blikk ut av vinduene. «Tror det har med firmaet å gjøre, spenningen der, det tipper over, men så er det jo gøy også.»

Hun fortalte at han skulle ha fri noen uker. Jeg fikk lyst til å buse ut med at han sannsynligvis var faren min og om forholdet til Thea, men jeg besinnet meg. Hun hadde nok å stri med. «Tull med noen fakturaer også», kom det samtidig som hun så på meg, lurte vel på om jeg visste noe. «Men Ivar og jeg skal ordne opp i det», la hun til og fortsatte å fikle med nøklene. Jeg nikket. Leggene verket voldsomt.

Før hun gikk, gløttet hun på meg fra døråpningen. «Han er glad i dere, tvil ikke på det.» Rolig lukket jeg døra, men knallet neven i garderobeskapet så snart hun var utenfor hørevidde.

Etter at vi fant ham, hadde Line og jeg tatt noen dager fri. Vi ville begge forsikre oss om at han var i god behold sånn som legene trodde. Ettersom det var Trond som hadde hentet ham i barnehagen, hadde gutten ant fred og ingen fare, de kjente jo hverandre. Selv snakket han bare om hvor gøy det hadde vært å få sitte i politibilen.

Hjertet mitt slo riktignok salto da han etter noen dager fortalte om jakta rundt hytta, men det var før jeg kom på at vi også hadde lusket rundt mellom trærne da jeg var liten – selv ikke duene hadde vært trygge når onkel skulle lære meg å sikte. Jeg så det på Line også, hun slappet mer av. Jeg hadde utsatt det, men mot slutten av uka tok jeg turen til Oppsal.

Mamma tok seg til halsen, tårer fylte øynene før hun reiste seg og ble stående ved stuevinduet. Så var det altså sant. Jeg masserte panna som om jeg forsøkte å gni vissheten inn. Etter noen minutter satte hun seg igjen. «Ville høre det fra deg», sa jeg lavt. «Du trenger ikke si mer.» Jeg bøyde hodet, fryktet han hadde gjort henne vondt. Hadde hun latt som han var en snill bror i alle år, for min skyld? Hun strøk meg over ryggen, sa ingenting. «Var dere kjærester?» spurte jeg og reiste meg, håpet på en måte at svaret var ja.

«Sett deg», sa hun mildt og la hånda på sofaen mellom oss. «Du kan si det sånn, men vi var unge, og visste jo godt at vi ikke var søsken. Trond kom til familien som femten, jeg var tretten. Vi *trodde* vi kunne bli et par, rømte til Danmark noen år senere, men det ble ikke som vi trodde, og så oppdaget vi deg.» Hun smilte, så ned og ristet på hodet. «Burde fortalt deg det før, mye før.» Tårene dryppet og lagde mørke flekker på buksa hennes.

Hun sa de hadde vært livredde og antok at de ville bli utstøtt. Derfor hadde de flyttet, og spesielt Trond hadde tatt det tungt, ville egentlig ikke forlate hjemstedet – det eneste trygge. «Vondt at du skulle vokse opp og tro at du ikke hadde en pappa.» Øynene var fortvila og hun ristet på hodet. «Han var her fra du var liten», sa hun fort. Jeg reiste meg. «Vet det», sa jeg og stakk føttene i sykkelskoa. Hun lente seg mot dørkarmen slik hun pleide, men var taus. «Får komme meg hjemover til Alexander», sa jeg og klappet henne klønete på skuldra. «Beklager», hvisket hun før jeg gikk ut døra.

«Vi skal reise kjerringa», ropte Nancy så det gjallet i kantina, og sikkert også utover de femti møterommene som var koblet på. Det var like før jul og vi hadde det årlige avslutningsmøte med butikkene. Ivar brøt inn. «Prognosene tilsier at netthandelen i neste kvartal virkelig vil løfte omsetningen – og bedre marginene. Det er tid for å jobbe, ikke kaste bort energi på bekymringer.» Etter å ha mutet oss la han til med et blunk: «Det samme gjelder bankene.»

Tante Sigrid var også innom hovedkontoret denne dagen, visstnok for første gang på over ti år. Hun brukte noen minutter på å fortelle at Trond skulle roe ned, hvile og kanskje være klar for jobb nærmere påske – en eller annen jobb. Jeg knyttet nevene mens jeg hørte på henne, hadde visst ikke klart å legge alt bak meg enda. Etter å ha møtt Theas rolige blikk, slappet jeg noe mer av.

Tante svelget. «Det er mer», og det ble stille rundt henne før hun fortsatte. «Som mange andre har vi hatt våre problemer, og jeg innrømmer at jeg ikke har gjort det lett for Trond, vi har ikke vært venner de siste årene. Det toppet seg i romjula, da jeg gjorde noe jeg absolutt ikke burde.» Svetteperlene i rynkene ovenfor den rosa leppestiften, blinket. Noen tok rundt nevene mine under bordet – det var Thea som hadde bøyd seg fram.

«Jeg har stjålet fra firmakontoen», sa hun og dro av seg den korte skinnjakka. Jeg hørte på med vantro. «Etterpå angret jeg forferdelig og ringte Ivar, som lovet at han og deres tidligere personaldirektør skulle hjelpe meg ut av uføret, uten å blande inn Trond.» Hun smilte unnskyldende rundt seg, mens Ivar festet blikket i gulvflisene. «Å få gitt pengene tilbake ble omstendelig, for det forutsatte et salg.»

«Trodde vi kom til å gå konkurs før jul, så jeg ble opprørt, sint og alt ble bare rot. Jeg kjøpte en leilighet på Frogner for pengene, det holdt akkurat til egenkapitalen. Jeg ville sikre meg.» Hun kikket plutselig mot oss. «Pengene jeg skylder er tilbake på firmakontoen så snart huset i Vollen er solgt.» Hun fant Ivar med blikket. «Med renter, selvsagt – klekkelig med renter. Hva som ellers vil skje er ikke klart, men politiet har opprettet sak.» Ivar vandret langs vinduene som om noe nytt var dukket opp i hagen. «Men Trond og jeg flytter uansett til byen, sammen.» Hun kastet et blikk mot oss før hun så i bordet, smilte nå.

Etterpå kom hun bort til meg. «Han har, som dere kanskje har skjønt, bodd i byen en tid. Jeg hadde ikke hjerte til å la han sove i Audi-en lenger, det ble jo kjøligere for hver dag. Han måtte få nøkkelen til leiligheten.» Thea fiklet febrilsk med pinnene for å sette opp håret igjen.

Han som hadde stillingen før meg innrømmet med en gang å ha hjulpet tante med å stable på beina gratis implementerings-hjelp da jeg ringte. «Ble instruert av tanta di», sa han og fortalte om det hemmelige samarbeidet mellom Ivar og IT-selskapet. «Tror det rabla for Sigrid på julebordet hjemme hos dem i fjor. Ledergruppa var samlet i hagen hennes, og vi ble ganske fulle alle mann, av kirsebærlikøren som Nancy hadde laget.»

Trond og Sigrid hadde krangla etter at Ivar takket for maten ved å kalle hagefesten for «det siste måltidet», fortalte han. Sigrid hadde kastet beskyldninger mot Trond etterpå om å ha forrådt henne, ikke fulgt med i timen og at han dessuten aldri ville flytte fra gudsforlatte Asker. «Det var ordrett det hun slang til onkelen din», sa han. Vi pratet litt til om firmaet, og ellers om løst og fast. Det kom fram at han hadde lånt Lexus-en av en kamerat, etter-som Fiat-en hans måtte på verksted.

Desember

KAPITTEL 46

Snorre

Det snødde tett den dagen han ringte. Nummeret var ukjent, men jeg var vant til å svare på alt mulig fra butikkene, så jeg ante fred og ingen fare da jeg trykket. Så var onkel sin stemme der, og alt bråstoppet rundt meg. Det eneste som beveget seg var snøfillene utenfor kjøkkenet.

«Blir i ulage noen ganger», innrømmet han lavt, og det var jo ingen overdrivelse. «Som jeg fortalte på hytta, Snorre, så var jeg redd for å miste alt, og uten Sigrid, vet du – jeg ante ikke hvordan det skulle gått.» Jeg hadde lyst til å si mye, men den tynne stemmen innbød ikke til noen krangel. Han virket fullstendig utmattet, det var ikke tiden for noe oppgjør – ikke ennå.

«Ville aldri ha skadet gutten, det må du tro på. Det var så hyggelig å hente Snorre, akkurat som i gamle dager – oss to på hytta.» Jeg ble oppgitt. «Dere to», mener du, «du og Alexander.» «Ja, ja», svarte han bare. «Geværet, da?» spurte jeg. «Herregud, Snorre. Elgjakta, vet du – det er sånn hvert år, det – utstyret må pleies, pusses og oljes.» Jeg slo av telefonen.

Julaftenene i Vollen hadde framstått som ren idyll for meg, men jeg hadde vært blind. Folk rundt meg var vel flinke til å dekke over. Overbeskytte var vel ordet. Jeg hadde sjekket og besteforeldrene mine på morssiden levde fortsatt. At stridsøksene var begravet etter så mange år, kunne jeg tro på, så jeg forfattet et brev noen dager før jul, fortalte at både sønnen min og jeg fantes. Kanskje var det en sjanse for at vi kunne bli kjent med dem.

På morgenen lille julaften sa mamma, overraskende nok, at hun ville komme til oss i år. Jeg fikk kjøpt en ribbe og dekket bordet på et vis, selv om Alexander ble krakilsk et par ganger.

Han ville så gjerne leke med pynten, og jeg ble forundret over at han likevel ble værende hos meg da jeg sa nei. Tante ringte også og skulle hilse fra Trond, hun sa at han funderte på et friår for å pusse opp den nye leiligheten. Det var hyggelig å prates igjen, og jeg spurte om hun forsto noe mer av det med revefellene. Hun mente han trolig hadde forskanse seg i frykt for at politiet var ute etter ham. Vi klarte å le litt av det begge to.

Senere på kvelden banket Line på for å hente ham. «Så alt har gått greit?» hvisket hun i gangen. Jeg sa som sant var, at det fantes mye grums, men at folk heretter fikk være sanne. Hun så på meg. «Ekte», forklarte jeg, «det har vært så mange løgner.»

Mars

Møtes i morgen? Meldt nydelig padlevær. Nesten fire måneder var gått siden Alexander forsvant. Hun hadde stort sett skygget banen etter den første natta, sa jeg måtte få tid med sønnen min, så jeg var usikker på hvor vi sto. Satt derfor på ank etter å ha sendt tekstmeldingen, men det varte ikke lenge før det plinget. *Definitivt.* Så kom en ny fra henne. *Blåtur?* Hun avsluttet med tre hjerter.

Jeg pakket en velvoksen sekk, antok vi skulle på telttur, men var ikke sikker, så olabukse og en pen t-skjorte var med. I sekken lå soveposen, stormkjøkkenet, frysetørret mat og en pose havregryn, i tillegg til vin, sjokolade og et par poser potetgull. Anders sa jeg var i ferd med å forsvinne da jeg var innom for å låne GPS-en. Han romsterte rundt i trehuset på Kampen som Adam hadde arvet fra sin norske bestefar, men jeg klarte ikke å avgjøre om de var kjærester.

Thea smilte stort da jeg kom mot henne med kajakken på skuldra. Fantes det enda en versjon av henne? Hun hadde vært så blid de siste ukene, flere ganger hadde hun vært ute på sjøen når jeg ringte. Fortsatt møttes vi på jobben, men hun hadde hatt mye hjemmekontor, hun også.

«Tok ingen sjanser med meg?» smilte hun og nikket mot sekken jeg forsøkte å få plass til. Den stakk faretruende høyt opp fra bagasjeluka. «Skal gå», svarte jeg, og var i grunnen fornøyd med pakkinga. Heldigvis var vi inne i en mild periode, og når sola fikk sjøen til å glitre som i dag, minnet det om sommer.

Ingenting stakk opp av hennes kajakk. Planla hun å sove under åpen himmel? Eller tilbringe natta i hengekøya si? Hun hadde bedt meg ta med varme klær, men å sove ute så tidlig på våren ville uansett bli kjølig, og hun pleide å bli langt kaldere enn meg, særlig etter en tur i kajakk, så kanskje var vi på vei til en hytte eller et av hotellene langs fjorden.

«Padla alt?» spurte jeg og ålte meg ned i den vinglete farkosten. Hun smilte bare, plasserte åra i brygga og skjøv seg utover. Jeg gjorde det samme og forsøkte å padle i hennes tempo. Det var herlig å være på sjøen igjen, og sola varmet selv så tidlig på dagen. «Er ganske spent nå», innrømmet jeg og funderte på hvor hun hadde vært på morgenen – vannperlene blinket over hele kajakken hennes, men hun fortsatte bare å smile.

«Langt igjen?» spurte jeg da vi var halvveis til Hovedøya. Hun så liksom strengt på meg. Kajakken hennes fløt så lett, men det betydde egentlig ingenting for meg hvor vi skulle. Først virket det som om vi var på den vanlige ruta, men der vi pleide å endre retning – mot sundet mellom Hovedøya og Bleikøya – styrte hun bare rett fram så vi fikk kurs mot det store bryggeanlegget, det som i sommerhalvåret var tettpakket med småbåter. «I land alt?» spurte jeg. «Niks», svarte hun, men lot kajakken drive innover. Så vidt jeg visste, var det ikke lov å overnatte på den øya. Jeg tok fram mobilen for å ta et bilde. «Sover gjerne på Sørenga i natt», forsikret jeg i tilfelle det var planen.

«Den er leid ut så der kan vi ikke bo», sang hun muntert, og i forfjamselsen glapp telefonen ut av hånda mi. Den forsvant i dypet med et «plopp». Hun gapte først, men så holdt hun seg for munnen. Da jeg innså at det ikke var noe å gjøre, skled jeg videre etter henne mot land. Kjapt tok hun en selfie med meg som trakk oppgitt på skuldrene i bakgrunnen. «Horndykkerne», ropte hun plutselig og pekte på et par fugler et stykke unna. Men noe gjorde meg urolig. Hvor i alle dager skulle hun flytte?

«Leve på loffen eller bo med oss en stund?» spurte jeg og måtte smile til det siste, det var ikke meg imot. «Har et sted», mumlet hun på typisk Thea-vis. «Fått et års permisjon av Ivar.» Jeg stakk åra i vannet så kajakken dreide. «Et år?» Hun fulgte meg med blikket. «Bra med fri, ble innvilget *med* lønn.» Det var både fortjent og på tide, innså jeg.

Vi nærmet oss den ytterste brygga som fløt tilsynelatende helt fritt, langt fra land. Hun la til med kajakken og dro seg opp, tok så tak i min vinglepetter, og forventet nok at jeg skulle krabbe etter, men isteden klemte jeg den høyre joggeskoen hennes. «Åssen er det med stortåa?» spurte jeg. Hun vred seg unna. «Og likevekten?» sa jeg så. Hun var nær ved å ramle uti, men flirte heldigvis.

Jeg kom meg omsider opp, jeg også, og fortøyde kajakken på enkleste vis sånn som hun. Skulle vi få oss en øl som start på turen? Jeg hadde lest om båtforeningen der ute, og trolig hadde de startet serveringen allerede, for det sto hvite plaststoler på utsida av det grønne huset. Jeg slang sekken på ryggen og ble leid utover brygga til der hvor de største båtene lå. Til min skuffelse var det i motsatt retning av kroa. Brått stanset hun og tok et skritt bakom meg og nappet i sekken. Tankene streifet innom den tapte mobilen. Jeg snudde på hælen, småirritert. Til slutt dunket jeg sekken i brygga. Hva drev hun på med? Straks tok hun tak i den ene bæreselen og slang sekken om bord i nærmeste båt.

«Hva gjør du?» spurte jeg og fikk hakeslepp da hun sa: «Hopp om bord». Så strakte hun fram hånda. «Endelig mannskap», avsluttet hun og var i ferd med å heise seg opp i båten. «Hva sa du?» spurte jeg. «Hæ?» svarte hun og stanset bevegelsene. «*Mann-skap?*» kom det så med vekt på første stavelse. «Før det», sa jeg. Hun tenkte seg om. «Hopp om bord?» Hun så på meg mens jeg nikket. «Jepp, du sa bord med tykk l-lyd.» Hun prøvde å si det igjen, ristet på hodet og kom seg opp i båten. Jeg måtte glise til vanskene med å få uttalen på plass, det minnet om Alexander. Han hadde nettopp begynt å få med seg l-en når han snakket. «Lest for mye koder?» spurte jeg. Hun geipet, men smilet lå på lur, husket nok kommentaren sin om at *jeg* leste for mye lovdata. Et ømt punkt hos meg, ettersom jeg ofte knotet med det skriftlige.

«Tåler du sjø like godt som rundkjøringer?» spurte hun da jeg var om bord, «du kastet jo opp endel i den bilen.» Øynene lyste av morskap mens hun betraktet meg, lurte vel på om det var for tidlig å spøke med Alexander sin forsvinning. Jeg smilte, klarte ikke annet, var så uendelig glad for at det mareritet var over.

Mens hun løp rundt og løsnet tau, gjorde jeg meg kjent i båten. Boksen med sopp var med, og den spraglete orkidéen var bundet fast ved roret. Hun måtte ha vært der tidligere på dagen, for det sto tre flasker juice der, og kurven var full av pålegg. Tennene løp i vann samtidig som jeg ristet på hodet – alt det jeg hadde tatt med. Stormkjøkkenet kunne imidlertid komme til nytte om vi gikk i land.

Forut var båten kraftig bygget, med lugar under dekk. Da jeg sto ved roret, så jeg rett ned i ei dobbeltseng der dynene lå hulter til bulter. Jeg ble varm med tanke på de neste nettene. En dør nedi båten var lukket. Den gjorde meg nysgjerrig, jeg forventet å se verktøy eller noe annet praktisk der, men det var kun malerier og alle var inntullet i plast, men gjenkjennelige med sine gylne skjær og blå toner.

«Godkjent for varig opphold.» Hun var plutselig bak meg med turens hittil største smil. Jeg hadde null peiling på båter, ante ikke at det fantes krav til boforhold i dem. «Kunstner med egen husbåt?» prøvde jeg. «Kanskje», svarte hun gåtefullt.

«Gjorde som du sa», avslørte hun så, «Nancy og Randi vil selge dem i nettbutikken, de kjøpte hundre trykk, faktisk.» Jeg begynte å regne, om hun fikk fem hundre per bilde satt hun igjen med femti tusen, og med hennes forbruk var det noe hun kunne leve lenge på. I tillegg beholdt hun lønna si i ett år og hadde leieinntekter fra leiligheten. Godt gjort, måtte jeg medgi. Aksjene beholdt hun imidlertid, hadde fortsatt troen på oss som skulle drive Redet videre.

Selv ble jeg stadig mer nedtrykt, ante ikke hvor hun skulle

oppholde seg. Hadde brått friheten til å reise jorda rundt om hun ville. «Har fast plass her – kom når du vil.» Hun kastet et blikk mot der kajakkene fortsatt lå og fløt. «Besøke en båtplass?» sa jeg tørt, noe som fikk henne til å fnise.

Båten var minst tretti fot, gjettet jeg, med en front som minnet om en fiskebåt. Thea startet den med vante bevegelser etter at vi hadde festet kajakkene i akterenden. «Gammel redningsskøyte», ropte hun over motorduren. «Bruker den på ferieturer.» Hun hoppet ned på brygga og slang de siste tauene om bord.

Rett før vi skulle legge ut fra brygga, ble hun stående og se innover mot Sørenga. «Din båt?» spurte jeg. «Arv», røpet hun uten å møte blikket mitt, «foreldrene og tanta mi døde i en båtulykke da jeg var tre.» Jeg kom på hvor nervøs hun hadde virket da jeg kantret og ble lenge uti de første gangene. «Tenker du å reise litt til og fra», spurte jeg, «mellom Oslo og øya?» Det var som om hun våkna og nikket til meg med et stort smil.

Nancy skulle fungere som administrerende direktør en stund framover. Hun hadde dratt meg til siden etter allmøtet i kantina noen dager tidligere. «Regner med å få støtte framover», hadde hun tøyset mens hun dultet meg i ryggen. «Blir vel du som overtar etter hvert.» Jeg hadde glant mot de litt for store skoa mine og ønsket plutselig *ham* tilbake – jeg ville ha mye fritid med Alexander og Thea.

«Fortsatt fiskeforbud?» spurte jeg da vi så vidt hadde passert Nesoddtangen. Det var et herlig vårvær, og vi sto på dekk i bare gensere. «Greit om du fisker, du takler jo blåturen helt supert», sa hun, åpenbart ironisk. Det var vanskeligere enn forventet å ikke vite hvor vi skulle. «Per har sagt ja til avtalen», sa hun brått, og måten hun smilte på fikk meg til å lure på om vi var på vei mot paradis, navnet hun brukte på øya hun var fra. «Skal vi dit?» spurte jeg. Smilet hennes ble enda bredere.

Det tok ikke lang tid før vi nærmet oss Vollen. Det var langt innover dit, men vi snudde oss begge. Minnene strømmet på. Trond som hadde tatt meg med i båten for at jeg skulle få bade. Noen ganger kjørte vi ut til ei øy for å telte og lage bål også. Mamma pleide å følge meg dit på sommerferie, men da jeg ble større, tok jeg bussen alene utover Slemmestadveien. Skuffelsen kunne høres i stemmen hans når jeg utover i tenårene ringte for å avlyse – venner hadde lokket mer. «Kanskje blir han bestefar igjen», sa Thea. Jeg gransket henne. «Tuller du?» ropte jeg. «Alt behøver ikke være ideelt – det kan bli bra, likevel», smilte hun. Hendene mine strakte seg, og jeg priset et eller annet oppe i den blå himmelen.

Mens Thea ga mer gass, ble jeg sittende på dekk til vi var kommet til sundet ved Håøya og de andre små holmene. Fjorden foran oss lå som et lysende speil, og lykken fylte meg fullstendig. Hun senket farta, og motorduren ble mer levelig. «Kine og jeg pleier å ta pause her.» Hun pekte nedover fjorden. «Kaffe og ferske bakervarer», la hun til. Jeg lente hodet bakover, lot sola varme.

Alexander var trygg med Line og Olav, mamma var på vei til fjellet med en kollega, og Thea skulle endelig ta meg med til hjemstedet sitt. Jeg tok noen ustø skritt mot henne og stilte meg opp med god avstand mellom føttene.

Det var rart for meg at tante og Trond hadde vært så nære en skilsmisse, og jeg var takknemlig for at de fant sammen igjen – de hadde klart å tilgi hverandre. Tante ville trolig få strafferabatt, mente forsvareren, fordi hun umiddelbart innrømmet svindelen og var villig til å gjøre opp for seg. Men boten ville uansett svi, og budsjettet for oppussing av leiligheten ville garantert gå fløyten. «I balanse?» spurte jeg tett ved øret hennes. «Lever», svarte hun og korset seg. De mørkeblå øynene glitret. Som steinene i gullpennen, slo det meg.

Korsingen hennes fikk meg til å tenke på at vi trolig passerte rett over stedet der Blücher fortsatt lekket olje. Jeg kunne mer om senkningen av det tyske krigsskipet enn noe annet som hadde skjedd i Norge under krigen. Oberst Eriksen og den pensjonerte kommandørkapteinen ble velkjente figurer gjennom fortellingene til onkel. «Tenker du også på bomber og granater?» spurte hun lattermildt. Jeg nikket og måtte le; hun hadde også blitt pepret med den historien.

«Du skulle sagt Kjell Elvis», spøkte jeg. «Kjell Elvis?» Hun studerte meg. «At det var *han* som var faren min», nikket jeg. Hun reduserte farta ytterligere, myste mot meg. «Mamma ville blitt glad – synger fint, herlig hoftevrikk», holdt jeg på. «We are sailing», sang jeg så dypt jeg kunne inn i dingsen til siden for roret, den som liknet en krysning av en radio og en telefon. «Rod Stewart», hikstet hun og knakk sammen. «Home again, to be free», gaula jeg, fritt fra hukommelsen – det var så herlig når hun skoggerlo. «VHF», opplyste hun med glimt i øyet og satt dingsen på plass. «For nødsignaler», forklarte hun.

Nødsignaler. De krenkende kommentarene den første tida, det var det hun hadde sendt – et nødbluss til alle som ville forstå, eller som *kunne* forstå, kanskje. Jeg hadde fornemmet hvilken tilstand hun var i, kanskje fordi jeg befant meg i trøblete farvann selv. Smilet til Thea var alt jeg behøvde for å roe meg, holde stø kurs og bli en bedre far.

Fjorden åpnet seg, og Oscarsborg og den tette bebyggelsen ved Drøbak kom til syne. Hun strakte på en arm og fant nakken min. «Blir gjerne med på kaffe og sånt», svarte jeg omsider, ville ta vare på tida med henne, oppleve og dele. Fingrene mine fant magen under ullgenseren hennes der huden var glødende varm. «Tida vår sammen, den starter nå», hvisket jeg. Var det et nytt menneske der inne? Hvem var det i så fall? En dypsindig en som Thea, eller en notorisk lystigper som meg selv? Var det mulig med en blanding?

Jeg måtte smile, så for meg den nydelige sønnen min, de stadig viltrere krøllene han var belemret med, hadde tenkt at han liknet mest på Line. Framtida kjente ingen, men vi var definitivt på et godt sted. Han hadde sittet på trehjulssykkelen sin kvelden i forveien. «Er det noe, kompis?» hadde jeg spurt da jeg lukket opp. De vakre øynene glimtet til idet han syklet over dørterskelen med elefanten som bagasje. Og så kom det klingende rent: «Skal prøve den senga.

www.ingramcontent.com/pod-product-compliance
Lightning Source LLC
LaVergne TN
LVHW092346170726
843489LV00001B/56